KB185305

나쁜 버릇

나쁜 버릇

I'M GIRL

알라나 S. 포르테로
장편소설
성초림 옮김

LA MALA COSTUMBRE

AGORA

행운의 여신,
마리아 카르도나에게

차례

추락한 천사

나는 한 세대 전체의 소년들이 종말을 맞은 천사처럼 추락하는 것을 보았다. 납빛 얼굴에 이가 여러 개 빠져 있고 암모니아 냄새와 지린내를 풍기던 사춘기 아이들이. 그들은 암포스타 거리 산블라스 지하철역 출구 옆이나 엘파라이소 공원 잔디에 만테냐의 그리스도*처럼 짤막해진 몸을 뉘었다. 성 세바스티아누스**처럼 주삿바늘에 뒤덮인 채 앉아 있거나 아무렇게나 널브러져 있던 소년들. 망가진 인형처럼 아주 느리게, 당김음을 연주하듯 간신히 움직이는 그들은 십자가에 못 박힌 이들의 고아한 미소를 띤 채, 무방

이 책의 주석은 모두 옮긴이 주입니다.—편집자

* 이탈리아 화가 안드레아 만테냐의 〈죽은 그리스도〉는 원근법과 과장된 단축을 이용해 예수의 머리는 크고 몸통은 짧게 보인다.

** 3세기 말에 순교한 로마 군인. 만테냐를 비롯한 여러 화가들의 그림에 몸 이곳저곳에 화살이 꽂힌 모습으로 등장한다.

비 상태임에도 그 무엇도 그들을 건드릴 수 없는 곳을 떠다녔다. 나는 그들이 움트듯 나타나서는 갈수록 움직임이 느려지다가 마침내 평온한 종말을 맞이한 후 흙으로 분해되어 우리 동네에 쌓이는 것을 보았다. 성인聖人의 이름이 붙어 있으나 하느님의 손길에서 벗어난 동네였다.

내가 처음으로 사랑한 이도 그 천사들 중 하나였다. 그는 발에 주사기 하나를 꽂은 채, 삼십오 제곱미터짜리 우리 집 바로 위층이었던 자기 부모 집에서 창문 밖으로 추락했다. 반쯤 벌거벗은 나의 이웃 에프렌은 우리 집 문 앞에 떨어졌고 그 자리에서 죽었다. 그때 나는 한쪽 눈을 안대로 가리고 다니며 말까지 더듬는, 아직 여섯 살이 되지 않은 어린애였다. 우리 식구가 살던 삼층 건물, 현관은 없고 밖으로 계단이 나 있는 그 건물에 살던 사람들은 에프렌 엄마의 애통한 울음소리를 듣고 화들짝 놀랐다. 우리는 경찰보다 먼저 그 자리에 갔다. 경찰은 산블라스 일이라고 하면 항상 느긋했다. 경찰과 권력자들에게 이 일은 그저 약쟁이 하나, 등골 빠지게 계단을 쓸고 닦는 청소부의 아들이 또 한 명 죽은 것일 뿐이었다. 헤로인을 구하기 위해 수차례 부모의 집을 털었을 그 약쟁이는 자기 부모에게는 눈에 넣어도 아프지 않은 자식이었을 것이다.

나는 에프렌의 살아있을 적 모습은 기억나지 않는다. 엄마와 이웃 여자 롤라의 다리 사이로 열쇠 구멍 들여다보듯 한 눈으로 포착한 이미지가 전부다. 우리 동네 엄마들은 죽은 자식을 르네상스 시대 〈피에타〉*의 성모 마리아처럼 끌어안지 않았다. 산발한 머리에 눈이 퉁퉁 부은 채 죽은 아이의 몸에 엎어져 침을 흘리며 울부짖었을 뿐이다. 그녀들은 최대한 아이의 몸을 가리면서 들짐승처럼 필사적으로 아이를 감쌌다. 길바닥 어딘가에 목소리를 던져두고 잊어버리기라도 한 양 아이의 이름을 부르며 손톱이 살에 박히도록 주먹을 세게 움켜쥔 채 어떻게든 아이를 데리고 가려 했다.

"아이고, 내 새끼야!" 하는 그 소리는 한번 들으면 결코 당신을 떠나지 않는다. 장례식 종소리처럼 기억 속 음성 파일에 영원히 남아 머리를 흔들어 털어내지 않으면 안 된다.

에프렌은 정말 아름다웠고, 아직 성인이 되지 않아 부드러운 이목구비는 거기 서린 공허한 표정과 잘 어울렸다. 약물 과다복용이 그를 차가운 저세상으로 데려가버렸다. 마약에 빠진 지 얼마 되지 않아 아직 헤로인에 얼굴이 망가지지는 않았고 단지 피부색만 잿빛으로 변했을 뿐이었다. 내가 누군가에게 입을 맞추고 싶다고 생각한 것은 그때가 처음이다. 그의 시신은 우리 집 맞은편 엉성한 화단 앞에, 절반쯤 말라버린 꽃과 담쟁이 넝쿨이 거친 철망 구조물을

* 미켈란젤로의 조각상. 성모 마리아가 십자가에서 내려진 예수의 시신을 안고 비통해 하는 모습을 표현했다.

겨우 덮고 있는 아치 입구 바로 아래에 누워 있었다. 어쨌거나 죽음은 에프렌을 위해 *아르누보* 풍의 어떤 불결한 아름다움을 지닌 식물 구조물을 선택한 것이다. 도톰한 입술을 지닌 에프렌의 입은 반쯤 벌어져 있었고 머리카락은 헝클어져 있었으며 눈동자는 깨어 있는 것과 꿈을 꾸는 중간 어디쯤에 머물러 있었다. 다섯 살짜리도 사랑에 빠지는 것이 가능하다면 내 사랑은 그 가련하고 불행한 소년 위에 남김없이 쏟아졌다. 내 내면의 아이는 그 고통스럽고 비참한 장면 위로 몸을 던졌다. 죽은 몸 위에 반투명하게 떠 있는 나는 존재하지 않는 존재처럼 가볍게 그에게 키스했다. 그 키스는 그를 긴 잠에서 깨우기 위한 것도 아니었고, 사랑의 응답을 들으려는 것도 아니었다. 오로지 내 영혼을 다해 그토록 아름답고도 의지할 곳 없는 무언가에게 입 맞추기를 갈망했을 뿐이다. 하늘에서 떨어져 우리 집 문턱에 신을 향한 선물처럼 남은 그 무언가, 침 흘리는 엄마들과 울음이 터져나오지 않도록 입을 막고 있는 아버지들의 분노와 외침 사이에서 내 것임을 깨달은 그 무언가에게.

골목 끝 마녀

펠루카는 키가 아주 작고 꼬챙이처럼 마른 데다가 주름이 자글자글해, 걷는 모습을 보면 꼭 되다 만 미라 같았다. 그녀는 언제나 늙은 여자였다. 퍼런 아이섀도에 시커먼 아이라인, 새빨간 입술은 덕지덕지 화장을 한 나이 든 여자 캐리커처 같았으며, 햇감자처럼 싯누런 피부 화장은 들떠 있었다. 그녀 곁을 지나칠 때 보면 언제나 상자에 버려진 시든 꽃 냄새를 풍기면서 독약을 만드는 마법의 주문 같은 알아들을 수 없는 말을 낮게 중얼거렸다. 독약이라고 말한 건 그 눈빛 때문이다. 왠지 불량하고 비웃는 듯한 눈빛. 무언가를 판단하기 위해 진지하게 바라보는 눈빛이 아니라 금방이라도 폭소를 터뜨릴 것만 같은, 눈앞에 있는 사람이 숨기고 싶어하는 비밀을 훤히 꿰뚫어 보고 있는 듯한 눈빛.

펠루카는 시멘트 계단이 건물 밖으로 나 있는 삼층짜리

붉은 벽돌집들이 길게 늘어서 있는 골목 끝에 혼자 살았다. 이런 식으로 똑같이 생긴 집들이 동네 전체에 줄지어 있고, 깨진 유리조각과 은박지 부스러기, 주사기와 폐자재가 버려진 공터가 중간중간 끼어 있었다. 죽 늘어선 집들 사이에 끼어 있는 이 공터들은 꼭 이 빠진 자리 같아서, 혹시라도 이 동네를 위에서 내려다봤다면 골목 한가운데로 난 포장도로는 치아가 군데군데 뽑혀나간 후 제대로 치료하지 않아 그 자리에 고름이 몽글몽글한 병든 잇몸처럼 보였을 것이다. 공원과 집을 제외하고는 그 공터 쓰레기장이 동네 아이들의 놀이터였고, 또 그 아이들이 약을 할 만큼 나이가 들면 죽음을 맞게 되는 곳이기도 했다. 여러 세대에 걸쳐 노동자계급 아이들은 자기가 죽음을 맞게 될 공터에서 세상을 상상하며 자랐다.

골목 화단은 펠루카네 모퉁이까지 닿지 않았다. 그래서 맨 아래층 펠루카네 집 창밖으로 보이는 것은—밤낮으로 창문을 가리고 있는 초록색 블라인드를 올리고 내다본다면 말이지만—쓰레기통밖에 없었다.

이 동네 집들은 1950년대에 프랑코 정권이 "위대한 산 블라스"라 이름 붙이고 추진한 주택 건설 프로젝트를 통해 지어졌다. 그 전에는 이 동네를 세로델라바카*라고 불렀는

---

* 암소의 언덕이라는 뜻.

데 파시스트 정권에게는 분명 땀 냄새, 구린내 나는 이름이었을 것이다. 방문 세금징수원들은 이 동네를 "어미 없는 동네"라고 불렀다. 문을 두드리면, 학교에 가 있어야 할 아이들이 나오는 집이 많았기 때문이다. 당시 정책을 세운 사람들은 삼만 가구 이상이 이곳에 살려면 근처에 아이들이 다닐 학교가 필요할 거라는 생각은 하지 못했고 그래서 학교가 생기기까지 수년이 걸렸다. 상수도며 시장 같은 것들 역시 그걸 만들어줄 책임이 있는 사람들에게는 전혀 중요한 일이 아니었으므로 몇 년이 지나도록 없는 채 방치되었다. 프랑코 정권이 보기에 노동자들은 가축우리 속 짐승과 다를 바 없었다. 그 결과 이 동네에는 계급의식이 싹텄고, 프랑코 정권이 민주 정부로 이행하는 과도기였던 70년대 말과 80년대에 정부 당국은 헤로인 주사기를 거저 뿌리다시피 하는 손쉬운 방법을 택했다. 마약은 영구 집권의 방법을 찾아낸 정권이 반체제인사들을 즉결처형하는 가장 좋은 수단이었다.

펠루카에 관해 동네에서 떠도는 이야기는 네 가지였다. 언덕 위 동굴의 암거래상이었다, 신묘한 마녀였다, 주술에 걸려 대머리가 되었다. 그녀를 피하는 게 최선이지만 혹시 계단에서 마주치거나 과일가게 앞에서 함께 줄을 서게 된다면 할 수 있는 한 상냥하게 대하라. 펠루카가 머리에 뒤집어쓴 가발, 가짜 머리카락으로 컬을 잔뜩 집어넣어 만든 마무리가 엉망인 그 가발을 못 본 척하기란 어려웠다. 하지만 절대 펠루카를 쳐다보거나 주의를 기울여서는 안 되었다. 여자의 별명이 말해주듯이* 그건 그녀의 성질을 건드리는 일이고, 그녀를 자극해서 득 될 게 없었다.

하지만 나는 우연히 펠루카의 곁을 스쳐 지나갈 때, 코카인을 코로 흡입하듯 그녀의 냄새를 한껏 들이마시는 게 정말 좋았다. 사람들은 내가 그녀를 보고 겁을 먹은 줄 알았겠지만 내겐 펠루카의 모습이 너무나 감동적이었다. 불규칙하게 흔들린 아이라인과 아무렇게나 칠한 립스틱을 보면 그림에 소질이 없는 다섯 살 꼬마 실력으로 할머니가 쓰는 욕실에서 몰래 급하게 화장하는 내 모습이 떠올랐다.

키 일 미터 이십짜리 꼬마가 시체안치소 냄새를 풍기는 늙은 고물장수 마녀를 흉내 내는 것, 그게 내가 여장남자*
로서 내디딘 첫걸음이었다.

사람들은 진심으로 펠루카를 두려워했다. 대부분 노가다나 웨이터, 노점상, 고철 넝마주이로 일하는 동네 남자들은 행동이 거칠고 오지랖도 넓었다. 하지만 펠루카와 마주치면 눈을 내리깔고, 내전 직후 시절에 어린아이들이 교구 신부에게 했던 것처럼 다소곳이 "안녕하세요" 하고 인사

---

* '펠루카'에는 '가발', '불호령을 내림'의 두 가지 의미가 있다.
* 이 책에는 trans와 transexual, trasvesti라는 단어가 나오며, 각각 트랜스 (트랜스젠더), 트랜스섹슈얼, 여장남자라고 번역했다.

했다. 셔츠를 절반은 풀어헤친 맨머리 남자들이 노예처럼 뼈빠지게 일하며 하루를 보낸 후 한잔하러 가는 길에 마주친 허약한 여자 앞에서 그렇게 벌벌 떠는 모습을 보면 참으로 우스웠다.

거의 아무도 펠루카의 이름을 기억하지 못했다. 대신 온 동네 사람 모두가 그녀의 별명을 알고 있었으나, 그 말이 잔인하고 악의적이어서라기보다는 펠루카의 반응이 무서워서 펠루카 앞에서는 절대로 별명을 입에 올리지 않았다. 그래서 모두들 '여사님'이라는 호칭을 썼다.

언젠가 펠루카와 같은 골목에 살던 두 여자가 산책을 나갔을 때의 일이다. 둘 다 그 골목에서 자랐고 당시 임신한 상태였던 그녀들은 유난히 더웠던 그 여름에 임신으로 인한 부기를 뺄 겸 산책에 나선 참이었다. 둘 중 한 여자는 어려서부터 다리 쪽 혈액순환에 문제가 있었고, 복숭아뼈 위쪽 혈관이 보라색으로 울퉁불퉁 도드라지는 것을 가라앉히는 데는 걷는 게 도움이 되었다. 두 사람은 늦은 저녁 무렵 자주 함께 걸었다. 산책길에는 최근에 들은 소문이나 임산부의 일상, 걱정, 얼마 후 태어날 아이에 대한 희망 같은 것에 관해 이야기를 나누었다. 서로 다 알고 지내는 탓에 가십거리가 넘쳐나는 동네에서 흔히 그렇듯 남의 험담이나 뒷담화도 빼놓지 않았다.

멍이 든 것처럼 다리가 시퍼런 여자는 태어날 아이가 아들이고 장차 투우사가 되어 자신에게 별장을 하나 사줬으면 좋겠다고 말했다. "라디오에서 들었는데 엘코르도베스*가 자기 엄마한테 별장을 사줬대." 좀 더 어린 다른 여자는 잘생긴 아들을 낳고 싶다고 했다. "금발에 파란 눈을 가진 애 말이야."

두 여자는 산책을 시작한 지 얼마 되지 않아 골목 끝에서 걸어오고 있는 펠루카를 보았다. 아직 거리가 상당히 떨어져 있었으므로 둘은 서둘러 못된 혀를 놀리면서 노파의 외모를 비웃었다.

"그만 좀 해. 오줌 지릴 지경이야." 다리가 퉁퉁 부은 여자가 무지막지한 말을 쏟아내고 있는 좀 더 젊은 여자에게 말했다. 그녀는 듣기에도 치욕스러운 말을 쉼 없이 내뱉는 중이었다. 둘 다 이제 갓 스물을 넘긴 나이였다. 젊어서, 젊으니까 할 수 있는 잔혹한 일이 얼마나 많은가. 자제심이나 양심의 가책 같은 것은 생의 내리막길에, 결국은 우리 모두 추한 모습을 피할 수 없음을 알게 되었을 때야 비로소 갖게 되는 것이니까.

펠루카와 맞닥뜨리기 한참 전에 두 여자는 웃음을 멈추고 사나운 입을 다물었다. 그리고 그녀를 스쳐 지날 때에는 나이 많은 이웃 여자에게 하는 대로 공손한 몸짓과 수줍은

---

* 스페인의 전설적인 투우사. 역사상 가장 높은 개런티를 받은 것으로 알려져 있다.

미소로 인사를 하려고 했다. 하지만 미처 그럴 새가 없었다. 펠루카는 이 길에는 말라비틀어진 시든 관목 같은 자기 몸 뚱어리 하나 서 있을 자리밖에 없다는 듯 여자들에게 바짝 다가섰다. 여자들은 "안녕하세요"라고 말하려 했지만 그 말은 목에 걸려 소용돌이 치는 것처럼 입속에 남았다. 두 여자는 아마도 무의식적으로 자기 배에 손을 얹었으리라. 여자들은 노파의 눈빛에서 무언가가 뿜어져나오는 것을 본능적으로 느꼈다. 그 자리에 있는 것이든 없는 것이든, 그게 꽃이건 즐거움이건 탯줄이건, 시선이 닿는 것은 무엇이든 썩어 문드러지게 할 것만 같은 눈빛이었다. 펠루카는 천천히 왼손을 들어, 시뻘겋게 칠한 말랑한 입 구멍으로 엄지손가락을 가져가더니 손가락을 있는 힘껏 빨았다. '쪽' 소리가 크게 울렸을 정도다. 펠루카는 손가락을 빼는 동안 두 여자를 뚫어지게 바라보았다. 그녀들에게는 시간이 멈춰버린 것만 같은 순간이었다. 그녀들은 저주파의, 온몸을 마비시키는 것 같은 공포의 전율을 느꼈다. 거북하기 이를 데 없었지만 속수무책이었다. 펠루카는 침착하게, 침이 잔뜩 묻은 손가락을 한 여자의 뺨에 가져다 댔다. 더 심하게 비웃었던 어린 여자, 잘생긴, 아주 많이 잘생긴, 금발에 파란 눈을 가진 아들을 바랐던 여자였다.

순식간에 일어난 일이라 여자는 펠루카의 손가락을 피하지 못했을뿐더러 아무런 반응조차 보이지 못했다. 펠루카는 광대뼈에서부터 턱까지, 임신을 해서 통통하게 살이 오른 젊은 얼굴을 침 묻은 손가락으로 곧장 그어 내렸다. 그러면서 도마뱀 같은 목소리로 크게 말했다. "원숭이."

나는 다미안이라는 아이를 보지는 못했다. 그 애 엄마와 그 애는 거의 집 밖으로 나오지 않았고, 어쩌다 밖으로 나와도 아이의 온몸을 칭칭 감싸고 유아차 뚜껑을 꼭 닫고 있었다. 그 애는 걷지 못한다고 했다. 또 햇빛에 피부가 노출되면 치명적인 통증을 느낀다고도 했다. 말도 하지 못했다. 그 아이는 자기 집 소파에 누워서 텔레비전을 보다가 죽었다. 시신을 운반하는 차가 왔을 때 그 애 엄마는 털이 부숭부숭한 아들의 작은 얼굴에 하얀 수건을 덮어주었다. 시체안치실까지 가는 길이라도 편안하게 가라는 것이었다.

우리 엄마는 세월이 가면서 다리 쪽 혈액순환 문제는 해결되었고, 투우사 아들 대신 트랜스 딸을 낳았다. 그 딸은 엄마에게 별장을 사주지는 못했다.

내 이름을 불러봐

당신이 결국 여자가 될 거라는 사실을 깨닫는 것은 당신 근처에 있는 예시가 되는 사람을 통해서다. 롤모델에 대한 갈증, 여자에게서 여자로 이어져 내려오는, 남자들은 모르는 그 어떤 것에 함께하고자 하는 욕구를 통해서다.

펠루카를 상대로 운을 시험하는 것은 쓸모없는 짓이었다. 그 왜소한 노파는 구겨진 옷 솔기 하나하나에서조차 힘이 스며나왔다. 물론 나는 기회가 생기자마자 펠루카에게 말을 걸었다. 펠루카와 이야기를 나눔으로써 누군가를 유산시키는 능력이나 다른 불길한 힘을 갖게 되기를 기대한 것은 아니다. 아니, 그랬을지도 모른다. 하지만 그보다 나는 그녀가 겉모습으로 인한 무언가 때문에 사람들에게 배척당한다는 사실을 알고 있었다. 그게 날 슬프게 했다. 나는 자기 뜻대로 신경계를 움직이는 능력을 잃고 자신의 신

체 구조와 능력의 일부를 어둠에 내어준 사람의 둔한 몸
짓으로 매일 아침 펠루카가 화장하는 모습을 상상하곤 했
다. 그런데도 펠루카는 결코 가면 없이 외출하는 법이 없
었다. 내가 아침마다 가면 쓰기를 빼먹지 않는 것처럼. 차
이점은 펠루카의 가면은 생의 어느 순간 힘 있고 아름다웠
으리라는 것뿐이었다. 비록 이제는 그 아름다움이 다 사그
라들었다 해도 말이다. 우리에게 보는 눈이 있었더라면 분
명 그 뒤에 남은 절정기의 그림자를 볼 수 있었겠지만 우
리는 그런 능력이 없었다. 내 가면은 내가 그 뒤에 숨기 위
한 것이었다. 내 또래 어린애에게는 필요치도 않고, 보통
은 그런 게 있다는 걸 알지도 못하는 수치심과 두려움의
가면이었다.

   그게 내가 펠루카에게 말을 걸 수밖에 없는 이유였다. 아
주 작은 것이라 해도 나는 그녀에게 유산을 물려받아야 했
으니까. 그래야 나를 여자로 만들어갈 수 있었으니까.

   나는 영리한 계집아이, 벽장 속 퀴어였다. 말을 더듬고
통통하며 왼쪽 눈은 안대로 가리고 아주 큰 안경을 쓴. 나
는 도통 말 안 듣는 아이의 정반대 이미지였고 대부분의
아이들이 지니고 있는 천진난만한 잔인함조차 없어 보였
다. 어른들은 나를 보면 호의를 베풀고 싶어지거나 약간의
연민을 느꼈다. 나를 보며 그들은 자신의 장난꾸러기 아이
들이 얼마나 활달한지를 떠올리며 안심하곤 했다. 아주 못

돼먹은 사람이 아니면 모두들 편한 마음으로 나를 대했다. 그 사실을 깨달은 나는 그걸 내게 유리하게 써먹는 방법을 터득했다. 그렇다. 나는 잔인한 생각을 할 수 있었다. 당신에게 몸을 숨길 벽장이 필요하다는 자각은 당신을 진실과 거짓말 게임의 영리한 플레이어로 만들고, 당신은 뭘 보여주고 뭘 보여주지 말아야 할지를 기민하게 판단하게 된다.

나는 벽돌 조각을 들고 우리 집 계단 아랫부분에 낙서하는 척하면서 펠루카를 기다렸다. 펠루카는 하루에 적어도 네 번은 뭔지 알 수 없는 것들이 가득 담긴 비닐봉지들을 들고 신비로운 산책을 나서곤 했다.

"전 우리 동네 아줌마들 이름 다 알아요."

작은 계집아이가 자기보다 더 작은 아이를 흉내 내는 듯한 말투로 내가 말했다. 숨어서 화장을 하고 방 안에서 라파엘라 카라*와 보니 타일러※의 노래에 맞춰 춤을 추다 보면, 사악한 딸이 되는 법도 배우게 된다. 자신이 하고 있는 그 모든 것으로 인해 아주 복잡한 삶을 살게 될 것임을 깨닫게 되니까.

"아, 그래?" 욕설을 퍼부을 때 말고는 큰 소리로 말하는 게 익숙지 않은지 목이 막혀 캑캑거리면서 펠루카가 대답

---

* 이탈리아 예능인. 여성의 성적 해방을 주장한 LGBT의 아이콘.
※ 1970~80년대에 큰 인기를 끌었던 영국 가수. 금발과 허스키한 목소리가 특징이다.

했다.

"네, 롤라 부인, 파카 부인, 루이사 부인, 암파로 부인, 메르세데스 부인, 파스쿠알라 부인……."

머릿속으로는 이런 이름들이 술술 떠올랐지만 실제로는 맨 처음 '롤라'의 ㄹ에서부터 말문이 막혀버렸다. 'ㄹ' 발음은 말더듬이의 혀에 난 사마귀 같은 것이었기 때문이다.

"제대로 말해봐!" 펠루카가 이번에는 캑캑거리지 않고 말했다.

단 두 마디 말로 그녀는 마른 지푸라기 같았던 내 목젖을 데워주었다. 그 말은 단호했지만 차갑지는 않았다. 그저 명령을 내린 것이다. 그리고 효과가 있었다. 나는 아베마리아의 기도라도 읊는 것처럼 동네 여자들의 이름을 노래하듯 죽 읊었다. 기억만 나준다면 성인^{뿔ㅅ} 열전에 나오는 성인들의 이름을 끝도 없이 나열하고 싶었다. 내가 더듬지 않고 무언가를 말하는 소리를 듣는 게 좋았다.

"그럼 내 이름은? 나는 이 동네 사람 아닌가?" 펠루카는 화가 났다기보다는 재미있어하는 것 같았다.

이미 흡족한 상태였던 나는 그 순간 펠루카에게 놓았던 교묘한 덫을 거두었다. 원래는 상처 입은 새끼사슴의 몸짓과 약간의 뻔뻔함, 그리고 쉬운 유혹으로 펠루카의 진짜 이름을 알아낼 생각이었다. 마녀의 이름을 아는 것은 악마의 이름을 아는 것과는 다르다. 이름을 안다고 마녀를 마음대로 부리거나 소환할 수 있는 건 아니지만, 말을 트고 지내는 믿을 만한 마녀가 있다는 건 절대 손해될 일이 아니다. 이 기회에 펠루카와 소통하는 방법을 알아내고 그녀의 신뢰를 얻을 수만 있다면 그보다 더 좋은 일은 없을 터였다.

나는 펠루카가 고대 로마 시대의 이름이나 동화 속 마법사 이름 같은 신비로운 이름을 갖고 있을 거라고 생각했다. 그랄다, 모르가, 살수타 같은 세 음절의 이름, 목을 긁으며 나오는 후두음이나 치음으로 된 이름을 기대했다.

"내 이름은 마리아란다."

그래도 세 음절은 세 음절이다.

"제 이름은 아아…… 아아아……."

강모음은 말더듬이의 목을 잠그는 밸브다. 마녀의 안수기도가 내 입에 부어준 은총은 이제 다 끝나버렸다.

"네 이름이 뭔지는 알아. 난 네 엄마가 아주 어릴 때부터 알고 있었다. 그리고 네 아버지가 자기 몸보다 더 큰 목판을 메고 공원에 크로켓을 팔러 다닐 때부터 봐왔고. 네 할아버지, 할머니도 알아. 그런데 내 이름은 안 가르쳐주던?"

이건 누가 봐도 추궁하고 있는 거였다. 달리 해석할 여지가 없었다. 펠루카는 자신의 변증법적 체스 말을 곧장 내 담론적 킹의 칸으로 움직였다. 덫은 펠루카가 내게 놓아두었던 것이다. 나는 당황해서 오줌을 지리기 전에 거짓말이나 핑곗거리를 만들어내야 했다.

하지만 왠지 나는 그날 아침 일어나면서 폭력적인 인간이 되기로 했던 것 같다. 동네에서 가장 불량한 무뢰한도 감히 펠루카 앞에서는 입에 올리지 못할 말이 내 입에서 나오는 것을 듣고 나조차 기겁했다. 나는 '우리 사이에 거짓이란 있을 수 없다'고 생각했기 때문에 이렇게 말했다.

"펠루카. 항상 펠루카라고 불러요."

펠루카가 마녀의 눈길 한 번으로 즉시 내 창자를 담쟁이 넝쿨로 뒤덮어버릴 거라면 차라리 얼른 내 속을 드러내 보이는 편이 나았다.

펠루카는 이미 세포조직이 다 죽어버린 사람처럼 평온하게 나를 바라보았다. 그곳에 있기도 하고 동시에 없기도 한 사람의 눈빛이었다. 사냥꾼 집 벽에 걸린 사냥당한 동물의 머리가 바라보는 것 같은, 삶의 장막 저편을 참을성 있게 기다리는 사람의 분노와 유리알처럼 투명한 인내심이 담긴 눈빛이었다. 삶의 이편에서는 갈수록 약해지고 있지만, 저 너머에서는 더 강력하게 모든 것을 장악한 유령의 눈빛이었다.

"아, 펠루카." 펠루카가 그 먼 곳으로부터 말했다. 펠루카의 너털웃음이 터져나오기까지 역사상 가장 긴 시간이 걸린 건 아니었지만 그 시간이 내게는 영원과도 같았다. 유난히 울퉁불퉁한 소나무의 껍질이 변화하는 모습을 지켜보고 있는 것 같았다고나 할까. 마침내 나는 펠루카와 함께 웃기 시작했다. 우리는 서로의 웃음에 전염되어 한참 동안 웃었고 지나가던 사람이 멈춰 서서 우리를 쳐다보기까지 했다. 별로 예쁘지 않은, 이제 아기 티를 간신히 벗은 어린아이와 기괴하게 생긴 노파가 자기들만 아는 어떤 것 때문에 웃어대고 있었다. 그 순간 마리아는 눈곱만큼도 음침해 보이지 않았다. 누군가가 얼굴을 찡그릴 때는 그 사람이 소녀일 때는 어땠을지, 앞으로 어떤 할머니가 될지가 얼핏 드러나지만, 신이 나서 웃을 때는 그가 몇 살이든 차이가 없다. 평생 똑같은 모습으로 웃으니까.

그 순간 우리를 갈라놓는 것은 없었다. 펠루카를 롤모델로 선택한 것은 틀리지 않았다. 그 순간을 마지막으로 우리가 다시는 말 한마디 섞지 않게 된다고 해도 말이다. 나는 자기 방식대로 사는 여자들, 자기 방식으로 늙어가고, 자신의 삶을 얼굴에 선명하게 새겨둔 여자들에게 연민과 조롱의 베일을 뒤집어씌우는 것은 그 여자들을 두려워하기 때문이란 걸 알았다.

"자, 어서 집에 가라. 늦었다. 그리고 부모님께 눈에 붙인 그건 그만 떼어달라고 해."

"신경 때문에 삐뚤어져서 그래요."

"왼쪽 눈이잖아. 왼쪽 눈은 잘못 보는 법이 없어. 그 눈이 오른쪽 눈이랑 다른 곳을 본다면 그걸 놓치지 마. 뭔가 네가 봐야 할 걸 알려주는 걸 테니까."

사실 나는 시신경이 약간 기형이지만 어렵잖게 교정할 수 있다고 말할 생각이었다. 난 의학용어를 아주 좋아하고 신기하게 생각했다. 그래서 내 눈에서 벌어지는 일들을 열심히 외워두었다가 기회가 있을 때마다 써먹으려고 했다. 하지만 우리가 함께 나눈 신나는 웃음 끝에 마리아에게 너무 많은 짐을 지게 하면 안 되겠다는 생각이 들었다. 귀부인이 되려면 적당한 때 물러설 줄도 알아야 한다. 어쨌든 그녀는 내 목숨을 구해주고 친절하게도 내 혀에 마법을 걸어주어서 내가 몇 문장을 더듬지 않고 말할 수 있었지 않은가. 그래서 나는 이렇게 말했다.

"마리아 여사님, 여사님한텐 아주 좋은 향기가 나요."

"오버하지 말고!"

그 말은 채찍을 내리치는 소리 같았다. 펠루카는 언제 우리 사이에 은밀한 순간이 있었나 싶게 휙 등을 돌렸고, 다시 공원을 향한 순례를 이어갔다. 펠루카는 금세 사라져버렸다. 뭔가가 가득 담긴 비닐봉지들을 들고. 봉지에 담긴 건 빵조각은 아니었다. 새 모이를 주는 펠루카는 상상이 가지 않았다. 차라리 부스럭거리는 포장지를 아르센탈스 거리 미루나무 아래나, 엘파라이소 공원 소나무 아래 파묻는 거면 또 몰라도.

일층 왼쪽 집에는
푸른 수염*이 산다

"떼 떼 떼 떼 떼 떼……."

"가엾은 것. 아침부터 힘든 모양이네. 쟤 때문에 머리가
돌 지경이야. 새벽 네 시부터 저렇게 시끄럽게 굴어대니,
원. 네 아빠는 도저히 못 자겠다고 한 시간 전에 일어났어.
불쌍한 것, 지는 얼마나 괴롭겠니!"

엄마가 부엌에서 커피를 내리며 말했다. 한 사람이 겨우
들어가는 비좁은 부엌에서 엄마는 산더미처럼 쌓아놓은 콩
깍지도 까고 감자 껍질도 벗기는 중이었다. 나는 거실 의자
에 앉아 두 발을 대롱거리며 엄마를 바라보았다.

헤마는 우리 집과 문을 맞대고 있는 옆집 딸이었다. 우리
가 사는 건물에는 한 층에 두 집씩 살았다. 우리 집을 포함

---

* 프랑스 전설에 나오는 잔인한 귀족 남성. 절대권력을 지닌 그는 아내
  를 여섯 명이나 죽였다.

한 일층의 집들은 현관문을 열면 바로 길로 나가게 되어 있었고, 이층과 삼층 사람들은 건물 밖으로 난 계단으로 드나들었다. 나는 건물 뒤편에 있는 쓰레기와 생쥐들, 쓰고 버린 주사기들로 뒤덮여 있는 콘크리트 바닥 공터가 내다보이는 코딱지만 한 헤마의 창문을 통해 그녀를 훔쳐본 적이 있었다. 그 공터는 가끔 동네 아이들이 축구를 하기도 하지만 보통은 약쟁이들이 주삿바늘을 찔러 넣은 채 헤로인에 취해 진흙탕에서 피어 더러운 물 위를 떠다니는 연꽃처럼 부유하는 공간이었다. 얼마 전까지만 해도 그곳에서 축구하던 아이들이었다. 그리로 난 창문이 아버지가 가둬둔 방에서 헤마가 밖을 내다볼 수 있는 유일한 통로였다. 헤마는 스물다섯 살이 넘었지만 그 작은 구멍이 보여주는 것 이상의 세상을 보지 못했다. 전에 본 적이 있을지는 모르지만 그녀의 아버지 아우렐리오가 자신의 구역질 나는 성적 욕구를 충족시키기 위한 도구로 그녀를 선택하자마자 그 세상을 떠날 수밖에 없었기 때문에 아무것도 기억하지 못했다.

너무나 간단한 일이었다. 어느 날 그녀의 아버지는 딸을 가둬두기로 했고, 세상은 아무 일 없다는 듯 계속 돌아갔다. 당시 강박적으로 소설과 신화, 전설을 읽던 나에게 헤마는 레이디 고다이바* 같았다. 헤마의 외로움, 길고 새빨

---

* 11세기 영국 코번트리에서 영주인 남편에게 세금을 경감해달라고 호소하기 위해 영지를 나체로 도는 과감한 행동을 한 여인.

간 머리칼, 그녀를 둘러싼 고요함, 의지할 데 없는 처지 때문이었다. 분별력이 생긴 이래로, 그리고 두 개의 삶을 살면서 두 개의 현실을 헤쳐가는 법을 배워야 하는 계집아이로서 나는 내 주변의 여자들을 내 상상 속의 공간에 들여놓곤 했다. 그 안에서는 아무도 그 여자들을 건드릴 수 없었고 나는 황금 실로 이야기를 자아내며 그 환상의 공간을 돌아다녔다. 28번 버스 정류장에서, 시만카 지하철 플랫폼에서, 루카스 씨네 하몬 가게에서 나는 아프로디테*와 키르케*, 니무에‡와 애스톨랏의 일레인‡‡을 보았다. 때로 버스나 지하철 안에서 그 낯선 여자들이 나나 엄마 앞 손 닿을 거리에 있을 때면, 나는 그녀들의 머리칼을 만지작거리며 몇 가닥 흘러내린 머리카락을 내 검지로 둥글게 말아보기도 했다. 내겐 그것이 네레이스‡‡‡들이 서로의 머리를 빗겨주는 것 같은 동화 속 간결한 몸짓이었고, 여자들도 내 손길을 느끼면 재미있어했다. 엄마는 연신 미안하다고 사과해야 했지만 말이다. 꿈나라에서 요정이 되는 길이 머리카락을 둥글게 마는 것으로 시작되는 게 아닐까 하

* 여성의 성적 아름다움과 사랑의 욕망을 관장하는 여신.
‡ 태양의 신 헬리오스의 딸이며, 마녀의 대명사로 여겨진다.
‡‡ 전설의 검 엑스칼리버가 아서보다 먼저 선택했던 호수의 여인.
‡‡‡ 원탁의 기사 란슬롯을 보자마자 사랑에 빠졌다는 애스톨랏 영주의 막내딸.
‡‡‡‡ 몸의 상체는 아름다운 여자고 하체는 물고기인 바다의 요정.

여, 나는 숱한 밤마다 손가락으로 내 머리칼을 빙빙 돌리
며 잠들곤 했다.

그 비참한 집구석에서는 적어도 일주일에 두세 번씩은
아우렐리오의 분노가 폭발했던 것으로 기억한다. 그 집 벽
을 넘어오는 소리는 오로지 고함과 구타 소리뿐이었다. 텔
레비전이나 라디오 소리도 대화를 나누는 목소리도 들리
지 않았다. 간혹 들려오는 레이디 고다이바의 경련에 가까
운 "떼" 소리를 빼곤.

아우렐리오는 집을 드나드는 시간이 일정치 않았고, 아
무도 그가 무슨 일을 하는지 몰랐다. 다만 사람들은 그가
이웃집 아들딸들을 잡아먹는 마약 밀매에 발을 담그고 있
을 거라고 짐작했다. 그는 여기저기 배회하다가 집에 돌아
오자마자 공격을 시작했다. 무슨 트집이든 충분한 이유가
되었다. 어떤 물건이 제자리에 없다거나, 좀 늦게 자기를
쳐다보았다거나, 단순히 인삿말로 "벌써 왔어요?"라고 묻
기만 해도 시비를 걸었다.

"그래, 벌써 왔다. 벌써 왔어. 네 눈엔 내가 온 게 안 보
이냐?"

항상 이렇게 질문에 또 다른 질문으로 대답하며 빈정거
렸다.

"아니, 그냥, 당신이 좀 일찍 온 거 같아서요……." 그의
아내 루이사는 앞으로 벌어질 일을 어떻게든 막아보려고

애쓰며 말했다.

"일찍? 일찍? 일찍이라고오오오?" 그 폭군은 아내의 말을 끊고 놀려대듯 입술을 삐죽거리며 남자들이 여자 목소리를 흉내 낼 때 하는 식으로 점점 소리를 높여 말했다.

그렇게 한참을 계속했다. 아우렐리오는 꼼꼼하고 끈질기게 상대를 학대했다. 폭발했다가 금세 가라앉는 유형이 아니었다. 그의 잔혹성에는 독성을 띤 세밀한 규율이 있었다. 대답하기 곤란하고 모호한 질문으로 시작해, 상대가 대꾸하려 하면 조롱하며 말꼬리를 잡다가, 결국에는 서두르지 않고 구타를 시작했다. 벽이 흔들리면서 가구들이 삐걱거리는 소리, 발길질하는 소리에 이어 그가 아내와 세 아이 중 그 순간 희생양이 된 상대에게 더 편히 때릴 수 있도록 이런저런 자세를 취하라고 명령하는 소리까지 들렸다. 견딜 수가 없는 극단적인 폭력이 그 집에서는 당연한 일상이었다. 마치 매일 일어날 법하고 피할 수도 없는 일이라는 듯 폭행이 예사롭게 일어났다.

그 개자식은 그날 아침에도 커피와 감자, 강낭콩을 먹다 말고 의식을 시작했다. 수업 시간이 아니거나 어떤 이유로든 내가 집에 있을 때 그의 공격이 시작되면, 나는 항상 두려움에 입술을 깨물면서 엄마에게 라디오 볼륨을 높여달라고, 아니면 엄마가 자주 하는 대로 크게 노래를 불러달라고 했다. 엄마는 상황을 예견하고 선수를 칠 때가 많았다. 갑자기 라디오 소리가 아주 커지거나 엄마가 니콜라 디 바리*나 아다모*, 마리페 데 트리아나* 노래를 목청껏 부르는 건 악마가 앞집에서 춤추고 있다는 뜻이었다.

그러면 나는 오빠와 함께 쓰는 방에 틀어박혔다. 다행히 창문도 없고 다른 집과 맞닿아 있지도 않은 방이었다. 하지만 벽의 진동까지 막아낼 수는 없었고 그때마다 나는 그 집 막내딸 라우라를 생각했다. 라우라는 잔다르크였다. 앞머리를 짧게 자른 단발머리를 한 그녀는 언제나 그 지옥에서 싸움을 벌일 준비가 되어 있었기 때문이다. 그 집 아버지가 저지르는 끔찍한 짓 중 최악은 대부분 라우라 차지였다. 열여섯 살 라우라는 온몸으로 반항심을 표출했다. 집시족 특유의 고양이 눈 같은 초록색 눈, 진지한 표정과 쉰 목소리, 핑크족보다는 고트족에 가까운 차림새는 아버지의 증오를 불러일으킬 것을 알면서도 점점 더 극단으로 치달았다. 나는 라우라를 무척 좋아했다. 동네에는 나보다 더 못생기고 또 나만큼 관심이 필요했던, 우리 아버지가 어릴 적부터 알고 지내는 기계공의 아들인 또 다른 퀴어 여자아이가 있었는데, 라우라는 남몰래 나와 그 아이의 손톱에 매니큐어를 발라주기도 하고 누가 보기 전에 지워주기도 했다.

* 산레모 가요제에서 두 번이나 우승한 이탈리아 가수.
* 벨기에 국적의 가수 겸 작곡가.
* 스페인의 민요 가수.

라우라의 태도가 그녀를 학대하는 자의 화를 더 돋군다는 사실은 어른이 아닌 나도 알 수 있었다. 그래서 나는 몇 번이나 라우라에게 좀 상냥하게 행동하라고 부탁했다. 그러면 그자가 난폭해지는 걸 막을 수 있지 않을까 싶어서였다. 남성우월주의자들의 폭력은 우리 여자들이 어떤 행동을 하든 하지 않든 상관없이 벌어진다는 걸 아직 몰랐던 것이다.

의무 교육인 중학교를 끝으로 더 이상 학교에 다니지 않게 된 라우라가 어떤 일로 밥벌이를 하는지는 동네 사람 모두가 알고 있었다. 사람들은 산업단지나 공원 근처, 또는 시내에서 싼값에 미성년자가 주는 환상을 취하려는 치들과 섹스를 함으로써 그녀가 돈을 번다는 걸 낮은 목소리로 에둘러 이야기하곤 했다. 그렇게 하면 이제 겨우 사춘기인 아이가 그런 일을 하는 현실을 외면할 수 있다는 듯이. 자기 아버지의 끈적한 손보다 미성년자에게 접대를 받고 돈을 지불하는 쓰레기 같은 인간들의 손에 훨씬 더 많이 망가졌지만 그럴수록 라우라는 더 강해졌고 절대 고개를 숙이지 않았다. 라우라는 동네 어디에서건 자기에게 쏟아지는 동정, 이웃들이 배려 없이 보여주는 공감을 혐오했다. 그 사람들은 달리 어떻게 해야 할지 몰랐을 뿐이었고 라우라도 그걸 알았지만 그렇다고 이웃에 대한 경멸이 사라지지는 않았다. 라우라는 곧 동네에서 보이지 않게 되었다. 어느 정도 돈을 모으자마자 일층 왼쪽 집을 탈출한 것이다. 나는 자주 라우라를 생각했다. 라우라는 내게 희망의 기도, 승리의 신화, 기원의 여신이 되었다.

벽의 진동이 멈추고 라디오 소리가 웅얼거림으로 바뀌면 나는 방에서 나왔다. 엄마가 냄비에 더 집어넣은 감자는 옆집에서 매질이 계속되는 동안 다 익었다. 엄마는 익은 감자를 포크로 으깬 뒤 오일과 소금, 후추를 약간 넣고 호박색 유리 접시에 펼쳐 담았다. 그러고는 온기가 사라지지 않도록 그 위에 깨끗한 천을 덮었다.

나는 그다음 일어날 일을 알고 있었다. 언제나 똑같았기 때문이다.

"금방 올 거야. 요 앞에 있을게." 매번 엄마는 똑같은 말을 했다.

이어서 계단을 밟는 소리가 들렸다. 미사 때 걷는 것처럼 바닥을 딛는 걸 망설이는 듯한 조심스러운 발소리였다.

아우렐리오의 가학적인 방식은 완벽하게 예측할 수 있었다. 짐승의 시간이 지나면 그는 전리품을 얻기라도 한 것처럼 바람을 쐬러 나가서 한참 후에야 돌아왔다. 그사이 이웃집 여자들 거의 모두가 먹을 것이나 쓸만한 옷, 따뜻한 커피 한 포트를 들고 루이사네 집으로 왔다. 그것 말고는 위로할 방법을 몰랐다. 경찰에 전화하는 건 그만둔 지 오래였다. 경찰이 와서 하는 일이라고는 아우렐리오를 집 밖으로 불러내 진정될 때까지 잠시 이야기를 나눈 다음 교리문답식 충고와 우습지도 않은 경고를 하고는 그를 다시 집으로 돌려보내는 게 전부였기 때문이다.

경찰이 현장을 떠나고 몇 분 후면 그 개자식은 중단되었던 바로 그 지점에서 고문을 다시 시작할 때도 많았다. 음식 접시나 냄비, 커피포트는 항상 "괜찮아?"라는 말과 함께 나타났다. 그 여자를 도울 제도적 장치가 전혀 없는데 그 외에 어떤 말을, 무슨 일을 할 수 있었겠는가. 두 눈에 눈물이 가득 고인 채 돌아온 엄마는 괴로워 얼굴을 찌푸리면서 내게 애써 미소를 지었다.

"이리 와서 콩꼬투리 따는 것 좀 도와줘. 어디 보자, 조심해서. 칼을 잘 잡고 이렇게……. 그렇지. 잘했어. 이거 한 무더기 다 똑같이 해야 해."

나는 그 순간들을 영원히 소중하게 간직했다. 그때 나는 내가 생각했던 것과는 다른 아이라는 걸 부모님이 알게 되면 나를 더 이상 사랑하지 않을까 봐 두려워하고 있었다. 나는 어른들이 자신들과 다른 사람에 대해 어떻게 이야기하는지 다 들었고, 그 말들은 내게 절대 지워지지 않을 상처를 남겼다. 우리 여자아이들은 언제나 듣고만 있다. 그러니 사람들은 무엇이 아이들의 내면을 동요시키는지, 영원히 상처로 남는 한마디가 어떤 말인지를 알지 못한다. 나는 사람들이 겉으로 보이는 내 모습을 아주 좋아한다는 것을 알고 있었다. 그리고 물론 둘 중 그 어떤 모습도 결코 아우렐리오를 닮아 있지는 않으리라는 것도 잘 알고 있었다.

나는 도대체 왜 남자들은 이 문제에 나서지 않는지 이해가 되지 않았다. 어린 내 생각에 남자들이란 괴물과 맞서 싸워 평화를 유지해야 하는 사람들이었다. 대부분 별로 중요하지 않은 일에도 망설임 없이 앞장서지 않았던가. 나는 이웃들이 사소한 주차 문제로, 말도 안 되는 오해 때문에, 상대의 눈빛이 기분 나쁘다고 싸움을 벌이는 모습을 자주 보았다. 주로 정의를 위해서라기보다는 위계질서를 세우기 위한 것들이었다.

아빠는 우리에게 노동자가 당면한 문제들을 설파하며, 모두가 기본적인 것을 누리고 존중받기 위해서는 단결해서 투쟁해야 한다고 여러 차례 이야기했다. 노동자 총파업 첫날 새벽, 엄마의 반대를 교묘하게 피해 우리를 깨워서는 아빠와 동료들이 산업단지 내 회사들 정문을 실리콘으로 봉인하는 현장에 데려가기도 했다. 아빠는 우리에게 필요한 보호 조치들을 취한 후 피켓시위 하는 곳으로 데려가 우리도 대오에 서게 했다. 그게 어떤 건지 똑똑히 보라는 뜻이었다. 하지만 오빠와 나는 아직 어려서 아무것도 이해하지 못했다. 장시간의 노동에 시달리느라 좀처럼 우리와 놀아주지 못했던 아빠와 시간을 보내며 신기하고 재미있는 놀이를 할 기회라고 생각했을 뿐이다. 아침이 밝은 후, 시위대 앞을 지나가려는 몇몇 노동자들과 실랑이가 일어났다. 밀고 밀치는 몸싸움이 벌어지고 욕설이 터져나왔다. 아빠는 거기서 일어나는 모든 일을 우리가 잘 보고 듣고 어린 마음에 잘 새겨서 시간이 지나면 그 단순하지 않은 분노를 해석할 수 있으리라고 확신했다. 우리가 겁을 집어먹은 탓에 그 모험이 해피엔딩으로 끝나지는 않았지만, 유용한 경험이기는 했다. 어쨌든 아빠는 그런 식이었다. 절대 우리에게 거짓말하지 않고, 성숙하지 않은 우리에게 무엇이든 앞질러 알려주고, 아무리 어리다 해도 우리의 판단기준을 존중하는 것이 아빠가 우리를 사랑하는 방식이었다. 나는 그날, 내가 전에도 자주 듣기는 했지만 무슨 뜻인지는 몰랐던 배신자라는 말이 출세해보려고, 아니면 별 볼 일 없는 자리라도 지켜보려고 동료들을 버린 사람에게 붙는 딱지라는 것을 처음 알았다. 그런데 그 배신자라는 딱지가 가정에는 적용되지 않는 모양이었다. 아니면 아내를 배신하는 것은 동료들 앞에서 변변찮은 놈이 되는 것과는 다른 차원의 문제라 그것을 지칭하는 다른 성스러운 말이 있는지도 몰랐다. 아무튼 우리 건물에 사는 남자들은 일층 왼쪽 집 폭군이 벌이는 일에 끼어드는 것은 적절치 못하다고 생각하는 게 틀림없었다.

남자들이 아우렐리오를 없는 사람 취급한 건 사실이다. 아무도 그에게 말을 걸지 않았고 일요일에 생맥주 한잔하는 자리에도 끼워주지 않았다. 하지만 동네 남자들은 남의 집 일에 코를 킁킁대기 싫다고, 부부간 문제는 부부끼리 해결해야 한다고 주장하면서 책임을 회피했다. 짐승 같은 학대를 그저 '문제'라는 말로 얼버무리는 것은 파렴치한 일이었다. 노동쟁의에 대해서는 결코 그런 태도를 보이지 않았을 것이다. 참 이상했다. 모두들 아우렐리오가 나쁜 놈이라는 걸 알고 있었고 그를 범죄자라고 부르기도 했다. 하지만 아우렐리오의 주위에 피켓 라인이 쳐져 있기라도 한 건지 남자들은 하나같이 그 안으로 들어서지 않았다.

쓰레기 더미 위를
떠다니다

아우렐리오와 루이사의 둘째인 아들 사울은 티노 카살*처럼 옷을 입고, 모모의 친구 기기의 말투가 그러리라고 내가 상상했던 투로 말했으며, 걸음걸이는 피트 번즈* 같았다. 나는 사울이 자기 집을 드나들 때 그가 하이힐을 또각거리며 모퉁이를 돌아 사라지는 걸 보는 게 정말 좋았다. 자기 누이 라우라와 마찬가지로 적의에 찬 초록색 눈동자를 지닌 그의 얼굴은 아주 아름다웠다. 그 얼굴에는 아버지에게 얻어맞은 자국이 선명했고 흉터는 나날이 커져갔다. 그는 자기만의 삶을 살기 위해 이곳에서 도망칠 작정인 것처럼 보였다. 그리고 결국 그렇게 했다.

이따금 나도 사울처럼 되고 싶었다. 매혹적이고 독특하

* 1980년대 스페인 최고의 인기 가수. 호화로운 복장으로도 유명하다.
* 영국 밴드 데드오어얼라이브의 보컬로 양성적 치장을 했다.

며 여성스러운 사울. 사람들은 그를 게이라고 부르며 놀려 대고 매일 위협했다. 이 동네에서는 도무지 편하지가 않았기 때문에 그는 잠잘 때를 빼고는 동네에 발을 들이지 않았고 커서는 그마저도 하지 않으려 했다. 그는 삶이 자신에게 부여한 쓰레기 더미 위를 힘들이지 않고 걸어다녔다. 장난꾸러기 요정 같은 두 눈과 반짝거리는 웃옷, 힘을 준 긴 머리칼, 알 듯 말 듯한 미소와 언제나 고운 색을 칠한 입술. 그는 영락없는 오베론*이었다. 그는 내가 동화 속 여인들, 여신들과 귀부인, 그리고 또 다른 아름다운 생명체들을 모아둔 전설의 공간에 한 자리를 차지하고 있었다.

삶에 아무런 기회가 없었던 유령 같은 큰 누이를 빼고 사울과 라우라는 저세상의 불로 단련되었다. 나는 모든 것이 두려웠고, 나 자신의 모습으로 자유롭고 즐겁게 살 자신이 없었다. 가족이 내게 보내는 사랑과 지지, 안정감을 잃게 될까 봐 겁이 났다. 하지만 사울과 라우라는 깊이를 헤아릴 수 없는 불행 한가운데에서 분노로 들끓었고, 바로 그 분노가 그들의 삶을 추동했다. 물론 실제로는 모든 게 훨씬 더 복잡하리라는 건 나도 어렴풋이 알았다. 최악의 방식으로 삶을 시작하게 된 두 사람의 단단한 방탄막에 작은 틈이 벌어져 있는 것을 얼핏 본 것도 같았다. 하지만 나는 그

* 중세 프랑스 시 「보르도의 위옹」과 셰익스피어의 『한여름 밤의 꿈』 등에 등장하는 요정들의 왕.

들의 힘에 감탄했다. 나는 한 번도 그들을 잊은 적이 없다. 지금도 마찬가지다.

사울은 조용히 사라졌다. 어느 저녁에 내가 건물 밖으로 난 계단에 앉아 고요한 세상을 바라보고 있을 때, 걸음을 멈추지도 않고 내 머리를 한번 흐트러트렸을 뿐이다. 내가 그의 모습을 본 것은 그때가 마지막이었다. 그는 트렁크를 끌고 가지도, 배낭을 매고 있지도 않았다. 나는 요정들의 왕은 어딜 가건 짐 따위는 필요 없을 거라고 생각했다.

번쩍이는 섬광

　나는 거의 잠든 상태였다. 희미한 의식은 깨어 있다기보다 어둠에 더 가까이 있었다. 나는 반달 모양으로 구부러진 거대한 풀잎을 해먹 삼아 그 위에서 쉬고 있었다. 벌거벗은 몸은 달빛에 흠뻑 젖어 있었다. 내게는 아직 어떤 속성도 없었다. 견고한 원형질의 인광에 불과한 내 몸은 겨우 절반 정도 만들어진 상태로, 아직 살은 없었지만 그래도 무게와 촉감은 가지고 있었다. 나는 움직이고 있었지만 움직이지 않았고, 정신이 꿈속으로 들어오자 이미지를 생성해내는 속도는 점점 느려졌다. 더 깊이 잠들면 다시 흐르는 방법을 발견해내리라. 그 순간 상상과 무의식이라고 생각했던 것, 헝클어진 생각의 소중한 흐름이 그 광경을 붙잡아두려고 애를 썼다. 있는 그대로의 밤의 소리, 귀뚜라미와 바람과 회전하는 별의 소리가 뒤섞인 밤의 소리가 점점 작아지더니 거의 사라져버렸거나 다른 무언가로 변해버렸다. 뭔가 유리에 가까운, 은빛의 그 무엇, 끝을 알리는 그 무엇이었다.

비명 소리가 들리기 직전, 나는 소름이 돋아 눈을 크게 떴다. 막 출발한 차에서 굴러떨어진 짐꾸러미처럼, 또는 죽은 몸처럼 현실로 돌려보내진 것이다. 땀 한 방울이 이마 이편에서 저편을 가로질렀지만 베개를 적시지는 못했다. 내 몸의 나머지 부분과 함께 얼어붙었기 때문이다. 또 한 번의 비명. 그리고 이번에는 더 짧은 비명. 연이은 당김음처럼 계속되는 소리. 아우렐리오가 내는 소리는 짐승의 울음소리였다. 사디스트적인 자기제어, 백정의 차분함은 흔적도 없고 새끼 돼지나 목이 쉰 개가 두려워 울부짖는 소리였다. 깜짝 놀란 나는 침대에서 벌떡 일어났다. 무슨 일이 일어난 건지 알아볼 생각이었다. 언제나 민첩했던 오빠는 이미 침대 위층에서 튀어나와 거실에 나와 있었고 부모님 역시 서둘러 방에서 나왔다. 아빠는 그래도 잠옷 바지를 입을 시간이 있었던 모양이지만 엄마는 가운 끈을 묶으며 걸어나왔다.

"둘 다 어서 침대로 가서 문 닫아! 히메나, 경찰에 전화해!" 아빠가 야단치듯 말했다. 반박할 기회는 주지 않았다.

우리가 투덜거릴 틈도 없이 또다시 끔찍한 비명이 들려왔기 때문에 우리는 말할 기회가 없었다. 아빠는 곧장 외부

로 이어지는 현관문을 열고 새벽 어둠 속으로 나갔다. 다른
집들의 문이 열리는 소리, 계단을 내려오는 거센 발소리가
들렸다. 육중한 짐승이 절벽 높이에서 달려 내려오는 것처
럼 느껴지는 남자의 발소리였다. 비명 소리는 멈추지 않았
고 반복될수록 점점 더 인간의 속성을 잃어갔다. 나는 공포
에 질려 기절할 것만 같았다. 우리는 아빠가 시킨 대로 방
으로 돌아가지 않고, 마비된 것처럼 꼼짝 않고 거실에 있
었다. 오빠는 늘 그랬듯이 나를 감싸안아 보호했다. 엄마는
덜덜 떨면서 경찰에 전화를 걸었다. 이번에는 경찰이 늦장
부리지 않겠지. 온 거리에 울리는 아우렐리오의 울부짖음
이 전화선 너머까지 들렸을 테니까.

　그후 사람들과 목소리가 어지럽게 오갔다. 구급차가 한
대, 아니 두 대 왔다. 우리 집 문 앞에 너무나 많은 불빛이
점멸하는 바람에 밤의 어둠은 신경질적으로 번쩍이는 섬광
으로 대체되었다. 집 담벼락에 파란색, 흰색, 빨간색이 번
쩍거렸다. 나는 무슨 일이 일어나고 있는 건지 알고 싶었지
만 움직일 수가 없었다. 그곳에 있는 사람들의 목소리는 경
찰차와 구급차 무전기에서 나오는 소리들과 뒤섞였다. 아
빠는 들어왔다 나갔다 하면서 우리를 보았지만 제대로 보
고 있지는 않았다. 두서너 번 밖을 내다본 엄마는 두 손으
로 얼굴을 감싸며 이 말만 반복했다. "아이고 하느님 맙소
사!" 그 혼란한 와중에 오빠가 용기를 내 열려 있던 문 앞

으로 몇 걸음 내디뎠고 나도 그 뒤를 따라가 오빠의 어깨 너머로 밖을 내다보았다. 레이디 고다이바는 자기 집 바닥에 앉아 있었다. 그 집 문과 우리 집 문이 마주보고 있는 데다 둘 다 활짝 열려 있었던 까닭에 아주 잘 보였다. 구급대원들이 그녀를 보살피며 말을 걸었지만 그녀는 아무 대답도 하지 않았다. 오로지 자신만 볼 수 있는 곳을 향해 미소 짓고 있을 뿐이었다. 여전히 "떼, 떼, 떼, 떼……"하고 큰 소리로 말했지만 고함은 아니었다. 그녀의 입에서 흘러나와 턱과 목을 다 적시고 웃옷 앞섶을 더럽히고 있는 핏자국만 아니었다면 레이디 고다이바의 미소는 보는 이의 마음을 따뜻하게 해주었을 것이다.

아우렐리오는 바닥에 쓰러져 있었다. 한 무리의 구급대원들과 경찰관들이 사막에 마지막 남은 썩은 고기를 먹어치우는 커다란 독수리들처럼 그를 에워쌌다. 그들은 응급 조치를 마친 후 아우렐리오를 들것에 실었다. 들것을 옮기는 사람들은 건물의 가운데로 난 계단을 피해 커브를 돌아야 했는데 그러느라 아우렐리오가 실린 들것이 아주 잠깐 우리 앞에 멈춰 섰다. 머리를 한쪽으로 돌리고 있어서 우리는 그의 얼굴을 볼 수 있었다. 여전히 고통을 호소하고 있었지만 이제 진통제 효과가 나기 시작했는지 신음 소리는 확연히 작아져 있었다. 그와 우리의 거리가 무척 가까웠기 때문에, 만일 뽑히지 않았더라면 그의 두 눈은 분명 우리를 노려보았을 것이다.

사람들에게 이끌려 구급차로 걸어가면서 거의 노래하 듯 "떼"의 묵주기도를 계속 읊는 혜마를 보고 우리는 방으로 돌아왔다. 레이디 고다이바는 이제 껍질을 벗고 하피*로 변신한 것이다.

* 그리스 신화에서 폭풍을 상징하는 존재들이며, 여자의 머리와 몸에 새의 날개와 발톱을 지닌 괴물이다. 신의 명령을 받아 인간에게 천벌을 내리는 역할을 한다.

여자들

　양파를 다질 때 번진 매콤한 기운이 아직 공기를 맴도는 가운데, 쌀을 곁들인 이집트콩 스튜 냄새가 났다. 압력밥솥 밸브가 급히 회전하며 짧게 뿜어낸 수증기로 주방 창문에 김이 서렸다. 그러나 마늘과 파슬리 찌꺼기가 붙은 칼 하나가 싱크대에 놓여 있는 걸 빼면 요리의 흔적은 남아 있지 않았다. 엄마는 몸놀림이 빨랐다. 천천히 뜨개질하듯 인내심을 가지고 요리하는, 꽃무늬 앞치마를 입은 전형적인 주부들과는 딴판이었다. 유아차를 탈 나이 때부터 쉬지 않고 청소와 요리로 밥벌이를 해온 사람답게 번개 같은 속도로 모든 일을 해치웠다.

　일을 건성건성 한다거나 부정확하게 끝내는 법도 없었고, 별 재료 없이도 아주 맛있는 음식을 만들어냈다. 집에서든 밖에서든 어떻게 해서라도 자기가 맡은 일을 해내야

한다는 생각이 강한 탓에 발달된 재주였다. 엄마는 광고문
구가 적힌 낡은 티셔츠와 짧은 바지를 입고 있었다. 얼룩이
지면 몇 번이라도 빨아 입을 수 있는 옷이었다. 암말처럼
민첩하고 활력이 넘치는 엄마는 짧게 깎은 머리를 엷은 색
으로 부분 염색했다. 옆으로 길게 찢어진 큰 눈을 가진 엄
마의 각진 얼굴은 아주 예뻤으며, 오뚝한 코의 콧등이 콧
날 중간쯤에서 휘긴 했지만 그게 조금이라도 엄마의 미모
를 손상시키지는 못했다. 내가 엄마를 닮은 것 중에 최고는
입이었다. 위아래 비율이 잘 맞는 입술은 도톰하지는 않았
지만 입체감이 부족하지도 않았다. 마흔을 넘었을 때에도
엄마의 얼굴 피부는 서른 살 정도밖에 안 되어 보였다. 열
두 살 때부터 계속 뼈빠지게 일하면서도 영양 섭취는 제대
로 하지 못했던 여자가 그렇게 활력 넘치는 외모를 지니고
있다는 건 믿기 힘든 일이었다. 노동자로 평생을 살았으니
아마도 몇 년 후면 뼈에서부터 그 결과가 나타나게 되겠지
만 피부는 여전히 맑을 것이며 노화도 그녀의 아우라에 범
접하지는 못할 것이었다.

엄마에게서는 아기 비누 냄새, 보습크림 냄새가 났다. 아
들 하나가 감옥에라도 간 것처럼 담배를 피워댔지만 언제
나 지금 막 샤워를 마치고 나온 사람 같았다. 죽은 후에도
꽃향기를 풍기며 부패에 맞섰다는 성녀처럼 말이다.

엄마는 다정했다. 오 킬로하고도 오백 그램이나 더 나가

는 육십 센티짜리 바보를 낳느라 고생을 했다면서도 내게
원한이 있는 것 같지는 않았다. 엄마와 나는 서로를 너무
나 좋아한다는 게 문제였다. 아주 어려서부터 나는 엄마가
우리에게 사랑을 베풀어 모든 걸 완벽한 상태로 유지하려
고 안간힘을 쓴다는 걸 알고 있었다. 또 우리가 그 사랑 안
에서 엄마가 상상했던 대로의 삶을 살기를 바란다는 것도
알고 있었다. 만약 우리가 궤도를 이탈한다면 엄마는 그걸
실패나 실수로 받아들일 것이다. 그리고 그 사실은 엄마 마
음에 지울 수 없는 상처를 남기게 될 터였다. 생각이란 걸
하게 된 후로 난 엄마에게 나는 온전히 내가 아니라고 말
하고 싶었다. 혼란스럽다고, 그리고 괴롭다고 말하고 싶었
다. 아이린 카라*의 노래에 맞춰 춤을 추는 것이나 마돈나
에 집착하는 것이 나에겐 언제나 어둠 속에서 빛나는 네온
사인 같은 것이며, 겉보기에는 경박해 보일지 모르지만 나
로서는 표면적으로 드러나는 것 이상으로 중요하다고 말
하고 싶었다. 그건 겁에 질린 동시에 희망에 차서, 누군가
가 그것을 알아봐주기를 바라며 하늘을 향해 발산하는 자
유의 몸부림이었다고 말이다. 하지만 그런 말들은 결코 입
밖으로 나오지 않았고, 나는 그토록 곤란한 일을 해낼 능력
이 없었다. 그래서 그 말들을 수치심을 묻어두는 거대한 무

* 미국의 가수이자 배우.

덤에 매장하려 애썼다. 반면 내 짧은 생애 내내 들었던 어떤 말들은 너무나 단정적이어서, 좀처럼 내 머릿속에서 지워지지 않았다. 엄마는 내 안에 있는 실망스러운 작은 빛을 포착하기라도 한 것처럼, 그래서 그 빛을 잠재울 아주 교묘한 계획을 세워둔 것처럼 말하곤 했다. 벽장 속에서 겪는 공포는 그림자놀이로부터 괴물을 만들어낸다. 매번 엄마는 아들 둘을 낳은 것이 아주 기쁘다는 식으로 "아르투로는 무척이나 딸을 낳고 싶어했지만 나는 아들을 원했어. 늠름한 아들들이 좋지"라고 말하곤 했다. 기회가 있을 때마다 자랑스럽게 우리를 "사나이들"이라고 부르기도 했다. 우리가 음식을 남기지 않고 먹었거나 어떤 일을 해냈을 때마다 상을 주듯 부르는 그 호칭이 우리를 미래로 이끄는 약속인 것처럼. 그런 사소한 말들이 한데 뭉쳐져 눈덩이처럼 불어났는데, 그것은 내가 아닌 다른 종류의 생명체를 묘사하는 것 같았다. 그 말들에는 전혀 악의가 없었지만, 천성적으로 예민하고 세심한 나는 내가 그에 걸맞지 못하다는 사실 때문에 그 말들을 들을 때마다 수치심을 느꼈다. 나는 **사나이**도 아니었고 **늠름하지도** 않았고 그런 것과는 거리가 멀었다. 하지만 그렇게 되려고 애쓰는 나 자신을 발견하곤 했다. 엄마에게 약하고 실망스러운 존재로 보이고 싶지 않았고, 엄마가 원하는 것과 정반대의 자리에 내가 서 있는 것을 숨기고 싶었기 때문이다. 그 자리가 바로 내가 원하는 자리였음에도.

엄마가 바삐 움직이며 집 안을 정리했다. 가을이 가까워 날씨는 청명하고 여름 막바지 휴가의 여운도 남아 있는 9월의 토요일 아침이었다. 일거리는 조금 미뤄놔도 될 것 같은 날이었지만 엄마의 집안일 사전에 그런 건 있을 수 없었다. 엄마에게 집은 엄마 몸의 일부와도 같아서 하루라도 위에서 아래까지 쓸고 닦지 않으면 안 되었다. 어릴 때부터 과도한 의무감을 지고 살았던 엄마는 절대 스스로를 실망시키지 않도록 설정되어 있었다. 안 그러면 어떻게 해도 충분히 쓸고 닦았다고 생각하지 않는 엄격한 엄마 성인들의 분노를 사기라도 할 듯이.

우리는 시끌벅적한 동네에 사는 소란스러운 가족이었다. 평온이나 고요함은 부유층 주택가에나 어울렸다. 그날 아침에도 창문 너머에서 노동자들이 사는 동네 특유의 소음이 들려왔다. 우리 동네에서는 항상 뭔가가 무너져 공사 중이었고, 복권 장수는 두 개의 술집 사이 모퉁이에서 병사가 소리치듯 복권 이름을 외치며 제 할 일을 했다. 이 복권 장수는 싸구려 포도주를 마시고 비틀거릴 때마다 〈태양을 마주하고〉*를 목청껏 불러대는 습관이 있었다. 물론 그 노래는 "어제 붉게" 구절에 다다르기도 전에 조용히 하라고

* 스페인 파시스트 정당 팔랑헤당의 당가. "새 셔츠를 입고 태양을 마주하네. 어제 붉게 수놓은 그 셔츠"로 시작된다.

소리치는 이웃 때문에 중단되곤 했는데, 그나마 그의 얼굴
이 박살나지 않는 이유는 그의 눈이 멀었기 때문이라는 사
실을 상기시켰다.

세월이 흐르며 우리 동네는 술집과 작은 가게 들이 모인
유흥가로 변했기 때문에 유리잔 부딪치는 소리, 맥주통 굴
러가는 소리가 끊이지 않았다. 배달원들이 언제나 여기저
기로 노새처럼 짐을 지고 날랐다. 집에서는 항상 소리 높
여 라디오를 틀었는데, 그해에는 릭 애슬리*, 휘트니¹, 라
디오푸투라²의 음악이 자주 나왔고 가장 유행한 건 U2³였
다. 엄마는 채널을 바꿔 판토하⁴나 후라도⁵, 로스 판초스
와 카밀로 세스토⁶의 노래를 듣기도 했다. 그렇게 다양한
음악적 취향을 지닌 가정에 태어난 것은 정말 감사할 일이
다. 아홉 살 때 나는 이미 〈빛을 가져온 항해사〉, 〈리틀윙
Little Wing〉, 〈라이크어버진Like a Virgin〉과 감미로운 볼레로⁷ 몇
곡을 유창하게 부를 수 있었다.

그날 아침 엄마는 자신의 두 자매와 함께 집안일을 하고

---

* 1980년대 중반부터 90년대 초반까지 전세계를 주름잡았던 영국 가수.
¹ 세계에서 가장 많은 음반을 판 가수들 중 한 명인 휘트니 휴스턴.
² 1980~90년대 스페인 최고의 인기 록 그룹.
³ 2억 장이 넘는 앨범 판매고를 올린 아일랜드 록 밴드.
⁴ 스페인 여가수인 이사벨 판토하.
⁵ 스페인 여가수인 로시오 후라도.
⁶ 로스 판초스와 카밀로 세스토 둘 다 스페인 가수다.
⁷ 스페인과 쿠바에서 시작된 춤곡.

있었다. 한 사람은 엄마의 언니였고 다른 사람은 동생이었다. 셋이 닮은 건 분명했지만 콜라겐의 축복은 모두에게 공평하게 주어지지 않았다. 이 점에서 가장 큰 행운을 차지한 사람은 엄마였다. 음악 소리를 뚫고 수다를 떠는 건 상당히 어려운 일 같은데 엄마와 이모들에게는 전혀 어렵지 않은 모양이었다. 세 사람 모두 선천적으로 성격들이 좋은 데다가 목소리 톤이 높고 흥분을 잘하며 과장이 심했다. 그리고 아주 아름다웠다. 나는 이모들과 엄마를 바라보며 그녀들의 몸짓, 편안히 쉬고 있는 자태, 머리칼을 매만지는 방식, 콤플렉스라고는 없어 보이는 미소와 물건을 다루는 모습을 머릿속에 고이 담아두었다. 또한 남자들 없이 여자들끼리만 모여 있을 때 느껴지는 에너지를 흡수했다. 나는 그런 에너지를 꿈꾸곤 했다. 그러면 마음이 간질간질해지면서 다른 때는 느낄 수 없는 평화로운 기분이 들곤 했다. 남자 가족들과 함께 있으면 나는 뱃속이 싸늘해지면서 온몸이 긴장됐다. 남자아이들은 저절로 남자가 되는 것이 아니라 남성성을 훈련받는다. 아무리 장점이 많은 사람이라 해도 남성성을 체화하지 못한 남자는 실패자로 치부된다. 나는 여자 가족들이나 동네 여자들, 학교의 여자아이들과 함께 있을 때면 따뜻한 물에 몸을 담갔을 때처럼 시간이 느려졌다. 나는 그녀들 중 하나가 될 수 없고 그녀들의 삶을 만질 수도 없었지만, 그 여자들이 무심결에 내게 보여준 것들을 소중히 간직했다. 그것은 가장 내밀하면서도 강렬한 신화를 책갈피 속에서 끄집어내서, 그녀들로 하여금 걷게 한 다음 그 모습을 응시하는 것과도 같았다. 요정과 마녀, 하얀 여왕과 하피의 길은 여전히 내가 닿을 수 없는 곳에 있었다. 그러나 나는 밀항자처럼 조심스럽게 그들에게 주의를 기울여 내게 적합한 그 무엇을 엮어냈다. 몰래 숨어서 내 치수에 맞게 지어낸 여성성의 옷이었다.

나는 집안 여자들이 벌이는 마녀들의 집회 주위를 어슬렁거리면서도 내 존재가 드러나지 않도록, 나로 인해 분위기가 깨지지 않도록 충분한 거리를 유지했다. 하지만 늘 성공한 것은 아니다. 여자들은 종종 내 존재를 알아채고 내가 항상 어른들, 특히 여자 어른들 주변을 맴돈다고 큰 소리로 나무라며 성가셔하곤 했다. 어른들은 내가 남의 험담을 듣고 싶어서 그러는 거라고 생각했는데, 내게는 좋은 알리바이가 되었으므로 그 말에 토를 달지 않았다. 욕실은 여전히 나만의 은밀한 왕국이었다. 그곳에서 내 화장은 더욱 빠르고 정확해졌고 내가 살면서 만난 여자들을 관찰하며 배운 것을 실험해보기도 했다. 슬픔은 갈수록 깊어졌다. 사실 나는 그때만 해도 디스포리아*라는 말을 몰랐지만 디스포리아가 내 정신 세계에서 너무나 큰 부분을 차지했다. 겨우

* 성별 불쾌감. 태어날 때 지정된 성별과 자신의 성정체성이 일치하지 않아 발생하는 괴로움 또는 그런 감정으로 인해 문제가 생기는 현상.

아홉 살밖에 되지 않은 내 안에는 육체적 불쾌감 외에는 다른 것이 자리 잡을 여지가 없었다. 학교에서는 공부 잘하는 학생이었지만 다른 모든 부분에서 나는 완전한 실패자였다. 나는 삶을 살아내기보다 상상하면서 많은 시간을 보냈다. 하지만 내 슬픔을 해소할 예술적 재능도 없었고 방법도 찾지 못했다. 나의 불행을 그림으로 그릴 수 없었고 증거를 남겨서는 안 되기에 글로 쓰는 것은 상상도 할 수 없었다. 그래서 나는 춤을 추거나, 내가 해방되는 시나리오를 머릿속에 펼치며 상상만 했다. 나의 탈출구는 문학, 영화, 음악이었다. 나는 나를 둘러싼 모든 것의 관객일 뿐 아무것도 건드릴 수 없었다.

타인과 함께하는 공간에서 내가 살아남을 수 있었던 것은 전형적이고 공격적인 남성성을 흉내 내는 데 점점 더 능숙해진 덕분이다. 나는 그것 역시 거울 앞에서 연습했다. 거울은 내 모든 거짓말과 아픔, 명멸하는 아름다움의 증인이었다. 그 앞에서 나는 나를 보지 않고도 보는 법을 배웠다. 로봇이 되는 법을 배웠다.

"아들, 그 안에서 뭐 하니? 들기러기보다 더 오래 똥을 싸네! 문 걸어 잠그고 있는 걸 왜 그리 좋아하는 거야? 그러다가 무슨 일 생기면 문 뽀개고 들어가야 해."

단호한 은유를 곁들인 직설적이고 구체적인 말들, 부끄러움이라고는 모르는 언어를 통해 우리는 우리가 가족임을 증명했다. 동네에도 일터에도 생활 전체에 똥이 넘쳐나니 노골적으로 표현하지 않을 도리가 없었다. 게다가 엄마는 우리가 빗장을 걸고 들어가는 것에 대해, 더 정확히는 문 반대편에 머무는 것에 대해 지나친 반감이 있었다. 우리가 방문을 잠그고 있으면 엄마는 화가 난 건지 겁에 질린 건지 아니면 그 둘 다인지 알 수 없는 맹렬한 반응을 보였다. 그러니 벽장 속에서 어린 시절을 보내던 나와는 충돌이 있을 수밖에 없었다. 하지만 바로 그 문 뒤에서 중요한 일이 벌어지고 있었다. 그것이 해방의 쉼표였건 형벌의 시간이었건 어쨌거나 내게는 소중했다. 활짝 문을 열어둔 세상에는 어깨와 엉덩이를 흔들며 걷거나 눈물을 흘릴 공간이 없었다. 오로지 사나이들을 위한 공간만 있을 뿐이었다.

몇 년간 은밀히 연습한 끝에, 나는 숨어서 여자 흉내를 내고 있다가 갑자기 누가 화장실 문을 두드려서 심장마비가 올 것 같은 일이 벌어져도 그 상황을 통제할 수 있게 되었다. 처음에 아주 어릴 때는 립스틱 하나만 손에 쥐어도 호흡이 가빠지고, 누가 문을 두드리면 악마가 여장남자 공주인 나의 가여운 영혼을 데리러 와서 나무 문을 두드리는 것만 같았다. 시간이 지나자 나는 거울 앞에서 켈리 르브락*처럼 자세를 취하면서도 급히 볼일을 보는 거친 남자의

* 〈우먼인레드〉 등에 출연했던 미국의 여배우이자 모델.

58

목소리로 대답할 수 있게 되었다.

"엄마는 이모들이랑 '여자들'에 갈 건데 넌 집에 있을래, 아니면 같이 갈래?"

동네 사람들이 편하게 '여자들'이라고 부르는 그 상점은 동네의 다른 가게들과 마찬가지로 정식 명칭이 있었으나 아무도 그 이름은 기억하지 못했다. 지역에서 꽤 인기 있는 옷가게였던 그곳은 굉장히 넓었는데 한쪽에서는 인근 학교 교복과 체육복을 팔고 다른 한쪽에는 여자 옷을 입은 마네킹이 끝도 없이 줄지어 서 있었다.

내가 벽장을 유지하는 전략의 핵심은 하고 싶어 죽을 지경인 일 앞에서 심드렁한 척하는 것이었다. 나의 진짜 열정을 드러내면, 남성적이지 못한 나의 본모습이 단박에 드러날 테니까 말이다. 주변이 자신에게 적대적일 때, 또는 그런 사실을 깨닫기도 전 모든 게 그저 직감일 뿐이라고 해도, 트랜스 여자아이가 제일 먼저 배우는 것은 환상을 통제하거나 그것을 거짓으로 부정해서 결국 자기 자신조차 자기가 어떤 사람인지 모르게 되어버리는 것이다. 80년대 초 이분법적 논리는 너무나 혹독했다. 당시 허세에 가까웠던 중성적 문화는 우리 트랜스들의 욕망을 자극하는 동시에 더욱 고통스럽게 하는 신기루에 불과했다. 그 모든 것이 분명 존재하면서도 또 너무나 멀리 떨어져 있었기 때문이다. 노동자계급 동네에서 정체를 숨기고 있는 작은 트랜스 여자아이, 어떤 괴물이 될지 도무지 알 수 없는 나에게는 명랑하게 여성성을 드러내는 보이 조지*나 망사 스타킹을 신은 프린스≠를 보는 것이 마치 어둡고 축축한 동굴 속 박쥐들을 보는 것과 같았다. 희망의 순간은 너무나 짧은 찰나에 불과해서 존재한 적이 있었는지조차 확신할 수 없었다.

'여자들' 가게에서 제일 대담한 구역에는 모비다 마드릴레냐≠에서 영감을 받은 듯한 옷들이 있었다. 〈황금 반지〉≠나 〈댈러스〉≠에나 나올 법한, 우리가 사는 세상과는 다른 픽션 세계의 옷들이었다. 지하철 7호선 종착역에 머물러 있는 나의 현실을 훌쩍 뛰어넘는, 인간적인 것과는 거리가 먼 카니발의 세계. 가게 안 스크린은 마드리드가 화장한 소년들이 동틀녘까지 춤을 추는 도시라고 말하고 있었지만 그 마드리드 한구석, 내가 속한 산블라스에서는 어른들이 마약중독자 아들과 게이 아들 중 어느 쪽이 더 최악인지를 두고 아무렇지도 않게 논쟁을 벌였다. 에이즈에 대해서도 많은 이야기가 들려왔다. 역겨움과 잔혹함, 수치심과 연민

* 밴드 컬처클럽의 메인 보컬.
≠ 미국의 싱어송라이터이자 배우. 성적인 가사와 펑크, 댄스, 록을 결합하여 엄청난 인기를 누렸다.
≠ 1970년대 중반부터 80년대 중반까지 프랑코 독재에서 민주 스페인으로 이행하던 시기 마드리드에 등장한 반문화 운동.
≠ 스페인의 텔레비전 시리즈. 1980년대 스페인 사회의 모순과 희망을 다뤘다.
≠ 2012년부터 방영된 미국 TV 시리즈물.

사이를 오가는 그들의 대화는 그 병을 앓는 이들의 죽음과 고독을 예견하며 끝나곤 했다. 나는 그 모든 이야기를 주의 깊게 들으며 보이지 않는 힘이 곰팡이 핀 검은 빵을 씹지도 않고 삼키라고 강요라도 하는 듯 꿀꺽 삼키곤 했다. 나는 이 모든 것을 합쳐 내 내면의 무덤에 간직했다. 고백 따위는 세상이 달라질 때까지, 아니면 내가 달라질 때까지 잘 간직하고 있으라고 나 자신을 설득했다.

물론 나는 '여자들'에 가고 싶었다! 알록달록한 거울과 립스틱 칠한 입술의 세상을 들여다보고 있으면 마치 최면에 걸린 것 같았다. 그 공간에서 엄마와 이모들, 동네 여자들은 잠시나마 집과 가족, 노동의 짐을 벗어버리고, 초라한 모습도 벗어던지고, 완전히 긴장을 풀었다. 블라우스와 치마, 재킷을 입어보기도 하고, 영리하고 친절하며 패션에 대해 잘 아는 점원들에게 조언을 구하기도 했다.

여자들은 거울 속 자신의 모습을 주의 깊게 바라보면서 포즈를 취하고, 자기 몸매에 대해 불평하고, 전문가에게 완벽한 검증을 받았다. 그리고 언제나 그들의 놀이는 할인해서 파는 치마 하나, 아니면 입을 기회가 많지는 않지만 만약을 위해 옷장 서랍에 넣어두면 좋은 레이스가 약간 달린 셔츠 하나를 가방에 넣는 것으로 끝났다.

어떻게 그 즐겁고 신나는 세상의 일부가 되기를 원하지 않을 수 있을까. 어떻게 그 풍경에 녹아들고 싶지 않을 수 있을까. 그건 폐에 신선한 공기를 가득 채우는 것과 같았다. 그때만은 내 안에 자라나는 모든 어둠을 잊었다. 그곳에 들어가면 여자들은 감동적인 본성을 드러냈다. 가볍게 떨어지다가 아래로 퍼지는, 화려한 무늬가 선명한 옷을 입어볼 때면 여자들은 무지갯빛 털을 지닌 이상하고도 아름다운 거대한 야생동물로 변신했다. 그러고는 산들바람 같은 향기와 분 냄새를 풍겨 여자들 간의 짠한 동지애를 불러일으킴으로써 어린 트랜스젠더인 내 심장을 아프게 했다.

자갈 얼굴

마르가리타는 절대 '여자들'에 들어가지 않았다. 막는 사람은 없었지만 그녀는 자신이 거주를 허락받은 세상의 보이지 않는 경계선을 알고 있었다. 마르가리타는 동네에서 제일 키가 큰 여자였다. 사실 내가 평생 본 여자들 중 가장 컸다. 그녀가 직접 자르고 염색한 머리 상태는 언제나 완벽했고 화장도 마찬가지였다. 그녀를 감싼 향기는 그녀가 다가온다는 사실을 미리 알려주었고 또 그녀가 지나갔다는 사실을 기억하게 해주었다. 그런데 생뚱맞게도 그녀는 어디든 잠옷 가운을 입고 다녔다. 물론 깔끔한 차림이었지만 그렇게 열심히 치장하는 여자라면 옷차림에도 그만큼 신경을 쓸 거라고 예상하기 마련 아닌가. 하지만 그녀는 자기만의 방식으로 옷차림에 신경을 썼으므로 분홍색 가운이나 그 가운과 세트인, 발등 끝부분에 분홍색 테두리를 둘러 마무리한 적당한 굽 높이의 실내용 슬리퍼에는 얼룩 하나 없었다.

여자들의 옷차림은 늘 나를 사로잡았다. 우리 집에는 스페인에서 발행되는 거의 모든 여성 잡지가 배달되었다. 나는 엄마의 취향을 어느 정도 물려받아 모나코 공주 캐럴라인을 숭배했다. 캐럴라인은 그레이스 켈리*만큼이나 완벽했다. 나는 패션디자이너들의 이름과 브랜드를 연결 짓기 시작했고 옷의 실루엣을 보고 그 옷이 어떤 몸에 잘 어울리는지도 알 수 있게 되었다. 나는 잡지에 나오는 여자들의 모습을 빌려 마누엘 피냐‡의 충격적이고 괴상하면서도 풍만하고 여성적인 옷을 입는 걸 꿈꾸곤 했다. 나는 상상의 나래를 펴며 하루하루를 보냈지만 도무지 미래의 내 모습은 그려지지 않았다. 그저 이 모습 이대로 영원히 어린 시절에 갇혀 존재와 숨바꼭질하는 형벌을 받은 것만 같았다.

마르가리타는 미래의 내 이미지를 투영하는 과정에서 처음으로 시선이 머문 사람이었고 그래서 나는 그녀를 미워했다.

마르가리타의 얼굴은 광대뼈부터 아래턱까지 온통 혹으로 뒤덮여 흉측했다. 안에 가득 찬 액체가 단단해진 것 같은 혹들이었는데 보기에도 몹시 울퉁불퉁했고 촉감도 그럴

* 미국의 배우였으며 레니에 3세와 결혼하여 모나코 왕비가 되었다.
‡ 스페인의 유명 디자이너.

것 같았다. 누군가가 그녀의 피부 속에 자갈을 집어넣은 것 같았다. 그 혹들이 시력을 위협하며 시야를 가리고 좁혀서 그녀는 눈의 초점을 맞추려 고개를 숙여야만 했다. 그래서 늘 몸이 구부정했다.

그 모습은 『크리스마스 캐럴』의 미래 유령처럼 나를 불안하게 했다. 나는 여전히 나 자신을 정확히 정의 내리기를 거부하고 있었다. 하지만 맞서 싸운다고 될 일이 아니었다. 그저 어느 날 모든 게 터져버릴 때까지 숨길 수만 있을 뿐. 나의 삶, 나의 정서는 슬프도록 내밀한 가운데 성숙해 갔다. 그 안에서 나는 계속 숨어서만 뭔가를 할 수 있었다. 자라면서 나는 내가 아닌 다른 사람처럼 보이도록 하는 법을 배웠고 매번 더 잘하게 되었다. 그리고 매번 더 아픔을 느꼈다. 그러면서 내 세상이, 점점 내게서 멀어지는 그 세상이 바로 여자들의 세상이라는 것을 더욱 확신하게 되었다. 사춘기에 들어서도 현실을 직시하는 것을 거부하자 내 고통은 경계가 뒤섞여 비인격화, 거부, 도피, 거짓말, 이 네 가지의 사중주가 시작되었다. 그 소리는 시간 속에서 나를 미치게 만드는 저음의 음표로, 내 귓속에서 모멸의 말들을 엮어내는 이명으로 머물렀다.

마르가리타의 존재는 현실의 찌르는 듯한 고통이 문을 두드리는 것과도 같았다. 보고 싶지도, 알고 싶지도 않은 그 무언가에 대한 확언이자 긍정이었다. 하루 세 번 나 자신을 부정하면서도 나는 간절히 롤모델을 찾고 싶었다. 유명한 여장남자나 트랜스젠더의 정원을 들여다보면 그들은 거의 모두 동일한 특성을 갖고 있었다. 진주처럼 빛나는, 거대하고 매혹적으로 보이는 다른 세상의 사람들. 실베스터*, 비비‡, 아만다 리어‡‡, 툴라 코시‡‡, 크리스 미로‡‡. 그 여자들을 보는 것만으로도 가슴에 환희가 넘쳤지만 내 삶이 그렇게 되었으면 좋겠다는 생각은 감히 하지 못했다. 바랄 수가 없었다. 그러나 그 여자들에 관해 내가 들었던 말은 환자를 지칭할 때 쓰는 말들이었다. 걱정이나 수치심의 말이었다. 간혹 감탄의 말일 때도 있었지만 그건 어떤 매혹적인 것에 대한 감탄이라기보다는 연극이나 가장행렬에 보내는 박수 같은 것이었다. 공연으로서는 화려해도 그것을 위해 고안된 장치가 없다면 그 자체로서는 아름답지 못한 어떤 것에 대한 감탄 말이다. 최악은 쿠바리브레‡‡ 한두 잔을 마시면서, 또는 코미디나 텔레비전 프로그램에서 조롱하듯 우스갯소리를 섞어 감탄을 표할 때였다. 그런 말을 들을 때마다 욕지기가 치밀었다. 나는 단 한마디로 나를 설

* 미국의 싱어송라이터였던 실베스터 제임스.
‡ 스페인 가수이자 배우, 트랜스젠더의 아이콘인 비비 안데르손.
‡ 프랑스의 싱어송라이터이자 동성애자의 아이콘.
‡‡ 잉글랜드 모델이었던 캐럴라인 코시. 예명인 툴라로 잘 알려졌으며 본드걸로 출연했다.
‡‡ 아르헨티나의 트랜스젠더 방송인.
‡‡ 럼과 라임 주스, 콜라를 섞어 만드는 칵테일.

명할 수 있는, 힘 있고 자존감 있는 언어가 어딘가에 있지 않을까 찾으려고 했다. 하지만 아무리 찾아도 그런 건 없었다. 어린 시절 나를 두렵게 했던 것은 내가 품는 환상이 아니라, 너무나 사랑스러운 존재들에 대해 사람들이 보이는 반응이었다. 그 경멸하는 말투, 노골적으로 드러나는 거부감이었다. 듣지 않는 척 타인들의 대화를 들으면서 나는 내가 잘못 빚어진 존재고, 그 사실을 숨겨야만 한다고 확신하게 되었다.

욕실 안, 유일한 내 편인 거울 앞에서 낮은 목소리로나마 두려움을 극복하고 나 자신을 정의하려 할 때, 내게 떠오르는 것은 그동안 내가 들었던 말들밖에 없었다. 그 말들을 아무리 재주 좋게 사용해도 정당하게 나를 정의하는 데 필요한 조합을 찾을 수가 없었다. 결국 나는 잘못된 경계를 그려놓고 그리로만 걸어다니고 숨을 쉬었다.

마르가리타와 그녀의 혹들이 어디서 왔는지는 알 수 없었다. 하지만 잡지나 뮤직비디오 속의 여신들, 위풍당당하게 여성성을 정복한 여자들과 같은 곳에서 오지 않았음은 분명했다. 그럴 리가. 불가능한 일이었다. 비비의 피부는 부드럽고 아만다의 각진 얼굴은 완벽했다. 실베스터는 크리스털로 만들어진 것처럼 빛났고 툴라와 크리스는 너무 예뻐서 보고 있기만 해도 가슴이 약간 아팠다. 하지만 그녀들 중 누구도 모욕적인 논평을 피할 수 없었다. 그녀들은

자갈 얼굴 67

모두 틀림없는 여성이었지만, 너무나 매력적이어서 두려움을 불러일으켰기 때문인지 사람들은 높고 분명한 목소리로 "전에는 남자였어"라고 말했다. 마치 그렇게 말함으로써 욕망의 마귀를 쫓아낼 수 있다는 듯이. 마르가리타 같은 여자들을 두고 하는 농담을 들으면 나는 숨이 막혔다. 그저 캐리커처일 뿐인 존재, 목소리를 굵게 해서 흉내 내며 비웃는 대상, 거리낌없이 모욕해도 된다고 온 세상에 허가가 난 듯이 치부되는 그 여자들은 존재 자체만으로 나를 괴롭게 했다. 잡지 속 여자들과 마르가리타 같은 여자들이 결국은 같다는 걸 나는 깨닫지 못했었다. 그녀들은 모두 발톱과 이빨로 크든 작든 자신이 누리는 자유를 쟁취했다는 걸, 바로 그 점을 사람들이 두려워한다는 걸 그때는 몰랐다. 진정한 아름다움이 무엇인지 몰랐다. 그래서 우리 엄마의 하느님에게, 만일 내 목소리를 들으신다면, 내 운명이 마르가리타처럼 되지는 않게 해달라고 빌었다. 신성모독일지는 몰라도 나는 온갖 신령한 힘들에 나를 맡기고, 괴상한 여자들의 악으로부터 나를 구해달라고 빌었다.

외로운 여자들

언제 마주치든 마르가리타는 늘 상냥했다. 내가 부모님과 함께 있을 때면 우리 부모님과 이야기를 나누다 말고 내게 다정한 눈길을 보내기도 했다. 나조차도 분명하게 정의할 수 없던 것을 내 표정에서 읽어내기라도 한 것 같았다. 마르가리타와 나 사이에 너무나 명백한 연결점이 있다는 것이 나를 아프게 했다. 일러스트 성경에 나오는 사도들처럼 내 머리 위에도 불꽃이 떠 있고 게이나 레즈비언, 창녀와 트랜스젠더 들만 그 불꽃을 볼 수 있는 건지도 모른다는 생각으로 나는 몹시 괴로웠다.

마르가리타는 몸과 마음을 다해 자기 엄마를 돌보았다. 자신에게 전적으로 의존하는 늙은 엄마를 사람들 말대로 "반짝거릴 만큼" 깔끔하게 단장해서 함께 다니는 걸 자랑스럽게 여겼다. 또 '알맞게 데운 음식'을 준비하는 것, 병원 검진이나 약을 절대 빠트리지 않는 것도 그녀의 자부심이었다. 늙은 엄마가 딸의 팔을 꼭 붙들고 이제는 할 수 있는 게 별로 없는 다리를 위해 간단한 운동을 하면서 동네를 산책하는 모습이 자주 눈에 띄었다.

마르가리타가 트랜스젠더라는 사실을 나는 아주 어려서부터 알고 있었다. 아빠는 상냥하기는 하지만 단도직입적으로, 그러나 모욕하거나 상처 입힐 의도는 없는 말투로 내게 그 사실을 설명해주었다. 마음이 뾰족하게 날이 서 있었던 나는 그 말을 듣고 위안을 받았고, 나중에는 고맙다고 느꼈다. 아빠는 그런 식이었다. 항상 에두르지 않고 우리에게 진실을 알려주었다. 우리가 질문에 대한 답을 들을 권리가 있다고 생각했던 것 같다. 내전 후 침묵을 강요받던 시기에 태어난 남자치고는 선입견이 없었고 시대와 주변 환경, 그리고 자신이 받은 교육의 한계를 완전히 벗어나지는 못했지만 개방적인 정신을 갖고 있었다. 아빠는 주변 남자들보다 훨씬 덜 독선적이었다.

마르가리타가 트랜스젠더라는 걸 동네 사람 모두 알고 있었지만 그다지 심하게 구설에 올리지는 않았다. 얼굴을 마주하고 있을 때는 어느 정도 마르가리타를 배려하기도 했다. 하지만 등 뒤에서는 대담하고 비열하게 혀를 놀리는 사람들도 있었다. 당시에는 '트랜스젠더'라는 말 자체가 없었고 개중 나은 말이 성전환자였다. 최악의 경우에는 지난

세기 내내 살아남은 경멸적인 단어가 그대로 사용되었다.

사람들이 마르가리타에게 어느 정도 배려심을 보여줬다고 해서 그녀가 멸시의 시선을 전혀 받지 않았다는 뜻은 아니다. 마르가리타는 늘 같은 담배 가게에서 담배를 사려고 했다. 그 가게는 병든 기색이 완연하고 사람들에게 바보 취급을 받는 쌍둥이 형제가 운영하는 곳이었다. 그들은 지난 정권의 끄나풀이었던 자기 아버지에게 그 가게를 물려받았는데 형제의 아버지는 가게뿐만 아니라 툭 튀어나온 눈과 푸르죽죽한 피부도 물려주었다. 마르가리타가 가게에 들어가 늘 피우는 상표의 담배를 주문하면, 형제는 칸막이 뒤 잘 보이는 곳에 그 상표의 담뱃갑을 산처럼 쌓아두고도 남은 담배가 없다고 말했다. 그리고 누군가가 그 사실을 지적하면 성 젬마 갈가니*처럼 양손을 가슴에 얹고 부인해야 했으므로 주위에 자기 모습을 보는 사람이 없는지 둘러보곤 했다. 한 사람만 알게 되어도 그 소문이 바로 온 동네로 퍼지는 곳이니까. 마르가리타는 종종 이렇게 치사한 일들을 겪어야 했다. 사람들은 마르가리타의 나이가 많아서인지, 아니면 그녀가 스핑크스나 키메라처럼 분노를 감추고 있다고 생각해 두려워서인지 다른 게이나 레즈비언, 트랜스젠더에게 하듯 그녀에게 거칠게 폭력을 행사하지는 않

---

* 이탈리아 출신의 성녀. 양손을 잡고 기도하는 모습으로 알려져 있다.

왔다. 하지만 그녀 앞에서 땅속같이 싸늘한 냉기를 풍겼다.

마르가리타는 계속해서 조롱의 대상이 되는 건 피할 수 있었지만 결코 여자 대접을 받지는 못했다. 그녀는 모범적으로 행동해야 했고 문제를 일으켜서도 안 되었다. 그것도 매우 유동적으로 적용되는 규범 안에서. 그녀는 일요일마다 미사에 갔지만, 미사가 끝나면 잠깐이라도 성당 앞에 머무는 법 없이 곧장 그곳을 떠났다. 그것이 보이지 않는, 그러나 그녀에게는 너무나 분명한 경계선이었다. 그렇게 함으로써 마르가리타가 받는 보상은 "마르가리타는 정말 신중해. 자기 분수를 안다니까"라거나 "그 여자는 자기 인생을 사는 거지, 아무도 성가시게 안 하고" 같은 말이었다. 트랜스 여자라는 것 자체가 흠이고 다른 사람을 부담스럽게 하며, 그러므로 늘 입을 꾹 다문 채 다른 사람보다 친절하게 행동하고 남의 도발에도 대응하지 않으면서 살아야 한다는 듯이. 그런 사실들을 알게 된 나는 매번 그걸 느낄 때마다 숨이 가빴다. 마르가리타의 세상이 얼마나 작은지, 그리고 그녀가 그 세상이 좀 더 천천히 줄어들게 하려고 얼마나 애쓰는지 알 수 있었다. 내 피부 벽, 내 몸 전체가 이미 내게는 숨막히는 한계이자 죽은 바다 깊숙이 나를 고립시키는 잠수복 같은데, 결국 그 여자처럼 되리라 생각하면 허파가 쪼그라들고 살갗이 오므라들면서 심장이 터지기 직전까지 나를 조여오는 것 같았다. 영원히 그 상태가 계속될지도 모른다는 생각에 나는 겁에 질렸다.

마르가리타가 요구받는 모범적 행동이란 바로 순종이었다.

물론 마르가리타는 모범적이었다.

누구를 만나든 다정하게 "자기"라고 부르며, 쇼핑백을 들어준다거나 문을 열어준다거나 심부름을 해준다거나 무엇이든 도움을 주려고 했다. 이웃이 아랫동네 상점까지 가는 수고를 덜 수 있게 자기가 귤을 더 사 와도 괜찮다고 생각했다. 헤로인에 취해 웅크리고 앉아 있는 아이들은 마르가리타를 "엄마"라고 불렀다. 그들이 끼니를 때울 수 있게 빵과 싸구려 소시지, 밀크셰이크, 초콜릿 팝콘 따위를 사주는 사람이었으므로. 그녀는 그들에게 돈을 주지는 않았다. 남는 돈도 없었지만 무엇보다 그 아이들을 어떻게 다뤄야 하는지를 알고 있었기 때문이다. 그들 중 누구도 마르가리타를 괴롭힐 생각을 하지 않았다. 그들과 마르가리타 사이에는 다른 주민들과는 나눌 수 없는 동지애가 있었다. 그것이 개인적인 이해관계에서 싹튼 것이든 진정한 애정에서 비롯되었든 확실한 건 그들이 마르가리타를 존중했고 절대 위협적으로 굴지 않았다는 것이다. 금단 증상이 그들을 산 채로 집어삼켜 괄약근조차 조절할 수 없을 때도 간혹 눈물로 호소할지언정 그녀에게 뭔가를 요구하지는 않았다.

마르가리타 엄마 연배의 나이 많은 여자들은 마르가리타에게 덜 뻑뻑하게 굴었고 곁을 내주었다. 어른이자 엄마로서 내전을 겪었던 사람들이라 그런지 다른 이들보다 훨씬 편견이 덜했다. 설령 편견이 있다 하더라도 대놓고 표현하지 않았다. 그녀들에게는 마르가리타가 세심하고 헌신적으로 딸 노릇을 하는 모습이 무엇보다 중요했다. 그게 바로 마르가리타가 공동체의 여자라는 걸 보장했다. 믿을 만한 사람이라는 증표였다. 마르가리타는 앞집 여자 레메 부인에게 매일 인슐린 주사를 놔주었다. 레메 부인은 선반공이었던 남편과는 사별했으며, 아들이 둘 있었지만 한 명은 일하던 건설 현장 사층에서 추락해 죽었고 또 한 명은 헤로인에 중독돼 죽었다. 또 다른 이웃인 마빡치기 마메르타부인의 몸을 로즈메리 추출물로 마사지해주는 것도 마르가리타가 날마다 하는 일이었다. 로즈메리 추출물이 없을때 식초로라도. 마메르타 부인은 관절염 때문에 손과 발이거의 기형이 되어 잘 움직이지 못했다. 마빡치기라는 별명은 전에 살던 동네인 코미야스에서부터 가져온 것인데, 전쟁이 끝나고 두어 달 후 끈질기게 치근덕거리는 팔랑헤당원에게 박치기를 해서 그가 의식을 잃게 했기 때문에 붙은별명이었다. 딱 봐도 마메르타 부인은 길들일 수 없는 여자였다. 자존심이 너무 세서 남자들이 그녀를 감당하지 못했다고 한다. 그녀는 평생 '남자들만 하는' 육체적으로 힘든 노동을 해왔다고, 그게 돈을 더 벌 수 있는 일이었고 자신이라면 그 일을 할 수 있었기 때문에 남자들의 일을 했다고 말했다. 그렇게 고된 노동을 하며 살아온 그녀에게 몸은 '이제 그만'이라는 선고를 내렸고, 그녀는 꼼짝없이 집에 틀어박혀 이웃들의 도움에 의존해 사는 신세가 되었다. 마르가리타는 외로운 여자들의 안마당에서 환영받았다. 이타적인 손길을 거절하는 사치를 누릴 수 없는 여자들에게. 노파들은 마르가리타가 베푸는 작은 보살핌을 통해 고독의 연대를 이루며 세월의 짐을 덜었다. 이웃 여자 집 설탕이 얼마나 남았는지, 다리는 어떤 상태인지, 좀 멀리 사는 여자의 고혈압은 어떤지 다들 알았다. 여름이면 마르가리타가 의자를 밖으로 내놓아준 덕에 문간에 나와 시원한 공기를 쐤다. 노파들의 힘으로는 할 수 없는 일이었다. 마르가리타는 의자 하나에 자기 엄마를 앉히고 그 자리에 머물렀다. 하지만 옆에 서 있을 뿐 대화에 끼어드는 일은 없었다. 손에 담배를 들고 건물 벽에 등을 기댄 채 그녀의 삶, 그녀의 생각은 다른 곳에 있었다.

나는 마르가리타에게서 눈을 뗄 수가 없었다. 그녀는 나를 빨아들이는 심연과도 같았다. 그 심연은 목욕 가운을 입고 입술을 칠하고 다녔다. 나는 그녀가 하는 모든 행동을 분석했다. 내게는 마르가리타가 언제 집을 나서는지 감지할 수 있는 육감이 발달한 것 같았다. 우리는 자주 내가 학

교에서 돌아오는 길에, 마르가리타는 어딘가로 청소일을
하러 가는 길에 서로 반대 방향으로 걷다 마주치곤 했다.
마르가리타가 내게 미소 지으면 나는 고개를 돌리거나 숙
여버렸지만, 이내 얼굴을 돌려 멀어지는 그녀의 모습을 바
라보곤 했다. 가끔은 마르가리타가 갑자기 뒤를 돌아보는
바람에 화들짝 놀랄 때도 있었다. 그러면 마르가리타는 다
시 미소를 지어 보이고 제 갈 길을 갔다.

마르가리타는 내게 두려움을 가져다주는 동시에 존재
만으로도 내 짐을 덜어주었다. 다른 사람은 호흡할 수 없
는 한정된 공기 방울을 우리 둘이 공유하는 것처럼, 그리
고 내가 숨을 참는 법을 배울 때까지 내게 제일 좋은 부분
을 남겨주기로 한 것처럼 말이다. 그녀의 그런 능력이 내
게는 위로가 되었고 또 나를 두렵게 했으며 벌거벗은 기분
을 느끼게 했다.

마르가리타는 청소일로 생계를 유지했다. 전에는 창녀였
다고 하는데 그 이야기 역시 아빠는 별일 아니라는 듯 말
해주었다. 항상 우리 주위에는 그 일을 하는 여자들이 있었
다. 우리 집 삼층에는 모녀지간인 아우구스티나 부인과 메
르세디타스 부인이 살았는데, 그 집은 살림집인 동시에 성
접대 비즈니스 본부이기도 했다. 크기와 구조가 우리 집과
완전히 똑같은 그 집의 작은방을 둘이 번갈아가며 일하는
용도로 썼다. 한 명이 일하는 동안 다른 사람은 청소를 했

기 때문에 언제나 문틈으로 소나무 향 청소세제 냄새가 풍겼다. 그 냄새는 맨 위층인 그 집에서 계단 전체로 퍼져나갔다. 모녀가 키우는 앵무새는 남자가 그 집에 들어오거나 나갈 때마다 "악당! 아아아악당!"이라고 외쳤다. 고객들은 조심스럽게 드나들었지만 출입이 끊이지 않았다. 계단에서 놀고 있던 같은 건물 아이들에게 인사를 건네는 남자들도 있었는데, 그 때문에 두 여자에게 욕을 먹어야 했다. 아이들에게 말을 건네지 않는 것이 그녀들에게 서비스를 받으려면 지켜야 할 조건이었기 때문이다. 나는 창녀가 뭔지, 무슨 일을 하는지 잘 알고 있었다. 하지만 그녀들이 다른 여자들과 다르다고 생각해본 적은 한 번도 없다.

마르가리타는 자기 엄마가 세월의 무게를 이기지 못해 다른 사람의 도움 없이는 버틸 수 없는 지경이 되자 엄마를 돌보기 위해 일을 그만두고 집으로 돌아왔다. 그녀가 자주 오가면서 많은 고객을 만났던 오렌세 거리는 80년대 말부터 퇴락하기 시작했고, 그녀의 나이 역시 그 일을 처음 시작했을 때처럼 공원을 돌며 밥벌이를 하기에는 어려움이 있었다. 등을 무리하게 사용해서 쇠약해진 몸뚱이로는 오래 서 있기가 힘들었다. 나는 그녀가 젊었을 때를 상상해보려고 했다. 지금과 전혀 다른 모습을 떠올리기는 어려웠지만 팔다리가 길고 몸짓이 큰 새 같은 그녀의 외모는 분명 인상적이었을 듯했다. 실은 지금도 그랬다. 나는 요정으로 변하고 싶은 내 판타지를 해치지 않기 위해 그 여자를 낯설고 추하다고 여기려고 애썼지만 갈수록 그러기가 어려웠다. 언젠가 나는 더 이상 이 심연의 숨막히는 두려움 속에 살지 않고, 하늘의 주인, 완벽한 요정으로 피어날 터였다. 하지만 마르가리타의 세속적인 모습, 그녀의 얼굴 흉터와 그녀가 자신에게 부여한 보이지 않는 경계선은 내 모든 판타지를 부정하는 것이었다. 그건 산타가 없다는 걸 알게 되었을 때 느끼는 실망감을 트랜스젠더 버전으로 겪는 것과 흡사했다. 나는 마르가리타와 내가 같은 숲의 자식이라는 걸 부정했다. 사랑에 빠진 도깨비처럼 타르와 벽돌로 지어진 벽 모퉁이에 숨어 그녀를 유심히 지켜보면서도 말이다.

"마르가리타가 일자리를 구하러 우리 공장에 왔었어." 한번은 식사 도중에 아빠가 엄마에게 이렇게 말했다.

마르가리타의 이름을 들은 나는 고개를 번쩍 들었다. 나도 모르게 두 눈을 크게 떴다. 그녀에 관한 모든 것이 내 관심을 끌었다. 부모님은 내가 지나치게 관심을 보이는 걸 알아차리신 듯했지만 별 말씀은 하지 않으셨다. 어쩌면 두 분이 '얘가 왜 이러나' 하는 시선을 주고받았을지도 모르지만 어쨌든 나는 개의치 않았다.

"그래서 뭐라고 그랬어? 지금 청소하는 사람 있잖아."

엄마는 마르가리타가 어떤 일이든 가리지 않고 일거리

를 찾고 있다는 사실을 알고 있었다. 마르가리타는 무슨 일이든 마다하지 않았다. 그 열성에서는 둘이 닮은 데가 있었고 그래서 엄마는 그녀를 걱정했다. 일종의 동료의식이랄까. 그리고 그녀 안에 있는 결핍과 중압감이 보이기 때문이었다.

"내가 무슨 말을 하겠어? 레메디오스에게 가보라고 했지. 그건 레메디오스가 결정할 일이니까. 하지만 지금 일하고 있는 니에베스를 내보낼 리는 없어. 우리랑 일한 지 벌써 삼사 년이나 됐고 일을 잘하고 있으니까. 마르가리타와 레메디오스는 잠깐 이야기를 나누더니 우리 공장 바로 옆에 있는 목재 작업장으로 가더군. 일자리가 없나 물어보려는 거였겠지."

"무슨 일을 하려는 건데요?" 내가 물었다.

"당연히 청소지, 아들아. 그것 말고 그 여자가 할 수 있는 다른 일이 뭐가 있겠니?" 엄마는 마치 자기 문제인 것처럼 격하게 반응했다. 열심히 일해도 제대로 된 일을 하는 사람으로 인정받지 못하는 청소부로서의 손상된 자존심 때문이었을 것이다. "그런데 너 크로켓 좀 그만 먹어. 그거 살찌는 음식이야. 과일 줄 테니까." 아닌 척하지만, 마르가리타가 일을 찾지 못했다는 이야기를 들었을 때와 똑같이 화가 나서 엄마가 말했다.

가족끼리 대화할 때 내가 너무 많이 먹는다는 얘기는

밥 먹듯 나오는 말이었고, 이번에도 엄마는 그 말을 빼놓지 않았다.

그때마다 나는 얼굴을 붉혔지만, 이번에는 마르가리타 얘기에 정신이 팔린 나머지 그냥 흘려들었다. 집어먹으려던 크로켓은 오빠에게 주었고 오빠는 눈치껏 그걸 받아 얼른 삼켰다. 불편한 상황을 서둘러 종결시키려는 것이었다.

"목재 쪽 사람들은 뭐라고 했는데? 팻시 그 작자는 정말 조심해야 할 인간이잖아." 엄마가 물었다.

"내가 어떻게 알아? 같이 간 것도 아닌데. 아마도 안 된다고 했겠지. 돈 주고 청소를 시키느니 차라리 홀라당 타버릴 때까지 기다릴걸? 거기 톱밥은 진짜 몇 년이나 묵었는지 몰라."

"무슨 일이든 구하겠지. 마르가리타는 해낼 거야. 배짱도 대단하고 일도 노새처럼 하니까."

엄마가 뽐내듯이 말했다. 같은 청소부인 마르가리타에게 동질감을 느끼고 있는 것 같았다. 엄마는 언제나 그랬듯이 자신이 얼마나 일을 잘하는지 이야기하면서 자기보다 더 일 잘하는 사람은 없다는 점을 분명히 했다. "무릎 꿇고 닦아야 하면 그렇게 닦는 거고, 황소처럼 문질러야 하면 또 그렇게 문지르는 거야. 어쨌거나 잘해야 하는 거지." 나중에 어떤 대화 중에 엄마가 했던 말이다. 나는 그 말이 절대 잊히지 않았다. 그 말은 엄마의 묘비에 적히게 될 수도 있으리라.

"다시 창녀 하면 안 돼요?"

그 일에 무엇이 요구되는지는 몰랐지만 나는 내가 무슨 말을 하고 있는지는 분명히 알았다. 나는 창녀도 직업으로 선택하기에 문제가 없는 일이라고 여겼고, 전에 창녀로 일했으니 마르가리타가 그 일을 어떻게 하는지 잘 알고 있을 거라고 생각했다.

"네가 상관할 일이 아니야. 이건 마르가리타 일이고 넌 그런 말 하면 안 돼. 엄마 아빠가 얘기하는데 끼어들면 안 되지. 그리고 마르가리타는 이제 나이가 들고 체력도 약해져서 밤낮없이 거리에 서 있질 못해. 날씨가 추워지면 더 힘들 거고."

내가 소화하기에는 너무 어려운 일에 과도하게 호기심을 갖는다고 야단치기는 했어도 아빠는 내가 의문을 품고 있게 내버려두지 않고 분명한 결론을 내려주곤 했다. 멜론 한 조각을 깎아먹으면서 나는 추운 거리에서 고객을 기다리는 일이나 공업단지에서 작업장 문을 닦으며 추위를 맞는 것이나 둘 다 겨울에는 꽁꽁 얼어붙는 데다가 작업장 문이야말로 새벽에 다들 그 문을 사용하기 전에 닦아야 하므로 별 차이가 없는 거 아닌가 하고 생각했다. 물론 혼자 생각하고 말았지만 말이다. 내가 그런 사정을 잘 알고 있었던 건 그 일이 우리 엄마의 일이었으며 또 내가 아빠의 일터에

도 자주 가보았기 때문이었다. 거대한 산업단지 안에 있는
아빠의 일터는 단열이 잘 안 되어 한겨울에는 외투를 입고
일해야 하고 여름에는 찬물과 기도가 꼭 필요한 곳이었다.

같은 숲

갑자기 마르가리타를 보기가 힘들어졌다. 집 밖으로 자주 나오지 않는 것 같았고, 나오더라도 서둘러 돌아갔다. 길에서 마주치는 일도 없었고, 이런저런 일거리를 찾아 산업단지 안을 쉬지 않고 돌아다니는 모습도 볼 수 없었다. 단정하게 묶어 올렸던 머리에서는 평소보다 잔머리가 많이 삐져나왔다. 처음으로 금발 머리카락보다 회색 머리가 더 많이 보였다. 입술이 뺨보다 더 창백한 것도 처음이었다.

상냥하게 인사를 건네는 것은 여전했다. 그녀는 평소보다 물건을 더 많이 사서 쟁여두었다. 되도록 외출하지 않기 위해서였다. 며칠이 가도록, 한 계절이 지나도록 그녀의 모습을 볼 수 없었다.

나는 마르가리타가 보고 싶었다. 매일 학교에서 돌아올 때마다 그녀가 두루미 같은 걸음걸이로 모퉁이를 돌아 나타나기를 기다렸다. 하지만 그런 일은 일어나지 않았고 나는 왠지 외로웠다. 마르가리타처럼 되지 않게 해달라고 기도했던 만큼이나 간절하게 이제는 일주일에 몇 번이라도 그녀를 볼 수 있게 해달라고 낮은 목소리로 기도했다. 마르가리타도 엄마도 잡지를 사 모으는 까닭에 매주 마주치곤 했던 신문 파는 가게 앞에서라도 잠시나마 보게 해달라고 빌었다.

집에서 그녀에 대해 물어보는 건 용기가 나지 않았다. 그러려면 마르가리타를 궁금해 하는 이유를 대거나 가십거리를 좋아한다는 간판을 다시 목에 걸어야 할 판이었는데 그건 정말 피곤한 일이었다. 내가 아무리 관찰력이 좋고 영리하다고 해도 동네 돌아가는 일을 다 알아차릴 수는 없었다. 평생 나는 동네 사람들과 멀리 있다고 느끼며, 상냥하고 뚱뚱하고 아는 게 많은 아이라는 틀 속에서 교묘한 거짓말로 나를 숨기고 살았으므로 동네 사람들 일을 다 알 수는 없었다. 마르가리타에게 무슨 일이 생겼는지 동네에 소문이 돌았다 해도 나는 듣지 못했을 것이다. 모든 트랜스 소녀들은 혼자 자란다.

겨울이 끝나갈 무렵의 아주 이른 아침, 첫 햇살이 서리 위에서 반짝이고 그 빛이 당당하게 모든 걸 채우고 있을 때, 나는 옆방에서 부모님이 낮은 목소리로 이야기를 나누는 걸 듣고 잠에서 깼다. 동네에서 일어나는 일에 대해 대화를 나누는 소리, 아직 그럴 시간이 아닌데 커튼을 여는 소리를 나는 귀신같이 알아차렸다. 우리 동네에서는 늘 창문으로 내다볼 일이 많이 벌어졌다. 폭력 사태나 재미있는 일, 슬프거나 황당한 풍경들이. 나는 침대에서 일어나 창밖을 보았다. 갈색 승합차가 마르가리타네 집 현관 바로 앞 도로에 주차되어 있었다. 공기 한 점 움직이지 않을 것 같은 아주 짧은 순간이 지난 후 두 남자가 새하얀 들것을 밀면서 나타났다. 그 위에는 천으로 덮여 있는 시신이 있었다. 들것 위 사방으로 공간이 충분히 남는 작은 몸, 어린아이만 한 몸이었다. 안색이 변한 마르가리타가 그 뒤를 따랐다. 하지만 죽음 주변에서 내가 늘 보아왔던 소란은 없었다. 몸을 꼿꼿이 세운 마르가리타는 호들갑스러운 감정 표현 없이 자기 엄마 도냐 아나의 발이 놓인 들것 가장자리를 손가락으로 만지며 천천히 걷고 있었다.

"제발 옷 좀 입히게 해주세요. 시간 별로 안 걸려요."

찢어질 듯 아픈 가슴이 소리 내어 말할 수 있다면 정확히 지금 마르가리타가 애원하는 그런 목소리일 터였다. 창문 너머로, 또는 거리에서 그 모습을 보고 있는 사람이 많았지만 다들 얼어붙은 호수처럼 침묵을 지켰다.

"이것 봐요, 세뇨르* 히메네스. 설명해드렸잖아요. 이 상태로 옮겨야 한다고요. 원하시면 판사랑 얘기하세요. 하지

* 세뇨르는 남성을 부르는 경칭이며, 기혼 여성은 세뇨라, 미혼 여성은 세뇨리따라고 부른다.

만 부검의가 봐야 한다니까요."

별것도 아닌 주제에 공무원증을 달았답시고 그 보잘것
없는 권력을 휘두르려 하는 말단 공무원의 입에서 나오는
"세뇨르" 소리를 들으니 욕지기가 치밀었다. 채찍질하듯
가슴에 못을 박는 그의 말을 통해 나는 내가 어떤 사람인지
깨닫고 있었다. 나 스스로 나를 정의하기 전에 남들이 먼저
편견과 폭력으로 나를 한계에 가뒀다. 나는 손톱이 손바닥
을 파고들어 자국을 남길 때까지 힘껏 주먹을 쥐고 눈물을
삼키려고 애썼다. 하지만 울음을 조용히 삼키는 것은 평생
내 능력 밖의 일이었다.

마르가리타는 동요하지 않았다. 중력이 다른 사람들보다
훨씬 더 강력하게 그녀를 끌어내리고 있는 것 같았지만, 그
녀는 완전히 넋이 나간 듯한 표정의 울퉁불퉁한 얼굴로 세
상의 모든 무게를 감당하고 있었다. 프랑코 정권 시절 경찰
서는 물론, 사회위험 및 재활에 관한 법*과 남자 교도소까
지 겪었던 사람을 또 한 번 "세뇨르"라고 부른 것은 딱딱하
게 굳은 겉껍질을 한 번 더 할퀸 것에 불과했다.

"제가 옷을 넣은 가방을 드릴게요. 자리는 별로 차지하
지 않을 거예요. 시신을 다 살펴본 다음에 누가 옷을 좀 입
혀주실 수 없을까요?"

* 1970년 프랑코 정권이 걸인, 동성애자, 건달, 마약중독자 등을 사회적
위험 요소로 지목하고 처벌한 법.

더없이 상냥한 말투였다. 마르가리타는 마지막으로 엄마를 씻기고 옷을 입히고 머리를 빗겨주고 마디 굵은 작은 손에 크림을 발라주고 싶었을 것이다. 다시는 할 수 없는 그 일상을 천천히 반복하며 엄마와 이별하고 싶었으리라. 지난 몇 년간 마르가리타는 온전한 사랑과 정성으로 그 일을 해왔다. 엄마를 위해서 그리고 자신을 위해서. 이제 마지막으로 엄마를 한 번 더 돌봐드리며 자신의 삶 일부와 헤어질 기회였다. 그것은 또한 엄마와 함께했던 시간을 마무리하고, 애도 기간이 끝나면 한 개인으로서의 자신을 회복할 생각을 할 수 있도록 하는 의식이기도 했다.

"그건 보험사에 말씀하십시오, 세뇨르 히메네스."

"날 세뇨르라고 부르지 마세요, 제발. 그리고 저희는 보험이 없어요."

"그러게 진작 보험을 들어놨어야지요, 세뇨르 히메네스. 꼭 이렇게 일이 터진 다음에야 울고불고한다니까요."

그에게 바라는 것은 집과 거리를 지나쳐 시신을 옮기는 일을 품위 있게, 존중하는 마음으로 해달라는 것뿐일 텐데, 이 후안무치한 작자는 온 세상이 보는 앞에서 마르가리타의 뺨을 때리고 있었다. 누군가의 이름을 부정하고, 그 사람을 완전히 벌거벗겨 조롱하는 일. 상대의 괴로움은 아랑곳하지 않고 그가 어떤 사정이 있고 어떻게 살아왔는지를 싸그리 무시한 채 권력을 휘두르는 즐거움 때문에 상대를 납작하게 눌러버리는 것. 내가 그런 구체적인 굴욕을 분명하게 목격한 것은 그때가 처음이었다. 그 순간 내 안에는 '우리 여자들'이라는 감정, 언제나 그 자리에 있었던 것 같은 강렬한 유대감이 생겨났다. 내 모든 유령, 내 모든 두려움이 차가운 손을 내 등과 목, 창자와 두 다리 사이, 눈 위에 올려놓고 꽉 조여왔다. 나는 마르가리타 때문에 두려웠고 나 때문에 두려웠다. 그렇다, 우리는 같은 숲에 속해 있었다. 끔찍하고도 아름다운 특성을 공유하고 있었다. 맞다. 마르가리타는 아름다웠다. 삶에 대한 어린아이의 공포 때문에 환상에 사로잡혀 내가 눈이 멀었었다. 나는 펠루카, 그러니까 마리아가 깊게 패인 피부, 흉터투성이 얼굴로 분명한 경계를 설정하고 두려움 때문에라도 자신을 존중하게 했던 것, 아주 멀리서밖에는 자신을 조롱하지 못하게 만들었던 것을 잠깐 동안 떠올렸다. 빌어먹을 공무원 녀석 앞에서 마르가리타의 얼굴은 고통으로 일그러졌다. 하지만 가슴을 쥐어뜯으며 울음을 참느라 찡그린 탓에 더욱 확연히 부어오른 혹들 때문에 그녀의 얼굴은 그 어느 때보다 존엄하고 강해 보였다. 지옥을 정복해버린 덕에 누구에게도 구출받을 필요 없이 타르타로스*를 건널 수 있었던 여인의 이미지였다. 나는 마르가리타의 얼굴에 솟아나 있는, 잘못 주입된 실리

* 그리스 신화에 나오는 지하세계의 심연.

큰 혹들이 아름다움을 추구하는 과정에서 남은 것들이며, 내가 지금 그렇듯 그녀도 한때 나만큼이나 목마르게, 또 나만큼이나 필사적으로 아름다움을 갈망했다는 것을 깨달았다. 마르가리타처럼 되는 것은 저주가 아니라 선물이었다. 그토록 선명한 상처를 기도처럼 지니고 다니는 것은 숭고함을 향한 열망을 품었다는 것을 의미한다. 나는 서원식 날 수련수녀가 수도원장 수녀님께 입을 맞추듯 그녀의 얼굴 울퉁불퉁한 곳 하나하나에 부드럽게 입을 맞추고 싶었다.

"어이, 선생, 좀 과한 거 아니요? 부인에게 그런 식으로 말하다니 당신 어떻게 돼먹은 사람이요?"

이 말을 한 사람은 세바스티안이었다. 이 세상에 발을 디딘 후로 노동으로 단련되고 권위에 도전하며 살아온 그는 주업은 과일 행상이었으나 미장이, 배관공, 목수, 칠장이 등 날품팔이 잡일도 마다하지 않았다. 말하자면 못 하는 일이 없는 사람이었다. 여름이건 겨울이건 검은 옷을 입고 셔츠는 팔뚝까지 소매를 접어 올렸는데 근육 때문에 그 이상으로는 올릴 수 없었다. 검고 숱이 빽빽한, 뾰족하게 자른 턱수염은 내 신화 책 속 삽화를 떠올리게 했다. 세바스티안은 아이아스*였다. 거구에 힘이 세고 냉소적인 데다가 화를 잘 내지 않지만 한번 폭발하면 무서운 사람.

* 그리스 신화에 등장하는 트로이 전쟁의 영웅.

"뭐라고요?"

공무원은 이렇게 반문했지만 그는 세바스티안의 말을 못 알아들은 것이 아니었다. 그저 시간을 벌기 위해 되물은 것뿐이었다. 그의 목소리가 떨리는 걸 알아채지 못한 사람은 없었다. 폭력적인 남자들은 믿을 수 없을 정도로 빠르게 겁을 먹는다. 그는 들것을 차의 뒤칸으로 밀어넣고 즉시 문을 닫은 다음 서둘러 운전석 쪽으로 갔다.

"왜 어머니 시신 앞에서 이 부인에게 그딴 식으로 말하냐는 거요. 당신 집에서는 예의라는 걸 배운 적이 없어? 내가 가르쳐줘야 하나, 응?"

"그만 하세요. 난 일해야 합니다."

그 목소리는 거의 들리지도 않았다. 그때까지 동네 사람들 앞에서 대장처럼 호령했던 그 공무원의 목소리는 이제 부대 제일 말단 졸병의 목소리가 되었다.

"빌어먹을. 일해야 하는 건 나도 마찬가지야. 근데 내 말은 가기 전에 마르가리타 부인에게 사과하라는 거야."

세바스티안은 단호하게, 하지만 자신이 우위에 서 있음을 아는 사람답게 차분하게 말했다. 그는 한 치의 굴욕도 허락하지 않을 셈이었다. 생계 수단인 과일을 빼앗겼을 때, 자신의 아이들이 학교에서 경멸을 받았을 때, 상점에서 자신의 아내가 낸 지폐가 위조 지폐 아닌지 몇 차례나 확인했을 때 맛봤던 굴욕감 말이다. 세바스티안은 그 잘난 척하는 작자의 등뼈에 턱을 괴고 절대 놓아주지 않을 태세였다.

"경찰 부를까요? 차에 있는 무전기로 부르면 당장……."

"얼른 뒤돌아서서 부인에게 사과해. 말로 하는 건 이번이 마지막이야!"

과일을 팔러 다닐 때 거리를 쩌렁쩌렁 울리는 세바스티안의 목소리는 동네 사람 모두 알고 있었다. 그런데 지금 이 목소리는 우리가 들어본 적 없는 목소리였다. 경찰과 실랑이가 벌어졌을 때나, 집시는 판사 앞에 가봤자 얻을 수 있는 게 아무것도 없다는 점을 이용해 누군가가 합의된 바를 지키지 않았을 때조차 이런 목소리는 듣지 못했다. 그러나 그 순간 그는 상대가 누구건 그 안에 있는 폭력의 불씨를 꺼뜨려 자신의 말을 고분고분하게 듣게 할 법한 목소리를 내고 있었다.

"내버려둬요, 세바스티안."

마르가리타는 상황을 중재하려고 했다. 타고난 성격상 그녀는 늘 분란을 잠재우려는 쪽이었다. 자기가 사형을 당하는 순간이라도 그렇게 했을 것이다.

"못 내버려둡니다, 마르가리타. 유감이네요. 어머니는 좋은 분이셨어요. 저도 슬픕니다. 하지만 이자가 당신에게 사과하기 전에는 여기서 아무도 못 움직입니다."

땀을 뻘뻘 흘리며 손수건으로 머리카락도 없는 머리를 닦아내기만 하던 좀생이는 잠시 머뭇거리더니, 길을 헤치고 마르가리타 앞으로 나와 그녀의 눈을 보지 않고 말했다.

"죄송합니다, 부인. 저는 그냥 신분증에 적힌 대로 읽었을 뿐입니다. 모욕하려고 그런 건 아닙니다."

자기 잘못을 뉘우쳐서라기보다는 무서워서 한 것이지만 어쨌든 사과를 했다.

운전을 맡은 그의 동료는 얼른 운전대를 잡았고, 그는 방금 난파된 배에 단 하나 남은 널빤지인 양 검은 파일을 꽉 움켜쥐고는 재빨리 차에 올라탔다.

그 순간, 열려 있던 현관문 사이로 누군가가 "잠깐만요!"라고 소리쳤다.

모두들 소리 나는 쪽으로 고개를 돌렸다. 혹시나 해서 세바스티안은 차문 손잡이에 손을 얹었다. 허락 없이 문을 닫고 출발하지 못하도록. 룸바 가수가 되고 싶었지만 복권 장수가 된, 어릴 때 소아마비 백신을 맞지 못해 모두에게 "절뚝이"라고 불리는 아순시온이 목발로 타닥타닥 바닥을 두드리면서 숨을 헐떡이며 달려오고 있었다. 목발을 짚은 반대편 팔은 비닐봉지를 쟁반처럼 받쳐 들고 있었다. 그녀의 장애를 생각하면 엄청나게 놀라운 일이었다.

"아아, 아순시온, 아아!" 마르가리타가 조심스럽게 비닐봉지를 받아들고 얼굴을 감싸며 눈물을 참았다.

"뒷문 좀 열어주세요." 이번에는 마르가리타가 필사적으로 외쳤다.

세바스티안이 운전대에 손을 올렸다.

"부인 말 좀 들어주시오. 뒷문 열어줘요." 엄한 아버지가
자애롭게 청하는 듯한 목소리였다.

잠시 눈길을 주고받으며 상황을 파악한 두 공무원은 사
태를 더 악화시키지 않는 게 좋겠다고 생각했다. 차에서 내
려 뒷문을 열어준 사람은 운전을 맡은 공무원이었다.

마르가리타는 비닐봉지에서 목에 레이스가 달린, 곱게
접힌 검은 옷을 꺼내 들것에 올려놓았다.

"엄마, 일이 다 끝나면 입혀달라고 하세요. 겨드랑이가
꽉 맞는 옷이니까 팔을 천천히 집어넣는 것 잊지 말아요.
안 그러면 옷 솔기가 터지니까. 제가 그걸 고칠 시간이 없
었네요. 미안해요, 엄마."

그렇게 말한 그녀는 하얀 시트 위에 고개를 묻었다. 마
르가리타가 계속 어루만지고 서너 번 입을 맞췄던 엄마의
발이 있는 곳이었다. 작별 인사가 끝난 후 장의차는 시동을
걸고 그 자리를 떠났다. 이웃 여자들은 마르가리타를 위로
하러 모여들었다가 하나하나 뿔뿔이 흩어졌고 마침내 거
리는 텅 비어버렸다.

동네가 움직이기 시작하기까지는 아직 시간이 남아 있
었다. 주방에서 커피가 내려지고 라디오에서 뉴스가 흘러
나오기 시작할 시간, 하루가 열리기 전 아침의 마지막 고요
가 있는 시간이었다.

제이

우리는 최악의 무대에서 만났다. 둘 다 억지로 다니는 도장에서 배웠던 무술은 남자로서 겪어야 하는 어설픈 통과의례였을 뿐, 실생활에서는 딱히 쓸모가 없었다. 그 지루한 가라테를 연습하는 이유는 필요할 때 공격으로부터 자신을 적절히 방어하기 위해서, 더 정확히 말하면 타인을 손쉽게 패는 방법을 배우기 위해서였는데 별로 효과적이라고 할 수 없었다. 개인의 안전을 지키기가 까다로운 동네, 이른바 갈등의 소지가 많은 동네에 살다 보면 아무리 비쩍 마르고 겁이 많은 사내아이라도 매일 싸움을 하는 데 익숙해지게 되고, 상대가 가라테 선수나 태권도 선수, 쿵후 전문가라고 하더라도 그의 얼굴에 칼자국을 낼 수 있다는 걸 아주 어릴 때부터 배우게 된다. 그러니 내게 무술 따위는 필요하지 않았다. 나는 스승과 제자 사이의 서사나, 수련이

나 기氣, 또는 도장 안에서의 끔찍한 역학관계와 위계를 지키기 위한 그 모든 철학적 변증법에 결코 가담할 수 없었다. 나는 군대 흉내가 지루하고 역겨웠다. 길게만 느껴지는 수련 시간 내내 딴생각을 했다. 대련하느라 주의를 집중할 수밖에 없을 때는 규칙과 상관없이 첫 가격에서 최대한 타격을 입히려고 했다. 얼른 나를 실격시키고 벌칙으로 시합에서 나를 빼버리기를 바란 것이다. 동료애 따위도 없었다. 나는 이제 어린 시절 둔했던 모습과는 딴판이었다. 사람들은 가라테와 엄격한 식단 조절 덕분이라고들 했지만 마돈나의 안무를 배우면 협응력과 운동 능력이 개발된다는 것은 아무도 몰랐다.

나는 틈만 나면 내 방에서 춤을 추었다. 분노에 차서, 공기와 싸우듯, 그리고 최대한 여성스러워지려 애쓰면서 춤을 추었다. 당시 내 삶의 모든 것은 분노와 울분에서 비롯되었다. 내 몸은 변하고 있었고 말할 수 없이 역겨운 기분이 들기 시작했다. 시간이 갈수록 나는 점점 더 힘이 세졌고, 목소리는 너무나 빨리 변한 나머지 그 변화를 깨닫지도 못했다. 전화를 받다가 갑자기 그 사실을 알아채고는 울음을 참으며 억지로 자연스럽게 말하느라 애를 썼다. 얼굴에 수염도 나기 시작했다. 그후로 수염은 내게 필생의 적이 되었다. 내 몸에 대해 느끼는 혐오감이 어릴 적과는 달랐다. 전에는 땅의 현실에 묶여 달님이 내게서 멀어지는 것을 피할 수 없는 느낌, 천상에 있는 아름답고 만질 수 없는 어떤 것과 내가 멀어져가는 느낌이었다면, 이제는 기형적이고 팽창된 느낌이 더해졌다. 나 자신이 죽은 껍질로 싸인 물체 같았다. 그리고 그 안에서 뼈가 긴장감을 조성하며 아무데 서나 튀어나와 내부를 관통하거나 여기저기 흩어져 있는 것만 같았다. 나는 계절이 갈수록 부패해가는, 몸이라고 생 각되는 것을 가리려고 사이즈가 아주 큰 옷만 입고 다녔다.

춤을 출 수 없을 때는 달렸다. 항상 음악을 들으면서 강 박적으로 춤을 추거나 달렸다. 사춘기의 절망을 안고 춤을 추는 게 어떤 것인지 알려면 〈파파돈프리치Papa Don't Preach〉* 를 최고 볼륨으로 들으며 춤춰봐야 한다. 또 워크맨으로 더 스미스의 〈세메트리게이츠Cemetry Gates〉**를 들으며 탈출하는 기분을 느껴봐야 달리는 게 뭔지 제대로 알 수 있다. 나는 모리세이**에게 빠져 있었다. 디페쉬모드*** 역시 나를 사로

* 십대의 낙태 문제를 다뤄 논란을 불러일으켰던 마돈나의 노래. 원치 않는 아이를 가진 딸이 낙태를 하지 않고 아이를 지키겠다고 아버지에 게 선포하는 내용의 가사를 담았다.
** 잉글랜드 록 밴드 더스미스의 노래로, 가사를 쓴 모리세이가 자신의 친 구와 종종 공동묘지를 산책했던 경험을 바탕으로 한 것이다. 가사에 영 국의 낭만주의 시인 존 키츠, 아일랜드 시인 윌리엄 예이츠,『도리언 그 레이의 초상』을 쓴 작가이자 동성애자였던 오스카 와일드가 등장한다.
** 더스미스의 보컬. 우울하고 소심한 문학 청년이자 성소수자였던 모리 세이가 자신의 섬세한 내면을 담아낸 노래 가사들은 영국 음악 역사상 가장 뛰어난 가사들로 평가받고 있다.
*** 1980년에 결성된 영국 밴드.

잡았고, 더큐어*와 엘튼 존*은 거울에 비친 내 모습을 보며 그래도 사랑할 것을 찾으려고 애쓸 때와 마찬가지로 나를 울게 했다. 춤추고 달리면서 나는 도망쳤다. 오로지 탈출하고 싶었을 뿐이다.

그 애에게로 도망치고 싶었다. 그 애, 제이에게로.

그 애를 도장 탈의실에서 처음 보았을 때 내 얼굴이 너무 빨개져서 누군가가 내게 어디 몸이 안 좋은 거 아니냐고 물어봤을 정도였다. 당황한 표정을 숨기기 위해 갑자기 화장실에 가고 싶어졌다는 핑계를 대고 그 자리를 피해 마음을 가라앉혀야 했다. 내가 그때까지 만났던 사람 중 가장 날카로운 눈빛을 지녔던 그 애는 그 장면을 놓치지 않았다.

토레혼 공군기지에 파병된 미군 장교와 프랑스인 여교사 사이에서 태어난 그 아이는 새크라멘토와 마닐라, 파리에서 자랐고, 하느님은 그 애가 산 17년 동안 시간을 허투루 쓰지 않았다는 걸 알고 계셨다.

나는 우리가 첫눈에 서로를 알아보았다고 생각하고 싶었지만 실은 그 애가 나를 알아보았다. 그 애는 아주 영리하고 수완이 좋았다. 나를 부드럽게 자극하는 방법을 끝도 없이 많이 알고 있었다. 마이애미와 필리핀에서 스페인어

---

* 1980년대에 전성기를 누렸던 영국의 록 밴드.
* 20세기를 대표하는 팝스타이며, 양성애자임을 커밍아웃하고 남성 배우자와 결혼했다. LGBTQ의 권리를 옹호하고 동성애 혐오에 맞서 싸우기 위해 여러 사회적 활동을 했다.

를 조금 배웠다지만 거의 하지 못했는데도 의사소통에는 문제가 없었다. 뭔가 할 말이 있을 때마다 그것을 기가 막히게 전달할 줄 알았다.

그날 처음 본 후로 탈의실에서 그 애와 눈길이 마주칠 때마다 나는 책벌레 사춘기 소년이 품을 수 있는 모든 환상과 전율 속에서 그 다음 한 시간을 보내곤 했다. 그 애가 나를 보고 있지 않을 때 그 애를 바라보는 건 더 최악이었다. 더럽고 숨막히는 마약의 환각 상태에 빠져드는 것 같았으니까. 그 애를 세게 한 대 때려서 그 애가 세 대쯤 나를 가격하게 하고 싶었다. 그런 다음 그 애가 나를 천천히 껴안으면서 나를 정말로 좋아하는 것처럼 알 수 없는 말을 귓가에 들려주었으면.

그런 일은 일어나지 않았지만 뭔가 일어나긴 했다. 짝을 지어 운동할 때면 그 애는 다다미 방에서 나를 찾았고, 수업 전후에 내 옆에서 옷을 갈아입었으며, 서로 다른 언어로 소통하는 법을 배우며 나와 함께 웃었다. 눈을 크게 뜨고 바람 소리를 듣는 사향노루처럼 고개를 갸우뚱거리며 내 말에 주의를 기울였다. 그 애가 몸짓으로 보여주는 언어는 나를 미치게 했다. 자극적이고 기운이 넘치고 여성스러우면서도 육상선수처럼 길고 부드럽고 강철처럼 단단해질 수도 있는 몸. 그 애는 꼭 고대 페르시아 춤꾼 같았다. 가우가멜라 전투에서 포로가 되자 알렉산드로스 대왕을 유혹한 소년 바고아스[*]였다. 함께 있을 때면 그 애에게 무슨 말이건 할 수 있을 것 같았다. 우리는 어렵사리 우스꽝스러운 도장에서 벗어나 우리끼리 만나기 시작했다. 그 애는 꽤 먼 곳에 살고 있었고 그 애의 아버지는 변명이 통하지 않을 것 같은 사람이었는데 무슨 핑계를 대고 집을 빠져나온 건지는 모르겠다. 그 애의 아버지 니콜라스 대령은 아들에게 숨 쉴 공간을 주지 않았다. 그 애가 교묘하게 모든 틈을 이용하기는 했지만 말이다. 나는 부모님에게 롤플레잉 게임이나 농구, 산책을 하고 오겠다고 했다. 한 번도 문제를 일으킨 적이 없고 학업 성적도 좋은 남자아이의 그 정도 행동을 막을 부모는 없었다.

제이는 참을성이 없었다. 천천히 다가간다거나, 손을 가볍게 스친다거나, 갈수록 움직임이 대담해진다거나 하는 일이 우리 사이엔 없었다. 우리가 처음으로 단둘이 만난 곳은 시립묘지 입구 맞은편 알무데나 공동묘지 쪽문 앞이었다. 아주 좁은 양방향 포장도로 하나만 지나가는, 보이는 것이라고는 거대한 공동묘지 주변의 다 부서져가는 낡은 벽돌담뿐인 곳이었다. 담 옆의 보도는 비좁고 관리가 엉망인 데다가 내전 동안 그 자리에서 파시스트들에게 총살당한 사람들이 잊히지 않으려고 바닥을 마구 두드렸는지 온

[*] 기원전 4세기 고대 페르시아의 환관.

통 금이 가 있었다. 폭이 굉장히 좁아서 두 사람이 나란히 걷기 어려울 정도였다. 그리고 너무나 황량했다. 그곳에서 제일 오래된 무덤이 있는 구역에 들어서자마자 제이는 내 바지 벨트 고리를 붙잡고 나를 자기 쪽으로 끌어당기더니 내 입술에 키스했다. 제일 먼저 든 생각은 제이가 정말 용감하다는 것이었다. 나라면 완전한 확신이 들기 전까지는 절대 그럴 엄두를 내지 못했을 것이다. 관공서에서 증인을 옆에 두고 혼인선언문에 서명했다거나 내 앞에 있는 사람이 키스를 원한다는 확신이 설 때까지는 말이다. 거절당할지도 모른다는 생각, 그에 이어질 폭력과 조롱에 대한 두려움 때문에 나는 내 바람을 접곤 했었다.

내가 아는 사춘기 남자아이 중 누구도 내가 다가가는 걸 좋게 받아들일 거라곤 상상할 수 없었다. 아무리 착한 아이라도. 그 애들이 또래 여자애들에게 하는 것처럼 내가 그 애들에게 행동했다면 아마도 나는 멍투성이가 되어 퉁퉁 부은 채 공터에서 깨어났을 것이다. 이건 내가 과장해서 하는 말이 아니라 규칙이었다. 구두 수선공 아들 다니엘은 내 사촌 형들과 알고 지내는 먼 이웃이었다. 다정하고 상냥하고 몸짓이 사랑스러웠던 그 소년은 어느 토요일 새벽, 오른손 손가락이 하나 잘리고 턱이 부서지고 얼굴에 붉은색 립스틱 낙서가 그려진 채 집에 돌아왔다. 그날 밤 후로는 절대 혼자 외출하지 않았지만 첫 데이트에서 얻은 심리적 후

유증으로 인해 장애연금을 신청하는 신세가 되었다. 그때 그의 나이는 열다섯 살이었다. 제이의 키스는 너무나 완벽하고 너무나 부드럽고 또 너무나 따뜻해서 내가 그 모든 걸 받아들일 수 있는 곳에 도달하기까지 시간이 걸렸다. 내 첫 키스의 프롤로그는 평생 내가 보고 들었던, 나 같은 사람에게 행해지는 테러 이야기들이었다. 나는 그 이야기들을 먼저 떠올렸다. 그 속에서 살아남은 사람들과 그렇지 못한 사람들, 희뿌옇게 꽁꽁 얼어버린 사람들이 그곳에 나와 함께 있었다. 참으로 아름다웠던 구두 수선공 아들 다니엘이 보였다. 라요바예카노* 유니폼을 입고 동네 운동장에서 축구를 하던, 골을 넣을 때마다 요란한 소리를 지르며 활짝 웃던 멋진 소녀 알리시아도 보였다. 소녀의 편안한 함박웃음이 결코 잊히지 않는다. 열네 살이었던 그녀는 현관에서 다른 여자아이와 부둥켜안고 있다 들켜 집에서 쫓겨났다. 그렇다. 겨우 열네 살. 아직 극장에도 혼자 들어갈 수 없는 나이였다. 문밖으로 발걸음을 내딛자마자 세상이 그 애를 산 채로 집어삼켰다. 엄마 사촌 여동생의 아들, 나와 오촌인가 육촌이 되는, 재능 있는 무용수이자 배우였던 벤저민은 커다란 고양이처럼 멋져서 시선을 끌었다. 내 눈에 암포스타 거리의 피리 부는 사나이 같았던 그는 게이라는 이유로 자

* 마드리드를 연고로 하는 중소 축구 클럽.

기 아버지와 형제들에게 몽둥이찜질을 당했다. 그는 결국 손을 떠는 알코올 중독자가 되었고 고작 열일곱 살이었던 어느 여름밤에 동네에서 영영 사라지고 말았다.

인생의 특별한 시간인 첫 키스의 순간에 이런 부담을 안아야 한다는 건 정말 부당한 일이다. 우리 삶은 다른 사람들과는 달랐고 앞으로도 그럴 것이었다. 유령들의 끝없는 행렬이 남은 인생 여정 동안 우리와 동행하며 작별의 얼굴로 우리의 모든 걸음을 감시할 터였다.

"괜찮다지?" 제이가 물었다. 어법은 틀렸지만 너무도 매혹적으로 정확한 질문을 던지는 바람에 무슨 일에든 울음을 터뜨리는 내 나쁜 버릇이 발동하고 말았다.

"응, 괜찮다지. 더 키스해줘!"

산블라스 너머

제이는 나를 살뜰히 챙기고 배려해주었지만 시간을 많이 내주지는 않았다. 우리 데이트는 짧았고 나도 모르는 사이 안도의 한숨을 내쉬며 집으로 돌아가고 있을 때가 많았다. 아름다운 꿈에서 갑자기 깨어난 듯한 기분이었다. 이런 일이 자주 반복되면서 나는 우리가 이렇게 짧게 만나는 것이 보안을 위한 안전 수칙의 일부라는 걸 깨닫게 되었다. 우리는 거의 항상 한적하고 사람이 별로 없는 곳에서, 아니면 굉장히 소란스러워서 눈에 띄지 않는 곳에서 만났다. 그때 나는 열네 살이었고, 열다섯 살이 되었을 때는 이미 제이가 내 품을 떠난 후였다. 나는 욕구를 충족시킨 후에도 좀 더 다정한 시간을 갖고 싶었다. 섹스를 나눈 후 내 몸을 부드럽게 애무해줄 사람, 내가 내 몸을 바라보던 초라한 시선보다 좀 더 부드러운 눈빛으로 나를 정의해줄 동반자나 연인을 원했다. 하지만 당시 우리 삶에는 순전히 육체적인 것 이상의 부드러움을 추구할 수 있는 여지가 없었다. 물론 육감적인 부드러움은 얻을 수 있었지만.

모두가 접근을 꺼리는 추에카 거리가 우리에게는 안전한 곳이라는 사실을 먼저 알아낸 사람은 제이였다. 도심에 있는 그 거리에서는 늘 어떤 일이 일어났기 때문에 모든 게 고정되어 있지 않고 변화했다. 나는 그곳을 전혀 몰랐다. 크리스마스나 결혼식 같은 특별한 때에 부모님과 함께 갔던 걸 제외하면 시내에 가본 적도 거의 없었다. 내 삶은 오로지 산블라스와 몇 번의 여름을 보냈던 카세레스와 알리칸테에서만 이루어졌다.

제이는 시험 삼아 나와 함께 추에카에 가보고 싶어했다. 혹시 들킬까 봐 가슴 졸이지 않고 서로를 보듬은 채 오후 반나절을 보낸다는 건 꿈같은 일이었다. 시도해볼 만한 가치가 있었다.

사람들은 그곳이 창녀, 마약중독자, 동성애자의 동네고 거기 갔다간 습격을 당할 수도 있다고, 많이 좋아지고 있긴 하지만 긴장을 늦춰선 안 되는 동네라고들 겁먹은 얼굴로 말했다. 위대한 산블라스 출신인 내게는 웃기는 소리였다. 우리 동네에 대해서도 70~80년대에 비슷한 이야기들을 했더랬다. 우리 동네가 가난한 사람들이 많이 사는 곳인 건 사실이었지만 그렇다고 지옥이라고 불릴 만한 곳은 아니었다. 적어도 그런 오명을 쓰게 된 이유 때문에 지옥이라고 불릴 정도는 아니었다는 말이다. 비야베르데에 대해서도 비슷한 이야기들을 했다. 카라반첼이나 알루체도 마찬가지였다. 그 동네들이 모두 노동자 밀집 구역이고, 집세가 싸고, 정치적 소요가 잦은 곳이라는 것, 그 처벌의 일환으로 헤로인이 뿌려진 다음 마약이 남긴 결과를 바탕으로 오명을 뒤집어쓰는 벌을 받은 지역이라는 걸 알 만한 사람은 다 알았다. 그 동네들은 또한 집시들의 동네이기도 했다. 집시들은 같은 집시들, 노동자들, 가난한 사람들 사이에서는 잘 지냈다. 하지만 사람들은 집시들을 그냥 내버려두지 않았다. 집시가 지나간 곳이나 정착했던 곳은 박살이 나버린다는 선입견을 씌우고, 시민으로서 그들이 누려야 할 가장 기본적인 권리도 보장해주지 않으면서 그들이 남이 버린 쓰레기를 주워 살아간다고만 비난했다. 아무렴 추에카가 그보다 나쁘겠는가. 나는 추에카가 우리 동네보다 더 작고, 더 인구 밀도가 높고, 가족처럼 보이는 사람들이 더 적은 곳일 거라고 상상했다. 사람들은 마약쟁이들도 누군가의 아들이고, 창녀도 누군가의 엄마이자 딸, 자매라는 사실을 종종 잊곤 한다.

우리는 아우구스토피게로아 거리와 오르탈레사 거리가 만나는 모퉁이에 자리 잡은 카페 피게로아에 갔다. 널찍하고 쾌적한 카페 안을 담배 연기가 가득 채우고 있었다. 그 카페에는 오로지 남자들만, 그것도 다양한 연령대의 남자들이 모여 있다는 것이 우리 동네 카페들이나 내가 그때까지 본 카페들과 전혀 다른 점이었다. 그때 내 눈에는 거기 있는 사람들이 모두 나이 든 사람들 같았지만 실제로는 그렇지도 않았다. 나는 남는 자리가 있는데도 남자들이 두 사람씩 옆자리에 딱 붙어 앉아 있는 것을 처음 보았다. 자기가 원하는 자리에 앉아 있는 남자들을 본 나는 우연의 일치라고 생각하는 것들조차, 그러니까 공공장소에서 어떤 자리에 앉느냐 하는 것들조차 엄격한 사회적 규범의 지배를 받는다는 걸 그제야 깨달았다. 그 카페 밖에서는 생각도 할 수 없는 일이었다.

그런 곳이 있다는 정보는 제이가 알아냈다. 세월이 한참 지난 후에야 나는 당시 제이가 나를 만나면서도 분명 나보다 나이 많고 경험 많은 사람들과 어울렸을 거라는 사실을 깨닫게 되었다. 그런 곳에 처음 가본 열일곱 살짜리라기엔 제이는 아는 게 너무 많았다. 제이가 누구와 어디를 돌아다녔는지는 알 수 없지만 어쨌거나 나는 그 덕을 톡톡히 봤다. 결정권을 넘기고 내게는 금지되어 있다고 생각했던 감정들에 집중할 수 있다는 것이 정말 좋았다. 여러 사건을 겪으면서 나는 이미 트랜스의 숙명을 내 것으로 받아들였으며, 내가 외로운 삶을 살게 될 거라 확신하고 있었다. 아주 오랜 시간 벽장 속에 갇혀, 나와 관계 맺는 남자들, 여자들과의 사이에서 거짓말을 되풀이하고, 절대 얻을 수 없는 것 때문에 괴로워하며, 홀로 남게 될 거라고 말이다. 많지는 않지만 내가 보고 읽었던 나 같은 여자들의 이야기는 언제나 그렇게 끝났다. 〈카바레〉*의 전지전능한 사회자조차 영화 내내 이름도 없이 있다가 총성과 함께 북소리가 울려 퍼지는 가운데 나치로 가득 찬 대중 앞에서 영화를 끝낸다.

그래서 제이는 기적이었다. 다시는 반복되지 않을, 하늘이 준 선물. 그러므로 마지막 한 방울까지 깨끗이 비워야 하는 은총.

한 남자가 미소를 지으며 우리 테이블로 다가왔다.

"어디 보자, 오늘 학교 안 가는 날인가? 숨바꼭질 놀이나 하지 않고 여기서 뭘 하는 거지?"

나는 너무 당황스러워 대답할 말이 떠오르지 않았다. 동네에서 심부름하러 다닌 것 말고는 부모님 없이 이런 상업 시설에 온 것이 처음이었다. 뭘 주문해야 한다거나 그러기 위해 다른 사람에게 말을 걸어야 한다는 생각도 해본 적이 없었다. 나는 문제를 해결해주길 기대하며 제이를 바라보았다. 하지만 그는 스페인어 실력이 점점 향상되고 있긴 해도 여전히 카르멘 마르틴 가이테*가 아니었다. 내가 다시

* 밥 포시 감독의 뮤지컬 영화. 카바레 댄서인 여주인공과 그녀의 연인이 되는 영국인 게이, 양성애자 귀족의 이야기를 그렸다.

* 어린 시절 학교에 다니지 않고 자유롭게 성장하고도 20세기 스페인 최고 여류작가의 반열에 올랐다.

말을 더듬을 수밖에 없는 상황이었다. 이제 나는 그럭저럭 말을 더듬지 않게 된 상태였지만, 그건 마음이 평온해서 적절한 리듬으로 말할 수 있을 때 얘기였다.

"숨바꼭질 노는 거, 그거 맞아요." 제이가 침착하게, 어쩌면 꽤 무례하다고도 볼 수 있는 표정으로 말했다.

나는 제이의 재능이 얼마나 무한한지 놀라워하며 그를 바라보았다. 제이는 그 남자의 윙크에 윙크로 답하면서 남자 말의 이중적 의미를 그대로 담아 답했을 뿐만 아니라 그런 대화에 어떤 말투를 사용해야 하는지까지 알고 있는 것 같았다. 나는 어찌할 바 몰라 우물쭈물하고만 있는 상황인데. 나도 제이처럼 행동하고 싶었지만 내게는 아직 먼 나라 이야기였다.

"너 아주 영리한 꼬마 게이로구나. 근데 숨바꼭질은 '논다'고 하지 않고 '한다'고 말하는 거야." 제이는 고개를 끄덕였고 둘은 함께 웃었다.

"이 외국 녀석 조심해라. 애는 능수능란한데 넌 아직 새파란 애송이 같으니까." 카페 주인이 부드럽게 내 턱을 들어올리며 내 눈을 들여다보고 말했다.

"너 숨바꼭질, 이 베이비한테 잘해줘야 해. 아직 너무 베이비잖아. 그런데 뭘 줄까. 카카오랏*은 없어. 밀크커피 가

* 병 밀크셰이크의 일종.

져다줄까?"

우리는 고개를 끄덕였다. 내 인생의 첫 커피였다.

마주보고 앉은 제이와 나는 테이블 위로 팔을 뻗어 두 손을 맞잡았다. 여러 사람이 함께 있는 공간에서 두려움을 느껴본 적 없는 사람, 자유롭게 그런 곳에 자리를 잡고 앉는 것에 대해 부끄러워해본 적이 없는 사람은 그 순간 내게 일어난 일을 이해할 수 없으리라. 그건 두려움과 같은 감정이었지만 마치 그동안은 물속 깊은 심연에서의 삶만을 알고 있다가 갑자기 천지개벽이 일어나 물 밖의 일을 알게 된 것만 같았다. 나는 너무 기뻐서, 그리고 너무 슬퍼서 울고 싶어졌다. 유령들의 행렬이 카페 밖에서 창문으로 나를 지켜보고 있었다. 게이와 여장남자, 레즈비언과 양성애자 들의 머나먼 별이 생의 이 완벽한 순간을 축하하기 위해 길을 열어준 것인지 아니면 자기들 사이에 내 미래의 자리가 있다는 것을 상기시키려고 그 자리에 있는 것인지는 알 수 없었다.

"워! 귀신이다!"

나는 어깨에 용수철이라도 달린 것처럼 얼른 제이의 손을 놓고 팔을 오므렸다. 테이블에 커피를 올려두려던 카페 주인은 웃겨 죽으려고 했고 제이도 마찬가지였다.

"게이, 겁먹지 마! 미안하다, 베이비. 내가 이렇게 좀 웃긴 사람이라. 너희가 너무 다정한 걸 보니 갑자기 놀려주고 싶었어. 더 필요한 거 있으면 말해." 그는 잔을 내려놓고 왔던 길로 돌아갔다.

"친절한 분이시네. 근데 나 진짜 놀랐어. 여기 마음에 들어. 데려와줘서 고마워."

나는 긴장한 상태였지만 동시에 시간이 멈춰버리기를, 그 오후가 영영 끝나지 않기를 바랐다. 뭔가 근사한 일이 시작되기도 전에 미리 끝을 생각하는 것은 내 특유의 성향이었다.

"그래, 재미있는 사람이야." 제이가 말했다. "그리고 지금 네 얼굴은 더 재밌어."

"야, 놀리지 마. 아까 저 아저씨 말 들었지? 나한테 잘해주라고, 나 아직 베이비고 새파랗다고 하는 말 들었지?"

'베이비'라는 말을 제이는 작고 어리다는 의미와 상관없는 다른 뜻으로 이해했다. 그 말은 전체적인 맥락에서 크게 빗나간 것은 아니었지만, '새파랗다'는 말은 제이를 혼란에 빠뜨리기에 충분했다.

"'베이비'는 어린애들, 아니면 작은 물건이나 사람을 말하는 거야. 크기가 작은 물건에도 사용하지만 사람에게 더 많이 쓰는 말이고. '그 애는 베이비야'라고 하면 나이가 아주 적다는 뜻이야. 알아들어?"

"그럼 새파랗다는 건?"

우리는 다시 두 손을 맞잡았다.

"그건 색깔을 말하는 게 아냐. 과일이 아직 안 익었을 때를 말하는 거야." 제이는 나를 뚫어져라 보았는데, 과일이 익고 안 익고가 무슨 소리인지 모르겠는 모양이었다. "과일이 채 익지 않아 맛이 쓸 때, 아직 과일이라고 할 수 없는 식물일 때는 색깔이 파랗잖아. 그러니까 새파랗다는 건 나무에서 너무 빨리 따버린 과일 같은 걸 말하는 거야. 알겠어?"

"응."

"아직 굉장히 어리거나 겪어본 게 없어서 아는 게 많지 않은 사람, 경험이 없는 사람을 묘사할 때…… 아니 설명할 때…… 그런 사람에 대해 말할 때 새파랗다고 하는 거야."

"그럼 너는 새파란 게이구나."

나는 방금 마신 커피를 뿜을 뻔했다.

"그래, 바보야. 나 새파란 게이야."

그때 우리가 웃음을 터뜨리며 나눈 키스를 나는 절대 잊지 않으리라 다짐했다.

우리는 손을 놓지 않은 채 계속 수다를 떨면서 점점 더 가까이 다가앉았다. 커피는 금세 다 마셔버린 후 다른 걸 더 시키지 않고 자리를 차지하고 있는데도 안토니오는 우리가 편히 있을 수 있게 내버려두었다. 나는 그도 우리를 지켜보는 게 즐거운 모양이라고 생각하고 싶었다. 오랜 세월이 흐른 후에야 나는 그때 우리가 성소수자로서 제약도 많고 어두운 청소년기를 지나고 있었지만, 당시 대략 마흔,

또는 그보다 몇 살 더 많아 보였던 안토니오의 세대는 갖지 못했던 작은 균열을 누렸다는 걸 깨달았다.

열네 살 나는 아무도 없는 곳에서 간간이 은밀하게 나누는 섹스가 나쁜 것이라고 생각하지 않았다. 나는 시르쿨로 데 렉토레스*를 통해 테렌시 모익스*와 에두아르도 멘디쿠티**의 작품들을 탐독했다. 또 제럴드 워커##도 읽었고, 알모도바르###의 〈정열의 미로〉는 거의 외우다시피 했다. 부모님은 내가 무슨 책을 읽든 관여치 않으셨다. 내가 책 속에서 오랜 시간을 보내며 너무나 행복해 했으므로 책 제목이 무엇이든 상관없다고 생각하셨을 것이다. 나는 영화도 즐겨 보았는데 숨어서 본 것은 아니지만 될 수 있으면 혼자 있을 때를 선택했다. 부모님은 영화를 그다지 좋아하지 않으셨고 오빠는 집 밖에서 보내는 시간이 더 많았기 때문에 집에 있는 중고 VHS 플레이어는 내 차지나 마찬가지였다.

* 스페인 유수의 출판사 플라네타가 주도한 독서클럽. 회원들에게 문학 작품 카탈로그를 발송했다.
** 동성애자로 널리 알려진 20세기 후반 스페인 최고의 인기 작가.
*** 스페인 동성애 문학에서 주요한 자리를 차지하는 소설가이자 언론인.
《뉴욕타임스》 기자이자 작가였으며, 알 파치노가 주연을 맡았던 〈크루징〉의 원작을 썼다. 동성애자 연쇄살인범과 그를 쫓는 경찰관의 이야기를 그린 소설인 『크루징』은 평단에서 "동성애가 정신질환으로 여겨지던 시기에 게이 문화의 문을 열었다"는 평가를 받았다.
스페인을 대표하는 영화감독으로 일컬어지는 페드로 알모도바르. 양성애와 동성애가 뒤섞인 애정 관계, 자살, 기괴한 유머 등이 특징인 그의 작품들은 보수세력에 대한 반항과 인간의 본능을 적나라하면서도 독창적으로 그려냈다.

나는 게이 섹스가 뭔지도 알고 마드리드에서 그걸 할 수 있는 몇몇 구역의 이름도 알고 있었다. 사우나와 성인 영화관의 존재와 기능도 이미 알고 있었다. 또한 비밀리에 운영되는 게이들을 위한 공간도 있다는 얘기를 들었는데, 조심스레 문을 두드리면 신원을 확인한 후 들여보내줄지 말지를 결정한다고 했다. 그런 이야기를 들으면, 나는 그 커뮤니티가 어둠을 형벌로 받았지만 거기 드리워진 그림자로 아름다움을 엮어냈다는 생각이 들었다. 그곳은 자신의 존재를 자각하면서 편안하고도 긴박하고 아주 독특하게 관계를 맺는 방식을 가르쳐주며, 이성애자들의 태양 아래 드리워져 땅 속까지 뿌리를 내리고 있는 폭력은 없는 몸의 학교였다. 나는 그 폭력을 책에서 읽거나 영화에서 본 것이 아니다. 나 자신이 직접 목격했다.

　내가 욕망과 쾌락이 지배하는 곳에 아름다움이 있다고 생각했다고 해서 그것이 숨어서, 햇볕을 피하며, 그 아래 숨어 있는 괴물을 두려워하며 인생을 살아야 한다는 뜻은 아니었다. 나는 우리가 안토니오에게, 그리고 어쩌면 그 자리에서 커피를 마시던 다른 사람들에게 희망의 이미지를 선물했다는 데서 행복감을 느꼈다. 두려움에 빠져 삶을 어둡게만 생각하며 나 자신을 추하다고 생각했던 내가, 첫사랑의 손을 꼭 잡은 내가, 제대로 된 눈으로 보면 더 나은 미래의 약속이라는 건 참 희한한 일이었다.

가족

시간이 흐를수록 카페에 손님이 점점 더 많아졌다. 안토니오는 활기 넘치는 모습으로 그 공간을 누볐고 그의 몸짓으로 보아 카페는 그의 집이 분명했다. 그의 몸짓과 쉰 목소리에는 따뜻하고 부드러운 여성성이 담겨 있었다. 그를 바라보면서 나는 내가 그런 성향을 갖고 있는 사람들을 늘 신뢰할 것이며 미래에는 그 중 몇을 사랑하게 될 거라는 걸 알았다. 안토니오는 손님 한 사람 한 사람에게 미소를 지어 보이고, 들어오고 나가는 사람 모두에게 쉬지 않고 말을 걸었다. 잘 알고 있는 사람이건 피게로아에 처음 들어온 사람이건 똑같았다. 작은 키에 피부는 검고 털북숭이인 안토니오는 목이 두껍고 등이 넓은 것으로 보아 몇 세대에 걸쳐 육체노동에 종사해온 집안 출신임이 분명했다. 가느다란 다리 역시 죽도록 일하는 것 외의 다른 것은 알지 못하는 집 자식들에게 흔히 보이는 영양부족의 증거였다. 천성적으로 마음이 따뜻한 사람인 듯한 안토니오는 누구든 편안하게 해주었다. 농담 몇 마디로 굳어 있던 내 마음도 풀어주었고 내가 두려움을 떨쳐낼 수 있게 해주었다. 그날 저녁 내 눈과 입과 손길은 오로지 제이에게로 향해 있었지만 간혹 안토니오가 끼어들어 우리에게 말을 걸어도 전혀 성가시지 않았다. 오히려 그가 더 오래 우리와 이야기를 나누어주기를 바랐고, 그의 대답을 듣기 위해 묻고 싶은 말들이 끝도 없이 목구멍에 걸려 있었다.

석양이 질 무렵 우리는 이제 다른 곳으로 가야겠다고 마음먹었다. 주문한 것에 비해 터무니없이 오랫동안 테이블을 차지하고 있었기 때문이다. 하지만 어디로 갈지는 분명치 않았다. 우리는 계산도 하고 카페 주인에게 작별 인사도 하기 위해 스탠드로 다가갔다.

"학딩들, 가려고? 어디 다른 데 가는 거야, 아니면 집으로 가는 거야?"

"한 바퀴 돌려고요." 내가 대답했다. "아직 시간이 좀 있는데 뭘 해야 할지 모르겠어서요. 이 근처는 전혀 모르거든요. 좀 걸으려고요. 시간이 좀 지날 때까지."

나는 내가 굉장히 편안하고 자유롭다고 느꼈다. 어린 시절 내게서 멀리 있었던 공기를 지난 두세 시간 동안 새로이 호흡하기라도 한 것 같았다. 아직은 이런 곳에 드나들 나이가 아니라는 건 알고 있었지만 어쩌면 충분한 준비가 되었을 때가 바로 어떤 일을 할 수 있는 나이일지도 모른다고 생각했다. 나는 태어날 때 뒤집어쓰고 나온 양막을 떼어내고 자유로워진 것처럼 마음이 밝아지는 걸 느꼈다. 지난 몇 년간 내가 무엇을 갈망했는지를 이제 알았고, 한나절 만에 십자가의 가로축 나무 기둥처럼 나를 압박하던 의구심에서 벗어난 느낌이었다. 모든 것으로부터 지나치게 멀리 떨어져서 아무것도 만질 수 없을 때 사람은 자신만의 두려움과 학습된 두려움에 근거해 그 사물의 촉감을 상상할 수 있을 뿐이다. 나는 그 두려움이 아주 특별한 방식으로 내게 영향을 미쳐서 모든 의미 있는 경험으로부터 나를 멀어지게 함으로써 영원히 미성숙의 상태로 남게 했다는 걸 깨달았다. 내 나이에 어울리지 않는 일을 하겠다는 게 아니었다. 공포심과 무기력, 혼자 숨어 흘리는 눈물 저 너머에서 또 다른 삶의 가능성을 엿보았다는 것이다. 제이와 함께 피게로아에 있던 순간, 안토니오 덕분에 나는 저 바깥세상에 어쩌면 또 다른 기회가 있을지도 모른다는 걸 깨달았다. 그 카페 안에 있던 사람들이 나 같은 여자의 삶을 어떻게 받아들였을지는 모르지만 그런 여자들의 삶을 알고 있는 것은 확실했다. 그리고 내가 자유의 허공을 향해 몸을 던져 파릇하고 폭신한 잔디 위로 떨어지는 선택을 하게 된다면, 고작 커피 한 잔 마시고 입술이 마비되도록 키스를 나누는 동안 내가 엿보았던 사람들 사이에서 그 일을 하게 되리라는 걸 나는 본능적으로 느꼈다.

"잠깐 기다려. 콘돔 몇 개 줄게."

안토니오는 "집에서 상해가는 무화과 열매 몇 개 줄게"라고 말하는 것과 똑같은 말투로 "콘돔"이라고 말했다. 나는 그 말을 듣고도 당황하지 않은 척하려 애썼다. 벽장 속의 내 삶과 내 사춘기는 이런 모순을 내 안에 심어주었다. 나는 제이의 엉덩이 크기를 정확하게 알고 있었다. 두 손으로 허공에 그 엉덩이를 정확히 그릴 수도 있었다. 하지만 콘돔이라는 말을 듣고는 아연실색하고 말았다.

"이쪽은……" 안토니오가 제이를 바라보며 말했다. "사용해본 적이 있을 테고. 너는? 아직 안 써봤지?"

"그게 뭔지는 잘 알아요. 아버지가 일하는 곳 근처에 버려진 거 많이 봤거든요. 거기가 밤이면 커플들이 자려고 많이 오는 데라서요. 저희 형도 지갑에 몇 개씩 가지고 다니는 것 같던데 만져보지는 않았어요. 전 한 번도 써본 적 없어요. 필요한 일이 없었어요."

"좋아. 근데 이제 필요해. 이 친구가 어떻게 끼우는지 가르쳐줄 거야. 그리고 누군가랑 함께 있을 때 그 사람이 누구든 이걸 꼭 끼라고 해야 해. 일이 벌어진 다음엔 이미 늦은 거야."

"그리고 너, 게이." 그가 손등으로 제이의 가슴을 가볍게 두드리며 말했다. "너도 항상 이걸 사용해야 해. 조심해, 조. 심. 하. 라. 고."

안토니오는 외국인에게 스페인어를 알아듣게 하려고 할 때 사용했던 지난 천 년간의 방식, 그러니까 큰 목소리로 천천히 말하는 방식으로 제이와 의사소통을 했다. 안토니오는 여러 언어를 구사하는 사람은 아니었지만 표현력이 굉장히 좋았다. 사실 제이는 스페인어로 말하는 건 잘 못 했지만 듣고 이해하는 건 훨씬 능숙했다. 유창하게 말하는 능력이 떨어지는 까닭에 잘 못 알아듣고 있을 거라는 인상을 주었지만 실제로는 첫마디에 다 이해하고 있는 경우가 많았다.

나는 고맙다고 말하고 콘돔을 청재킷 윗주머니에 잘 넣었다. 그런데 등을 돌려 나가기 전에 그곳에 들어섰을 때부터 머릿속을 맴돌던 의문을 해결하고 싶었다. 나는 언제나 강박적으로 공간을 통제하려는 경향이 있었다. 트랜스젠더로, 성소수자로 살아온 경험은 나로 하여금 내가 발 들여놓는 곳을 샅샅이 관찰하게 했다. 나는 어떤 공간에 들어서든 가구와 그림, 사진, 입구와 출구, 창문 등의 위치를 파악하고, 무엇보다 거기에 있는 사람들의 얼굴 하나하나, 표정과 시선, 미소 짓는 방식이나 진지한 모습, 놀란 얼굴 따위를 기억하고 해석하고 내 머릿속에 기록해두려고 애썼다. 나는 언제나 그렇게 하는 데 지나치게 신경을 썼다. 성소수자인 내가 경계 상태를 늦출 수 있을 만한 틈새가 있는 공간은 거의 없었다. 피게로아는 내 인생에서 처음으로 긴장을 풀고 머물 수 있는 곳을 경험하게 해준 새롭고 놀라운 공간이었다. 제이와의 만남은 들켜서 처벌받게 될 수도 있는 가능성에 언제나 노출되어 있었고, 욕실에서 여장을 즐기는 순간도 예외는 아니었다. 나를 재앙으로부터 막아주는 것은 오로지 부실한 잠금장치, 그리고 문 너머에서 들려오는 질문에 적절히 답하는 것뿐이었다.

피게로아에 들어서서 제일 처음 내가 주목한 것은 짙은 녹색으로 깔끔하게 칠해진 스탠드 뒤편 벽면에 술병을 진열하는 선반 대신 여러 인물의 사진들이 모두 같은 크기, 같은 형태의 액자에 걸려 있다는 점이었다.

"안토니오, 가기 전에 한 가지 여쭤봐도 될까요?"

"당연하지, 베이비. 그런데 잠깐만. 날 기다리는 테이블 몇 개만 보고 올게."

안토니오는 이내 돌아왔다. 그는 뛰어다니지 않고도 민첩하게 자기 일을 해냈다. 테이블 사이를 돌아다니는 그는 바쿠스*가 도시 안으로 들어온 것처럼 발랄했다. 날래게 움직이는 발걸음에도 넉넉한 품성이 드러났다. 그러면서도 포도주와 연회와 즐거움의 신에게 기대할 수 있는 장난기

---

* 포도주의 신이자 풍요의 신. 그리스 신화에서는 디오니소스에 해당한다.

를 잃지 않았다.

"말해보렴, 베이비. 뭐가 궁금한데?"

"저 사진 속 사람들은 누구예요? 오후 내내 보고 있었더니 궁금해서요. 여기 단골이시거나 뭐 그런 분들인 거 같은데. 저희 사진도 여기 가져와서 걸어두면 어떨까 생각했어요. 아니에요, 바보 같은 소리죠."

다른 사람들 앞에서 내 첫사랑 제이의 손을 처음 잡은 곳을 제이와 나의 사진으로 장식하는 건 상상만으로도 즐거웠다. 벽에 거는 사진은 의미가 크다. 마돈나는 내 방 벽에서 사라진 적이 없었다. 내게 아무도 없던 시절, 오로지 마돈나만이 내 방 벽을 떠나지 않고 비뚤어진 존재들이 고통에 겨워 눈물을 흘리며 동행을 간청하는 성녀로 남아 있었다. 침대 머리맡에 붙여둔 보위*와 보이 조지, 피트 번즈의 사진들은 내게 변화의 판타지를, 억지로 꾸며진 남성성 대신 아름다움으로의 희망을 꿈꾸게 해주었다. 결국 버릴 수밖에 없는 희망일지라도 말이다. 내 방문 뒤에 붙은 수지 수*의 포스터는 덜 다정해지라고, 더 이기적이고 어둡고 위험한 사람이 되라고 나를 격려했다. 그 문에 붙어 내가 잠자는 모습을 지켜보았던 모리세이는 마르카브뤼*였고, 나

* 대중음악 역사상 가장 영향력 있는 뮤지션 중 한 명으로 평가받는 영국 가수 데이비드 보위.
* 잉글랜드의 여성 싱어송라이터.
* 12세기 프랑스의 음유시인.

는 아키텐 공국의 엘리노어*였다. 그는 나의 불가능한 열망과 사랑을 노래했다. 나는 귀부인들이 음유시인에게 품는 만큼의 거리를 두고 그를 사랑했고, 그는 내가 다른 삶을 살게, 도망칠 수 있게 도와주었다. 조지 마이클*과 데이브 개헌**은 내가 누우면 앞에 보이는 벽을 차지한 포스터 속 주인공들이었다. 그들은 나를 욕망으로 몰아넣었고 언젠가 살과 살이 맞닿으면 내 상처와 두려움이 치유될 것이라고 예언했다. 밤마다 나는 그 종이 위 성인聖人들의 얼굴, 화장을 한 당당한 모습을 보며 잠자리에 들었다. 자꾸 왜소해져가는 삶으로부터 그들을 향해 기도했다. 그들은, 맹세하건대, 보티첼리※※ 그림 속 천사들처럼 그 자리에 있었다. 나를 지탱해주지는 못하지만 내게 다른 세상을 약속하는 구름을 다스리면서.

"베이비, 이들은 모두 이 세상 사람이 아니야."

내 질문을 들은 안토니오의 표정이 바뀌었다. 상냥한 태도는 변함없었지만 낯빛이 어두워졌다. 그의 눈빛마저 어둡게 한 것은 그림자라기보다는 어떤 열망이었다. 투명한 외로움, 세심하게 주의를 기울이지 않으면 거의 들리지 않

---

* 마르카브뤼를 후원했던 공주.
※ 동성애자임을 당당하게 커밍아웃하고 연인과 결혼할 거라고 공표하기도 했던 영국의 싱어송라이터.
※ 영국의 뉴웨이브 밴드 디페쉬모드의 리드 보컬.
※※ 〈수태고지〉, 〈비너스의 탄생〉 등을 그린 르네상스 시대의 화가.

는 아름답고도 슬픈 멜로디.

"내 친구들이었지. 여기 이 사람은 내 연인이었어. 봐봐, 가엾게도 정말 못생겼지. 그치만 정말 좋은 사람이었어." 안토니오는 자신의 손가락 끝에 입을 맞춘 다음 사진 속에서 웃고 있는 남자의 입을 쓰다듬었다. "내가 이십오 년 전에 마드리드에 왔을 때 만든 가족들이야."

우리는 벽에서 몇 걸음 떨어져 서 있었는데 그 순간 카페 안이 조용해졌다고까지는 말할 수 없지만 사람들 목소리가 확연히 낮아졌다. 돌연 분위기가 바뀌었다. 테이블에서 테이블로 담배 연기의 소용돌이와 함께 옮겨 다니던 평온하고 쾌활한 분위기는 간절한 기도, 시간과 함께 희미해져가는 좋은 추억, 아무리 꽉 움켜쥐어도 손가락 사이로 빠져나가는 한 줌의 모래처럼 보이지 않는 그 무엇으로 변해버렸다. 많은 손님이 벽을 쳐다보고 있었고 어떤 사람들은 젖은 눈으로 우리를 바라보고 있었으며 어떤 사람들은 아무 곳도 보고 있지 않았다. 아마도 모두들 자신들만의 사진이 걸린 벽을 생각하고 있었으리라.

안토니오가 말을 이었다.

"셀레스티노야. 나의 셀레스." 그가 여전히 사진 위에 손을 얹은 채 말했다. "우리가 토레몰리노스에 갔을 때 내가 찍은 사진이야. 그해 여름은 정말 끝내줬었지. 한번은 미하스 산 근처에 있는 도로변 도랑에서 서로 더듬고 있다가 순

찰대에 걸렸는데, 내가 천식 때문에 마사지를 받고 있었던 거라고 셀레스티노가 둘러댔어. 이 친구는 못생긴 게 오히려 매력이었어. 못난 사람 같으니라고."

그가 또 다른 사진을 가리켰다. 짙은 화장을 하고 극적인 자세를 취하고 있는 누군가의 흑백 초상 사진이었다. 만 레이* 식으로 찍은 굉장히 아름답고 매혹적인 스냅사진이었다.

"여기는 사리타. 본명은 베르나르도인데 그렇게 부르면 화를 냈어. 생크림 좋아하는 신부님 이름 같다나. 야간 경비대에서 사라 몬티엘‡ 흉내를 냈다고 콜메나르비에호 부대에서 쫓겨났어. 군대에서 밤에 보초 서다가 말이야. 거기서 우리 사리타가 성가대처럼 화장을 하고 아랫도리에는 팬티만 입고 위에는 군복 재킷을 걸치고서 〈라비올레테라 La Violetera〉‡‡를 불렀다는 거 아냐. 배짱이 없으면 꿈도 못 꿀 일이지. 진짜 천방지축이었어."

나는 사리타의 사진에 매료되었다. 때가 되면 이곳이 내게 안전한 장소가 되어줄까 하는 내 마음속 질문에 대한 답이 어쩌면 그 사진 속에 있는 것 같았다. 나는 어린 시절 마르가리타를 바라보던 때와 똑같이 절박한 마음으로 그 사

* 미국 사진가로, 전위 사진의 선구자다. 피사체를 사용하지 않고 직접 필름을 감광시키는 방식을 사용했다.
‡ 1960년대 최고의 멕시코계 스페인 여배우이자 가수.
‡‡ 바이올렛을 파는 소녀라는 뜻.

진을 보았다. 거부감은 전혀 들지 않았다. 사리타의 유령이 내 어깨에 손을 얹고 내게 힘을 북돋우며 함께하고 있는 것이 느껴졌다. 사리타가 이 자리에서 안토니오가 그녀를 이토록 사랑스럽게 표현하는 말을 들을 수 있다면 얼마나 좋을까. 잠시라도 여기에 함께해주어, 숨어서 화장하는 계집아이가 콜메나르비에호의 사령부 산페드로 보급지원사단 앞에서 풀메이크컵을 했던 여자에게 이런저런 질문을 할 수 있다면 얼마나 좋을까.

"죄송해요, 안토니오. 마음 아프게 할 생각은 없었어요. 제가 실수했네요. 괜한 질문을 해서……."

"아니, 아니야, 베이비. 이 사람들은 내 전부였고 이 세상을 떠나기는 했지만 완전히 가버린 건 아니야. 난 이 사람들 얘기하는 거, 또 사람들이 이 사람들 얘기 물어봐주는 거 정말 좋아. 나는 이들이 너무 그립지만 여기, 내 카페에 있잖아. 이렇게 벽에서 나를 지켜보며 힘을 북돋아주고 있는걸. 나이 든 부인들이 아침에 일어나면 죽은 남편 사진이랑 산 안토니오 데 파두아* 판화에 키스하는 거 알아? 나도 똑같이 해. 여기 이 한 무리의 성소수자들에게 말이야. 이들이 내 가족이야. 난 여기 들어오면 제일 먼저 이들에게 좋은 아침이라고 인사하고 하나하나 키스해준 다

---

* 프란치스코회 수도사들 중 한 명으로 신학자이자 설교가였다. 주로 이탈리아에서 활동했으며 1231년에 선종했다.

음 일을 시작해. 이들이 대부분 무슨 일을 겪었는지 상상할 수 있겠지? 그래서 내가 우리 게이 강아지들한테 산타 할아버지처럼 콘돔을 나눠주는 거야. 내가 잔소리 할망구라는 거 알아. 알지도 못하는 사람이 친한 척 너희들 물건 가지고 뭘 하라는 둥, 뭘 하지 말라는 둥 끼어드는 게 이상하다는 거 알고 있지만, 베이비, 난 너희들이 사진 속에 있는 것보다 여기 이 카페에 와서 커피 마시면서 웃고 떠드는 걸 보고 싶으니까."

나는 내가 제이의 손을 힘주어 잡고 있다는 걸 깨달았다. 나는 추모식 등의 진지한 의식에 늘 감동하는 성격이었다. 모든 아름다운 것은 결국 어둠에 이르게 된다는 생각이 또 한 번 내 머릿속에서 확고해졌다. 그건 안토니오 탓은 아니었다. 안토니오는 그 벽에 얽힌 사연을 아주 다정하게, 별로 무섭지 않게 들려주었으니까. 하지만 언젠가 나도 내게 소중한 모든 것을 잃게 될 것이 분명했다. 나는 부정적인 자기실현적 예언*의 여왕이었다.

"너희가 이 벽을 마녀 열차처럼 생각하지 않았으면 좋겠어." 안토니오가 말했다. "너무 슬퍼하지도 말고, 그래서 집에 돌아가서 침대 아래 숨지도 말았으면 좋겠어. 너희들 얼굴 보니 꼭 무슨 심령술이라도 본 것 같은 표정이야. 애

* 어떤 예언이나 생각이 이루어질 거라고 굳게 믿어 그에 기반한 행동을 함으로써 결국 그 믿음이 이루어지게 된다는 심리학 용어.

들아, 이건 내 가족들 사진이야, 내가 선택한 가족. 너희들
이 지금 저 밖을 돌아다니며 찾는, 이제 곧 갖게 될 가족
처럼 말이지. 우리 같은 사람으로 사는 건 정말 멋진 일이
야. 나한테 이 사람들에 대해 물어봤다는 건 네게도 가족
이 필요하다는 의미인 거야. 잘 들어. 네가 가장 바라지 않
는 순간에 나타날 거야. 예를 들면 바로 여기에서? 아이코
이런, 내가 〈미녀와 야수〉에 나오는 시계처럼 사람을 성가
시게 하고 있네."

"잠깐 안아드려도 될까요?" 나는 터져나오려는 울음을
간신히 참으며 물었다.

"그러자 베이비. 어서 와." 그는 나를 오래도록 힘껏 안
아주었고 나는 그의 셔츠 앞섶에 눈물을 흘렸다. 그 눈물은
더 이상 어린아이의 것이 아니었다.

제이가 작별 인사를 할 차례가 되자 둘은 귀엣말로 짧은
대화를 나누었다. 안토니오가 열쇠 꾸러미를 제이에게 건
네주고는 냅킨 위에 뭔가 지시사항을 써주었다. 그러자 제
이는 그의 품에 몸을 던지더니 어린아이처럼 다정하게 그
의 어깨에 고개를 기댔다. 제이의 그런 장난꾸러기 같은
매력적인 모습 속에는 애착을 필요로 하는 어린아이가 있
었다. 사랑을 나눈 직후 몇 초 동안, 또는 통제할 수 없는
감정의 소용돌이에 휘말릴 때만 드러나는 모습이었다. 안
토니오에게 몸을 맡긴 채 달래주기를 바라는 듯한 제이의

그 이미지가 내 눈에는 한순간 신앙과 비극적 아름다움으로 보였다. 그 안에서 나는 한 사도가 십자가에서 그리스도의 몸을 내려 경직된 시신을 돌보는 광경을 떠올리지 않을 수 없었다.

페르 셈프레

안토니오의 집은 좁고 어두컴컴했다. 출입문을 열면 바로 나오는 거실은 크지는 않았지만 공간 활용이 잘 되어 있고 깔끔했다. 천장에서 바닥까지 닿는 커다란 창문은 양쪽에 하나씩 문이 두 개 달려 당겨 열게 되어 있었고, 그 옆으로는 작은 커피 테이블 하나와 금속 재질 의자 두 개가 놓여 있었다. 커피 테이블과 의자는 자리를 많이 차지하지 않으면서도 거실에 활기를 더해주었다. 그곳에 조용히 앉아 창문 밖을 바라보며 아침식사를 하는 안토니오를 상상할 수 있었다.

창문 맞은편 벽 쪽에 놓여 있는 이인용 소파와 다른 벽면을 채우고 있는 폭이 좁고 책이 꽉 들어찬 책장 두 개 외에 다른 가구는 없었다.

내가 트루먼 커포티*의 책을 너무 많이 읽었기 때문인지

나는 안토니오 같은 나이 든 게이는 패브릭이나 아기자기한 소품들로 가득한 집에서 살 거라고 예상했다. 이렇게 깔끔한 절제미가 돋보이는 미니멀리스트 취향의 집은 상상하지 못했다.

도대체 어떤 협상을 했기에 안토니오가 자신의 사적인 공간에 우리를 들인 것인지 나는 묻지도 않았고 궁금하지도 않았다. 이상한 일은 아니었다. 마음 따뜻한 안토니오가 우리에게 건넨 호의일 테니까. 그는 게이와 레즈비언, 그러니까 그와 같은 숲에 사는 우리 같은 사람들이 데이트를 하려면 머나먼 순례길을 떠나야 한다는 걸 누구보다 잘 알 테니까. 이유가 무엇이든 내겐 잘된 일이었다.

우리는 집 안에 들어가자마자 문에 기댄 채 키스를 시작했다. 복도라고 부르기에도 어색할 만큼 짧은 복도를 지나방으로 들어가는 도중에도 키스는 계속되었다.

"잠깐만, 제이."

전에도 제이와 이런 시간을 보낸 적이 있었으므로 나는 아무런 두려움도 긴장감도 없었다. 어떤 준비도 필요치 않았다. 나는 간절히 그가 필요했다. 당장. 우리는 약간의 즐거움을 위해 우리가 아는 한 가장 외진 공원의 가장 깊숙이 숨겨진 모퉁이를 찾아다니는 데 익숙했다. 때로는 위험

* 미국 문단의 거장인 트루먼 커포티는 동성애자였다.

이 덜한 곳, 예를 들어 문이 닫힌 학교 운동장에 수위가 없는 것을 확인한 후 숨어들기도 했다. 이 건물 저 건물의 현관 뒤에 숨어 아주 잠깐씩 축복을 맛볼 때마다 나는 여전히 두려웠고, 때문에 계단참에서 사랑을 나누는 시간은 오래가지 못했다.

나는 제이에게서 어떤 냄새와 맛이 나고 제이가 어떻게 움직이는지를 샅샅이 알고 있었다. 하지만 제이는 나에 대해 알아야 할 모든 걸 알고 있지 못했다. 나는 제이 앞에서 완전히 벌거벗은 적이 없었다. 이제 처음으로 나와 일치하는 사람, 내가 정말 좋아하고 두렵지 않은 사람과 극히 은밀하고 안전한 친밀감을 나누려는데 아직 말하지 않은 것과 보여주지 않은 것이 있어서는 안 될 것 같았다.

"그래, 그래, 그런데 왜, 너 떨려? 안토니오 안 와. 누구 안 와. 나 늦게 가도 돼. 너랑 있고 싶어. 너 늦게 안 가. 그래 약속이야."

제이가 아직 말을 제대로 할 줄 모른다는 건 안타까운 일이었다. 나는 제이가 뭔가 더 할 말이 있다는 것, 내가 좀 더 안정감을 느끼게 해주고 싶어한다는 것을 알았지만 제이는 그걸 어떻게 말해야 할지 몰랐다. 하지만 제이는 이미 말투와 몸짓, 눈빛으로 그걸 다 전해주었다. 제이는 그야말로 빛이었다. 이따금 지나치게 서두르기는 했지만 내게 극진히 신경을 써주었으며 내가 불편해 할 만한 상황을 절대 만들지 않았다. 불편하기는커녕 오히려 정반대였다. 그와 함께라면 모든 것이 쉬웠다. 대화를 통해 소통하기가 어렵다는 것, 그리고 겨우 의무교육 수준의 내 한심한 영어 실력이 안타까운 건 나 때문이라기보다는 제이 때문이었다. 제이가 모국어인 영어로 말한다면 분명 왕자님 같을 텐데.

"아니, 떨리지 않아. 정말이야. 단지 너한테 할 얘기가 있어. 중요한 거야."

비밀을 간직해야만 할 때의 중압감이 나는 싫었다. 내 정체성과 관련된 모든 것을 털어놓게 될 때를 대비해 연습할 때면 마치 범죄나 용서받지 못할 죄를 고백하는 것처럼 들렸다. 트랜스의 삶을 가리킬 말들이 온통 죄책감을 불러일으키는 언어들밖에 없는 곳에서 성장하는 건 가슴 아픈 일이다. 자아를 발견하는 일은 축하받아야 마땅하며, 숨막힐 듯 답답한 자기만의 공간에서 나오는 사람은 포옹과 안도감으로 맞이되어야 한다. 하지만 본 적도 없고 느끼지도 못한 것을 어떻게 상상할 수 있을까? 게이나 레즈비언이 부모와 친구들에게 있는 그대로의 자신을 축하받는 걸 본 적 있는가? 양성애자가 더러운 색정광으로 취급받지 않는 걸 본 적은? 이성애가 아닌 것은 아예 존재하지도 않는다는 듯 진지하게 받아들여지지도 못하지 않나? 여장남자가 가족과 함께 당당하게 거리를 걷는 모습을 보았는가? 자신의 성별이 부정되는 대화가 어떻게 가볍게 이루어질 수 있을까? 나는 중압감과 죄책감, 뻔히 예상되는 거부반응으로 이루어지는 극적인 상황 말고는 내 존재를 설명하는 장면이 상상되지 않았다.

"보여줄 게 하나 있어."

나는 아직 벗지 않은 바지 뒷주머니에서 지갑을 꺼냈다. 지갑의 벨크로를 열고 교통카드를 넣는 칸을 뒤져 카드를 꺼낸 다음 뒷면이 보이게 돌렸다. 그 카드 뒷면에는 마돈나와 릴리 몬스터*의 사진이 붙어 있었고 그 아래에는 다른 사진 한 장이 아무도 볼 수 없게 숨겨져 있었다. 나는 그 사진을 조심스럽게 뽑아 제이에게 건넸다.

"누군지 알아?"내가 물었다. 이번에는 목소리가 좀 떨렸다.

"몰라. 누군데?"제이가 느린 말투로 물었다. 하지만 진심으로 궁금해 하는 것 같았다.

제이는 욕구가 아닌 친밀감을 표현하려고 자세를 바꿨다. 나는 그가 대화를 나누려는 내 의사를 존중하고 있으며, 내 말을 받아들이려고 마음을 활짝 열었다는 걸 느낄 수 있었다.

"이삼 년 전에 나왔던 〈포에버 메리〉라는 이탈리아 영화의 주인공 알레산드라 디 산조야. 내가 얼마 전에 본 영화

* 미국 드라마 시리즈 〈몬스터 가족〉의 주인공인 여자 뱀파이어.

인데 원래 제목은 〈메리 페르 셈프레〉*래. 알레산드라는 트랜스섹슈얼이야."

"여자아이인지 하고 생각했어."

이 말을 하면서 제이는 나를 뚫어지게 바라보았다. 그 순간 그가 모든 걸 다 이해했다고, 다른 말은 필요하지 않았다고, 하지만 그 대화는 제이를 이해시키기 위해서가 아니라 나를 위한 것이었다고 생각한다. 내 인생 처음으로, 말로, 그것도 큰 목소리로 나라는 사람의 이름을 소리 내어 말해본 것이다.

"여자아이인 줄 알았어. '인 줄 알았어'라고 하는 거야. '인지 하고 생각했어'가 아니고. 그리고 맞아. 여자아이야."

"여자아이인 줄 알았어."

"그래, 잘했어. 그 영화에서 주인공은 처음 등장할 때 여자 옷을 입고 몸을 파는 남자아이로 나와. 몸을 팔아……. 창녀……. 후커hooker……." 나는 지난 여름 베니도름에서 창녀를 영어로 뭐라고 하는지 배웠다. "그런데 어떤 손님 때문에 감옥에 가게 돼. 감옥, 제일jail. 그리고 거기서 남자 선생님을 알게 되는데……. 뭐, 그건 중요치 않아. 그러니까 주인공은 여자가 되고 싶은 남자아이야. 그런데……."

제이는 미소를 지었다. 처음부터 웃고 있었던 것처럼. 하

---

* Mery per sempre. '영원히, 메리'라는 뜻.

지만 그는 내가 하는 말을 알아듣기 위해 아주 진지하게 귀를 기울이고 있었다.

"메리, 도와줘!" 나는 내가 보관하고 있는 스크랩, 포스터, 사진이 마치 나를 돌보는 성녀들의 모습이기라도 한 듯 그것들에게 비는 데 익숙했다. "그 여자애, 그러니까 남자로 태어났으나 여자인 그 아이는 영화에서 이렇게 말해. 자기가 절대 평범한 인생을 살지 못할 걸 알고 있다고. 집에서 자기를 기다리는 사람은 아무도 없을 거라고. 아이도 갖지 못할 거라고. 그러면서 '나는 고기도 생선도 아니야. 나는 메리, 영원한 메리야'라고 말해." 나는 그 문장을 소리내어 말할 때마다 눈물이 났다. 그날 그 방의 어둠 속에서 제이와 함께한 순간도 예외는 아니었다. "나는 고기도 생선도 아니야, 제이." 나는 두 손으로 그의 얼굴을 감싸고 내 얼굴 가까이 끌어왔다. "나는 나를 위한 이름을 큰 소리로 말할 수 있었으면 좋겠어. 내게 꼭 맞는 이름을. 하지만 나는 그런 이름이 없어. 난 그게 두려워. 두려움에 빠지는 게 싫지만. 난 한 번도 내 몸을 보여준 적이 없어. 썩어가는 고깃덩어리로 변해가고 있으니까. 도저히 그 미로에서 빠져나올 길을 모르겠어. 사람들이 바라는 모습이 되려고 나도 무진 애를 썼지. 내 뺨을 때리면서까지 꿈을 멈추려고 했어. 마법의 거울 속에서 별들에 둘러싸여 춤을 추는 환상적인 네 모습을 보는 꿈을 꾸다가 새벽에 깨어나 내 뺨을 때리는 마음을 넌 모를 거야. 다른 사람들을 속일 수는 있어. 내가 잘하는 일이기도 하지. 하지만 이건, 여전히, 여기 있어." 나는 제이의 얼굴에서 손을 떼고 두 손으로 내 가슴을 가리켰다. "이게 떠나질 않아, 제이. 절대 가려고 하지 않아. 나는 내 이웃 마르가리타나 안토니오의 친구 사리타와 같은 운명이야. 특히 메리와 같지. 나는 두 개의 세계에 살고 있지만 그 어디에도 나를 기다리는 사람은 없어. 그녀들이 보여줬던 용기가 내게는 없어, 제이. 나는 평생 지금 이런 모습일 거야. 알레한드로, 알렉스, 영원히 알렉스. 아무도 날 구원할 수 없어."

제이는 이제 숨소리도 표정도 바뀌지 않은 채 천천히 나와 함께 울고 있었다. 제이는 아무 말도 못 알아들었지만 모든 걸 이해했다. 그 고백의 첫 번째 목적은 내 첫사랑에게 솔직해지는 것이었다. 단 한 번의 만남이 될 이 자리에서 완전히 벌거벗은 채 진정한 연인에게 다가가고 싶었다. 그런데 그 고백은 점점 제이에게 하는 말이라기보다는 나 자신에게 큰 목소리로 하는 이야기가 되어버렸다. 제이의 스페인어 실력으로는 그렇게 복잡한 단어와 문장을 이해하지 못하리란 걸 알면서도 나는 해야 할 말을 다 했다. 내 눈빛과 내 떨림이 공백을 채워줄 거라 믿으며. 제이는 뺨 위로 흐르는 눈물을 그대로 내버려둔 채 소리 없이 울었다. 나는 말을 잇는 동안 제이에게서 떨어져 침대에 누워 있었다. 고백을 모두 마치고 나니 외로움과 추위, 쓰디쓴 안도감이 밀려왔다. 시원하기는 해도 입 안에 남은 쓴맛은 피할 수 없는, 방금 토했을 때의 느낌과 비슷한 기분이었다.

"이리 와." 제이가 매트리스 위를 손바닥으로 두드리며 자기 옆으로 오라고 했다. "나는 못 구원해. 집에서 못 기다려. 인생, 아니 평생." 제이는 목에서 진흙덩어리를 끄집어내듯 단어를 꺼냈다. "하지만 오늘밤은 할 수 있어." 그는 두 팔을 벌려 나를 안았다. 제이를 믿고는 있었지만 이런 순간을 경험하게 될 줄은 꿈에도 몰랐다. 그는 내 뺨에 한 번, 두 번, 세 번 키스한 후 귀 쪽으로 나아갔다. 귀에 입술이 닿자 입술로 가볍게 귀를 애무하며 속삭였다. "앞으론 절대로 널 알렉스라고 안 불러. 너만 괜찮다면, 너를, 나는 *셈프레*라고 불러. 오직 *셈프레*."

그후에 일어난 일은 잃어버린 시간을 만회해주었으나, 언젠가는 그 빚을 백 배로 갚으라고 요구할 터였다. 나 같은 여자들은 그 빌어먹을 시간을 강탈당했다. 소녀로서 지내는 시간, 사춘기 아이로 보내는 시간, 바보 같은 사랑을 할 시간, 바보짓을 하고 울 시간, 친구를 만들고 싸우고 또 금세 화해할 시간, 미친 여자처럼 춤출 시간, 방해받지 않고 여자가 되는 법을 배울 시간을. 우리에게는 그중 어느 것도 제때 주어지지 않았으며 설사 주어진다 해도 너무나 짧게 끝나버렸다. 그러므로 우리는 운명으로부터 그 시간을 훔치거나, 목마름 때문에 숨이 멎기 직전인 사람이 사막 한가운데 샘에서 물을 마시듯 간절히 서두를 수밖에 없었다.

그날 해 질 무렵, 밤이 시작되던 그때 제이와 함께 보낸 시간은 중력도, 두려움도, 살아있다고 느끼기 위해 풀어야 하는 실타래도 없이 풀밭 위를 상쾌하게 맨발로 걷는 것 같았다. 내 안에서 제이를 느끼며 그의 웃음소리를 들을 때—제이는 섹스할 때 웃었다—나는 그 자리에서 죽어서 모든 걸 멈춰버리고 싶었다. 삶이 앞으로 선사할 그 어떤 것도 그날의 그 순간보다 더 좋지는 못할 것이므로. 제이는 모든 걸 주도하며 모든 걸 잘 해냈다. 아니, 정확히 내가 원하는 것들을 해냈다. 남자가 되는 것과 여자가 되는 것 둘 중 어느 것도 결코 혼자서는 할 수 없다. 여자로서의 내 몸은 그 자체로 욕망을 불러일으키며 그 몸을 열망하는 손에 의해 여자가 되어야 하고, 춤추듯 자유로이 움직이면서 합당한 응답을 끌어내야만 했다. 나는 처음으로 반박의 여지 없이, 벽에 그림자를 드리우지 않고, 내 귀에 욕설을 퍼붓는 거친 목소리도 없이 사춘기 여자아이가 될 수 있었다. 아주 잠깐이었지만 나는 성의 환희가 실재한다는 사실을 완벽하게 깨달았고, 그것은 내 온몸에서 터져나왔다. 그 방 안에서의 그 순간, 나는 생애 처음으로 나 아닌 다른 사람이 되기를 원치 않았다.

자기실현적 예언

자신이 연애를 하고 있다는 게 드러나는 행동을 스스럼 없이 할 수 있을 때, 우리는 그가 무엇도 의식하지 않고 사랑하고 있음을 알 수 있다. 두려움이 전혀 없지는 않다 하더라도 적어도 방어 태세를 낮추고 스스로 좀 더 높은 수위의 행동을 허용할 수 있다면. 제이는 보통 거울 앞에서 가라테 도복을 입었다. 자신의 몸을 숭배하는 사람 특유의 자신감이었다. 반면 나는 긴 의자에 앉은 채로 옷을 갈아입었으며 속옷은 절대 벗지 않았다. 우리는 체육관에 일찍 도착하곤 했는데 둘이서만 있을 때 옷을 갈아입으려다 보니 생긴 습관이었다. 검은 곰팡이로 뒤덮인 축축한 지붕 아래서 우리는 우리 몸이 하는 모든 일에 최대한 주의를 기울였다. 절대 서로의 몸을 만지지 않고 의미심장한 눈길만 주고받았다. 하지만 서로 사랑할 때 또는 그렇다고 믿고 있을 때,

고작 열네 살인 데다가 그동안 도저히 지탱하기 어려운 방어 자세를 취해왔다면, 조만간 부주의한 행동을 하게 되고 우리 같은 아이들의 삶에서는 큰 대가를 치르게 된다. 탈의실은 조용했고, 출입문은 열릴 때마다 삐걱대며 누가 들어온다는 사실을 상당히 소란스럽게 알려주는 편이었다. 나는 제이의 등 뒤로 다가가 목덜미에 키스했다. 소리 없고 짧은 키스였다. 그러자 제이는 고개를 뒤로 젖혀 내 입술에 입술을 포갰다. 우리는 그날 체육관에 들어올 때 출입문이 평소와 달리 삐걱거리지 않았다는 사실을 알아차리지 못했다. 엄격한 분위기를 유지하려고 도장을 돼지우리처럼 방치했던 우리 사부님이 그날 마침 삐걱대는 경첩에 기름칠하기 좋은 날이라고 생각했다는 것을. 그때 아주 작게 "흐억" 하는 소리가 들렸다. 나는 감히 뒤돌아보지 못했다. 누군가가 내 옷을 벗긴 다음 극장 조명으로 나를 비추고 있는 것처럼 나는 눈을 감고 그 자리에 가만히 있었다. 나를 따라다니는 유령들이 내 부끄러움을 가려주려고 했지만 안개 같은 그들의 몸으로는 할 수 없는 일이었다. 나도 이제 곧 그들처럼 저세상 사람이 될 것이었다.

"우리 같은 사람으로 사는 건 정말 멋진 일이야." 안토니오가 그 행복한 죽은 자들 앞에서 말하던 목소리가 내 마음속 절벽으로 사라졌다. 절대 멋지지 않았다. 그럴 리가 없었다. 나는 고운 말로 우리의 아름다움을 지키고 싶었다.

자존심과 분노, 자기애를 어떻게 사용하는 건지 알았더라면 좋았을 것이다. 하지만 사람들이 당신에 대해, 그리고 당신 같은 사람들에 대해 이야기할 때마다 악의를 뿜어내는 것만 같은데, 당신조차 완전히 믿지 못하는 감정을 어떻게 사용할 수 있겠는가. 아름답던 그 모든 것, 언젠가 우리 차지였던 그 모든 것이 절벽으로 떨어지고 있는데 내 손은 떨고만 있을 뿐 아무것도 할 수 없었다. 제이의 조각 같은 손에서 멀어지자마자 나는 맞서 싸울 능력도 없고 온당치도 못한 존재가 되었고, 눈빛만으로도 내 삶을 파괴할 수 있는 힘을 다른 사람들에게 용인해주었다. 다시 눈을 떴을 때 나는 거울 앞에 있었다. 제이는 아무 일도 없었다는 듯 라커 옆 벤치로 돌아가 수련 준비를 마쳤다. 거울은 내게 마르가리타의 눈빛을 되돌려주었다. 마르가리타의 좁은 세계, 그 세계의 경계선과 그녀의 경고까지도.

징벌을 집행한 그 밀고자, 실제로는 제대로 된 현실 생활을 영위할 수 없는 자신의 무능함을 격투기 무언극에 쏟아부으며 사는 보잘것없는 내부고발자, 사부님의 '오른팔'로서 고작 이십 제곱미터 안에서 권위를 세우는 데 집착하던 촌뜨기는 있어서는 안 될 곳에서 있어서는 안 될 시간에 자신이 본 것, 또는 보았다고 믿는 것만으로 자신의 권력을 확인할 충분한 조건이 된다고 생각했다. 그는 제이의 가족에게 우리 사이에 일어난 일을 알렸다. 그들의 반응으로 보아 그는 우리의 다정한 몸짓을 침 범벅의 동물적인 남색 행위로 둔갑시켰을 것이다. 그는 타인의 즐거움과 사랑을 역겨운 행위로밖에 보지 못하는 인간이었다. 그 모든 즐거움이 그에게는 허락되지 않았기 때문일 것이다. 그는 우리 가족에게는 아무 말도 하지 않았다. 우리 부모님에게 알리지 않은 채 나를 제이의 유혹으로부터 구해주는 엄청난 은혜를 베풀었다는 것으로 나와 공모 관계를 맺으려 했다. 내가 그 공모 관계를 거부하자 은혜는 단박에 소매 밑에 감춰졌던 카드가 되어 협박과 통제의 수단이 되어버렸다.

제이를 만났을 때와 꼭 같은 방식으로 나는 제이를 잃었다. 탈의실에서 시작해 탈의실에서 끝났다. 안토니오의 집에서 보낸 그 밤 이후로 우리는 몇 번밖에 만나지 못했다. 평소 규칙에 따라 짧게, 조심스레 만났을 뿐 긴 이야기를 나누지도 못했다. 약속했던 대로 제이는 나를 '셈프레' 외의 다른 이름으로는 부르지 않았다. 다른 사람들 앞에서나 도장에서도 마찬가지였다. 우리가 마지막으로 서로를 품에 안은 것이 언제인지도 기억나지 않는다. 어느 날 갑자기 내게서 제이가 사라져버렸다. 그 일이 제이에게 어떤 결과를 가져왔을지를 생각하면 뱃속에 뱀이 기어다니는 기분이었다. 이 고통에 책임이 있는 그 사람, 그저 그러고 싶어서, 그럴 수 있었기 때문에 우리 삶에 끼어든 그 사람을 향해 힐

난과 경멸의 눈길을 보내는 대신 나는 내가 실수한 부분을 하나하나 되짚어보는 데 전념했다. 다시 한 번 죄책감과 일탈에 대한 교훈이 모습을 드러냈다. 우리가 교육받은 것들은 죄다 경고와 주의, 나쁜 예언뿐이며, 그 말들이 궁극적으로 추구하는 것은 우리 얼굴에 대고 '내가 뭐랬니'라는 한마디를 던지는 것이다. 자신이 무슨 일을 하건 결국 참혹하게 실패하고 말 거라고 생각하며 자라는 사람은 아무도 없어야 한다. 그런데 바로 내가 그랬다. 칼에 찔리고 화형을 당해 탈출구가 없는 상태에서 한 걸음 나아갈 때마다 다시 한 걸음 뒤로 물러나면서, 벽장 문을 안으로부터 닫아 걸은 채, 밤이면 내 뺨을 때리고, 내 침대 구석을 지키는 창백한 반투명의 죽은 자 무리에게 도움을 청하고 있었다.

침묵과 반신반의하는 마음이 목구멍을 칭칭 감고 매일 조금씩 더 강하게 나를 압박했다. 나는 간신히 학년을 마쳤다.

제이와 연락할 방법이 전혀 없었다. 주소는 알고 있었지만 가족들이 그를 다른 곳으로 보내버렸다고 들었다. 나를 도와줄 수 있는 공통의 친구도 없었다. 나는 안토니오에게 가볼까 생각했다. 어른이니까 유용한 도움을 줄 수 있지 않을까 해서였다. 하지만 혼자 그곳에 갈 엄두가 나지 않았다. 나는 하루하루 불꽃이 꺼져가듯 살았다. 단순한 실연의 문제가 아니었다. 허접한 자기 드라마에 빠져 허우적대는 사춘기의 상처받은 마음이 아니었다. 나는 단번에 그 복잡한 상황을 다 읽어낼 만큼 충분히 성숙해버렸다. 수치심, 상대방의 안전에 대한 두려움, 다시는 사랑을 얻을 수 없을 것 같은 무력감이 작용했다. 내 삶, 내가 사랑하는 이들과의 관계, 나의 대외적 이미지는 공명심에 취해 구토를 일으키는 짓거리를 하는 한 인간의 변덕에 달려 있었다. 입을 다무는 대가로 뭐든 줘야겠다는 생각이 머리를 스쳐갔다. 하지만 처음에야 두어 번의 오럴섹스로 충분할지 몰라도 결국 더 많은 걸 요구하게 될 것이 뻔했으므로 평소라면 절대 가까이하지 않았을 그 파렴치한 자의 요구에 맞춰주느니 차라리 그의 의심스러운 분별력을 믿어보는 편이 더 나으리라는 생각이 들었다.

정신 건강에 균열이 왔고 나는 몇 달을 그렇게 흘려보냈다. 그후 몇 년 동안 그로 인한 혼란과 고립이 이어졌다. 괴로움은 자기혐오로 변했고, 두려움은 두려움으로 남았으며, 고통은 유령 같은 안개가 되어 나를 다시 심연으로 돌려보냈다. 그 안에서 나는 내 삶을 볼 수는 있지만 두 번 다시 만질 수는 없었다.

학업 성적도 떨어졌다. 벽장을 꾸미고 있던 상냥한 얼굴도 사라졌다. 삶을 이어간다는 것은 모든 걸 포기하는 걸 의미했다. 우리 가족은 죽도록 일하느라 바빠 나의 쇠락에 마음을 쓸 겨를이 없었다. 모든 것이 명백해졌을 때는 이미 손쓰기 어려운 상황이었고 나는 껍데기만 남아 있었다.

나는 간혹 동네에서 마르가리타와 마주쳤다. 어머니를 여읜 후로 마르가리타는 건강이 더 나빠져 높게 치켜 묶은 머리와 장밋빛 뺨, 반짝이는 갈색 입술에서 드러나던, 내가 보았던 트랜스젠더로서의 빛나는 불꽃을 되찾지 못했다. 나는 몇 번이고 그녀와 이야기를 나누고픈 유혹에 빠졌다. 그녀라면 나를 이해해주리라. 아니, 적어도 내 이야기를 애정 어린 마음으로 들어주리라. 하지만 세상과 나 사이에 존재하는 심연은 뛰어넘을 수 없는 것이었다. 나는 단지 또 한 명의 슬픈 성소수자, 너무 빨리 실패한 트랜스섹슈얼, 또 하나의 비극적인 여장남자, 그 누구도 사랑해주지 않고 도와주지도 않는 보잘것없는 이야기의 주인공에 불과했다. 지하철 선로 위의 고깃덩이. 그 한 해 동안 처음으로 나는 열차의 금속 바퀴로 내 몸을 짓이겨버리는 것을 진지하게 고민했다.

제이는 내 기억 속에서 차츰 흐려지다가 한 번도 존재한 적 없는 것들의 색조를 띠게 되었다. 그에 대한 추억은 내 안에 살아남았지만, 그는 사라지고 없었다. 그의 손길과 향기, 목소리의 흔적은 잊어가면서도 그를 이토록 가까이 느끼고 내 마음 너무나 가까운 곳에 그가 박혀 있다는 게 몹시 기이했다. 빌어먹을, 겨우 여덟 번, 아니 아홉 번 데이트한 게 전부인데.

우리를 헤어지게 한 인간은 끝내 내 비밀을 폭로하는 데까지 이르지는 않았다. 나는 그가 최소한 양심의 부끄러움을 느꼈을 거라고 생각하고 싶다. 그 경험은 내게 교훈을 남긴 것만으로 그치지 않았다. 내가 삶과 비스름한 어떤 것이라도 갖고 싶다면 나는 일상적인 감시의 눈길을 피해 몰래 숨어서, 교정이라는 이름으로 가해지는 폭력의 가능성을 최소화해야 했다. 남은 시간은 더 좋은 일이 생길 때까지, 아니면 내가 지쳐 쓰러질 때까지 그냥 그대로 흐름을 따라가기로 했다. 거짓말하고, 연극을 하고, 의심하고, 내 우울한 고독의 성에서 간신히 목숨을 부지하면서.

그 와중에 내게 희망이라는 것이 남았다면 그것은 제이가 어디서건 다시 자신의 삶을 만들어가리라는 믿음이었다. 나는 서로를 향한 우리의 마음이 같은 무게가 아니었다는 것을 알고 있었고 그가 나를 죽도록 사랑했다고는 생각지 않았다. 니콜라스 대령이라는 장애물을 극복하고, 그 사건으로 인해 가족 사이에 일어났을 불쾌한 상황에서 벗어나 그가 다시 일상으로 돌아갔으리라 상상하면서 나는 내 고통스러운 생각의 고리를 끊어낼 수 있었다. 제이는 관능적이고 자신만만한 영혼이었다. 알렉산드로스 대왕에게서도 살아남았던 페르시아 무용수 바고아스가 어찌 나라는 사람 하나 넘어서서 살아남지 못했겠는가?

야상곡

　나는 제시간에 오각형 황무지에 도착했다. 나는 물로 만들어진 몸에 꼭 맞는 드레스를 입고 있었고, 아직 천체가 노래하지 않는 시간에 모습을 드러낸 만큼 날개는 반만 폈다. 나의 사자자리에 들어 첫 번째로 달이 이그러질 때였고, 안타레스*의 한여름 숲속 생명체들과는 여섯 번째 만남이었다. 흑요석 빛깔 하이힐이 익숙지 않아 발이 좀 아팠지만, 날개를 활짝 펴서 발의 짐을 덜어내자 이내 불편함이 사라지고 모두가 내게 기대했던 대로 가벼운 발놀림을 자랑할 수 있었다.

　공간은 금세 가득 찼다. 날개는 뿔과, 등뼈는 갈라진 발굽과, 불의 가죽은 이끼 덮인 껍질과 서로 뒤엉켰다. 곱사

---

*전갈자리 알파라고도 불리며, 겉보기등급 기준으로 밤하늘에서 열다섯 번째로 밝은 쌍성이다.

등이 여왕은 등장하자마자 우리 입속으로 빛을 방울방울 흘려 넣었다. 우리는 마땅히 해야 할 바를 따라 여왕이 춤출 수 있도록 그녀에게 불멸의 영혼을 바쳤다. 쓰다고는 할 수 없는 맛이 혀 위로 흘러들자 갑자기 모두가 달의 광기에, 천체의 노래에, 고통과 즐거움에, 서로가 서로에게로 달려가는 걸음 하나하나에 반응하는 몸이 되었다. 나는 허공으로 다가가려고 했다. 눈멀지 않고 위대한 마사 여왕을 정면으로 보고 싶었다. 하지만 새벽 시간 시스트럼* 리듬에 맞춰 추는 춤의 흐름과, 이어지는 육체들의 지각변동이 내 의지와는 상관없이 나를 이리저리 흔들었다. 그 움직임이 어디에서 오는지라도 보려면 전력을 다해 그 춤에 끼어들어야 했다. 다 포기하고 날개를 접자 흑요석의 통증이 다시 찾아왔다. 나는 그날 밤 신선한 고기 냄새를 풍기는 어떤 드래곤이 찌르는 칼에 내 몸을 맡겼다. 그 의식에 완전히 빠져들었던 나를 누군가가 흔들어 그에게서 떼어놓았다. 내 뒤에서 어떤 목소리, 한 남자의 목소리가 들렸다. 그는 내 오른쪽 어깨를 짚으며 괜찮냐고 물었다. 나는 천천히 드래곤을 내게서 떨어뜨리고 뒤돌아선 후 그 남자에게 느리게, 깊숙이, 체념한 자의 리듬으로, 지친 열정과 감사의 마음이 뒤섞인 키스를 했다. 남자에게서 드래곤 맛이 났다.

* 고대 이집트의 타악기.

나는 그에게 아무 말도 하지 않았고 다시 그를 건드리지도 않았다. 그 뜨거운 어둠을 벗어나 불이 환히 밝혀진 곳으로 다가갔다. 갈증이 굉장히 심했기 때문에 물 마실 곳을 찾아야 할지 출구를 찾아야 할지 알 수 없었다. 방금 떠나온 곳보다 덜 붐비는 공간 한가운데에 잠시 서 있다가 차가운 진흙탕에 내려앉았다. 아침이 상쾌하지 못할 것을 예언하는 진흙탕이었다. 매시브어택*의 〈베터싱즈Better Things〉가 울려퍼지는 스피커를 온몸으로 감싸안고 있는 중성의 슬픈 신 헤르메스#에게 손목을 손가락으로 톡톡 두드리는 시늉을 하며 시간을 물었다. 그는 내 눈을 들여다보았지만 아무 말 없이 고개를 천천히 움직이며 노래를 따라 부르려고 했다. 하지만 그의 안에서는 또 다른 노래를 듣고 있는 듯, 제대로 노래를 부르지 못했다. 그에게서 느껴지는 거리감이 나를 성적으로 흥분시켰다. 나는 그를 어둠으로 끌고가 삼켜버릴 생각이었지만 뱃속 흥분이 내가 이 빌어먹을 땅에 묶여 있다는 걸, 그래서 쉴 필요가 있다는 걸 일깨워주었다. 그곳에서 나오기 전 나는 다시 한 번 그를 바라보았다. 우리는 어쩌면 같은 무도회에서 쫓겨난 것인지도 몰랐다. 그 역시 곱사등이 여왕의 얼굴을 보지 못했는지도 몰랐다.

* 힙합, 레게, 록 등 다양한 음악 스타일을 혼합해 새로운 스타일을 창조해냈다는 평가를 받는 영국의 삼인조 밴드.
# 올림포스 열두 신 중 하나로 도둑과 나그네와 상인의 신이자 전령의 신이다.

그란비아를 걸어 시벨레스 광장 쪽으로 내려올 때는 동틀 무렵이 되어 있었다. 갈증과 피로, 창자가 꼬이는 듯한 통증에도 불구하고 심야버스에 오르고 싶은 유혹은 걷고 픈 욕구를 이기지 못했다. 마드리드 시내에서 우리 동네까지는 빨리 걸으면 한 시간 반 거리였다. 달릴 때도 그렇지만 걸을 때에는 내가 내 주위를 맹렬히 도는 세상 안에 갇혀 꼼짝도 하지 못하는 게 아니라는 것, 삶은 가로지를 수 없는 거대한 소용돌이가 아니라는 것을 느낄 수 있었다. 걷는다는 것은 움직이고, 무언가를 하고, 나를 산 채로 집어삼키는 과도한 무기력에 저항하는 일이었다.

보통은 동네까지 가서 옷을 갈아입었지만 발이 더는 못 버틸 것 같았다. 나는 바늘처럼 뾰족하지만 아주 높지는 않은 오륙 센티짜리 단순한 디자인의 검정색 하이힐을 신고, 몸에 꽉 끼는 모조가죽 바지와 몇 해 전 여름 알파스델피 벼룩시장에서 산 너바나* 티셔츠를 입고 있었다. 나 자신을 드러내고픈 충동을 며칠간은 달랠 수 있을 만큼 여성스럽지만, 여차하면 그저 게이 취향을 흉내 낸 거라고 둘러댈 수 있을 만큼 어정쩡한 차림새였다.

알칼라 거리에서 오도넬 거리로 접어드는 지점에서 레티로 공원을 따라 이어지는 길에서 나는 신발을 갈아신기 위

---

* X세대의 대표 밴드로 언급되는 미국의 록 밴드.

해 벤치에 앉았다. 집에 들어가기 전 갈아입을 옷과 검은색 운동화가 배낭에 들어 있었다. 그때 갑자기 구토가 나오려고 했다. 엑스터시를 먹으면 늘 이 모양이었다. 하지만 그런 상황에서 구토를 하면 기분이 나아지기는커녕 상태가 더 나빠진다는 걸 알고 있었다. 공복에 물 한 모금 마시지 않았으니 신물만 올라올 게 뻔했다.

운동화 끈을 묶고 있는데 〈피셔킹The Fisher King〉에 나오는 로빈 윌리엄스*처럼 판초를 입은 남자가 내 앞 가까이 와 섰다. 그는 바지를 내리더니 풀죽은 자기 거시기를 움켜쥐고 멈춘 심장을 되살릴 때처럼 마사지를 했다. 그 가엾은 자는 자기 거시기가 살아나는 기적에 내 존재가 도움이 되기를 바라는 모양이었다. 하지만 뭔가를 간절히 바랄 때 대체로 신은 그 자리에 함께해주지 않는다. 신은 곧 어둠이고 자기 자신과 어둠 외의 것을 보기 위해서는 깊은 심연을 향해 큰 목소리로 외치며 빛을 창조해내야 하기 때문이다. 나는 무심한 눈빛으로 남자의 어설픈 동작이 계속되는 것을 지켜보았다. 잠시 그는 내 관심을 즐기는 것처럼 보였지만 결국 돛대는 활짝 펼쳐지지 않았다. 파졸리니*라면 동방박사의 날 아침 어린아이처럼 그 상황을 즐겼을지도 모르겠다. 하지

* 〈피셔킹〉은 미국의 판타지 코미디 영화이며 로빈 윌리엄스가 분한 이 영화의 주인공은 자신을 '성배를 찾는 기사'라고 믿는 노숙자다.
** 이탈리아 영화감독인 피에르 파올로 파졸리니.

만 나는 그의 눈길을 피하지 않은 채 언제나 가지고 다니는 휴지로 화장을 지우기 시작했다. 쉬운 일이 아니었다. 나는 두껍게 화장을 하는 편이었다. 감염이라도 된 듯 얼굴 전체에 굵고 뻣뻣한 수염이 빽빽했기 때문이다. 화장을 문질러 지우느라 상처가 나기 일쑤였고, 얼굴을 그럭저럭 깨끗하게 만들려면 휴지가 여러 장 필요했다. 립스틱은 입 근처에 화산이 폭발한 것처럼 붉은 흔적을 남기기는 해도 그나마 쉽게 지워졌고 아이섀도 역시 금세 사라졌지만 마스카라와 아이라인은 상당히 오래가는 편이었다. 집에 들어가보면 항상 눈 주위가 거뭇거뭇했지만 나는 개의치 않았다. 나는 크리스천 데스*, 라크리모사*, 고딕풍을 흉내 내는 거라고 핑계를 댔다. 당시에는 고딕풍으로 치장한 거라고 둘러대는 것만이 공공장소에서 여장을 하기 위한 유일한 핑곗거리였다. 자신의 필요나 취향 때문에 여장을 한 사람이 덜 폭력적인 대접을 받으려면 그렇게 말하는 수밖에 없었다.

내 얼굴에 푸릇푸릇한 수염 자국이 나타나자 피셔킹은 즉시 물건을 거둬들였다. "뭐야, 호모잖아!" 화났다기보다는 실망한 목소리였다. 그는 서툴게 바지를 올리더니 쇠똥을 피하는 레프러콘* 같은 걸음걸이로 멀어져갔다.

---

* 크리스티앙 디올을 풍자한 말장난으로 밴드의 이름을 지은 미국 밴드.
* 독일의 메탈, 록 밴드.
* 아일랜드 민화에 나오는 남자 형상의 작은 요정.

그렇다. 그날은 내가 호모든 뭐든 되어야만 하는 밤이었다. 그런 밤은 나만의 삶의 파편들이었고, 밝은 태양 아래 평범한 삶에서 나를 구출해줄 일종의 교감이나 망각을 찾아 떠나는 걸음이었다. 나는 그런 식으로 사는 것을 포기했었다. 거센 파도와 싸우는 것을 포기하고 물살이 나를 어떻게 하든 내버려두었었다. 하지만 아주 간혹 어떤 밤이면 나는 최악의 방식으로 내 몸의 가능성을 탐색하러 다니면서 여자이기도 하고 여자가 아니기도 한 나를 사납게 불러내곤 했다.

나는 아무런 희망도 없이 성인으로 가는 문턱을 넘고 있었다. 사춘기 시절에 첫사랑이 슬픈 결말을 맞은 후 나는 내가 극복할 수 없는 현실을, 고통받지 않으려면 거짓말을 해야만 하는 현실을 깨달았다. 그때 내 앞에 갈림길이 나타났다. 그중 몇몇 오솔길은 어릴 때 이미 지나가본 길이었다. 내가 선택할 수 있는 길은 하나밖에 없었다. 물론 다른 방식으로 싸울 수도 있었다. 더 용기를 낼 수도 있었다. 하지만 나는 그러지 못했다. 당당한 젊은 여성으로서 나 자신을 입증하기에 충분한 용기와 자부심, 아름다움을 쌓아가던 내 인생은 협박으로 끝나버렸다. 그리고 제이가 납치된 것과 다름없는 이별을 맞았다. 대응하거나 반항할 능력이 없었던 나는 다시 어린 시절의 두려움, 그 미성숙의 구역으로 돌아가버렸다. 욕실에 숨어 걸쇠를 건 삶을 살면서 정상인 척 행동했다. 비극, 아니면 코미디로밖에 표현될 수 없는 남성성을 과도하게 드러내려고 애썼다.

나는 아침 일곱 시 반쯤 집에 도착했고, 건물 안으로 들어가기 전 청각장애인 여성이 혼자 사는 집 앞 계단참에서 옷을 갈아입었다. 열여덟 살이나 먹고 이렇게 행동하는 건 굴욕스러운 일이었다. 하지만 굴욕감은 우울증을 불러오게 마련이어서 자신이 완전히 얼간이처럼 보이는 것에도 신경을 쓰지 않게 된다. 집은 침묵에 잠겨 있었다. 간간이 샤워기에서 물 흐르는 소리, 엄마가 일할 때면 집 안팎 어디에나 들고 다니는 트랜지스터 라디오 소리가 들려왔을 뿐이다. 엄마는 라디오와 함께 일어나서 베개 아래에서 라디오가 웅얼거리는 소리를 들으며 잠들었다. 평일보다 한두 시간 늦은 지금이 엄마의 주말 샤워 시간이었다. 당시 토요일 격주 근무를 했던 아빠는 출근하신 후였다. 고객에게 물건을 배송하는 것이 아빠가 맡은 일이었는데, 주말에는 배송 업무는 없었지만 대신 프린터와 다이커터, 재단기 등을 설치하거나 작업장을 정리하는 일을 해야 했다. 나는 왔다는 걸 알리려고 엄마가 샤워를 하고 있는 욕실에 고개를 들이밀었다.

"경찰에 전화해서 너 좀 찾아달라고 실종 신고할 참이었어. 아들, 지금이 도대체 몇 시니?" 샤워부스 안에서 엄마가 말했다. 물 소리 때문에 목소리가 작게 들렸다. 화가 나긴 했지만 그러려니 하는 목소리였다. "얼른 들어가서 자."

엄마는 볼 수 없었겠지만 나는 미소로 답하고 침대로 향했다. 그런 가벼운 꾸지람은 엄마가 나를 사랑하는 방식이었고 나도 성모 마리아의 축복으로 받아들였다. 나는 집 앞에서 갈아입었던 옷을 쓰레기봉투처럼 생긴 손잡이 달린 불투명 비닐봉지에 넣고 바람을 잘 뺀 다음 꽁꽁 묶어서 오래된 책과 사용하지 않는 포스터들, 유행이 지나 다락방에 처박힐 운명인 잡동사니들을 넣어두는 벽장 맨 위 선반에 올려놓았다. 감춰둘 옷을 넣어둔 다른 비닐봉지 두 개 위에 그 봉지를 쌓아올리고는 엔트로피가 여전히 작동하는 것처럼 보이도록 선반을 정리했다.

나는 잠자리에 들려고 낡은 티셔츠를 입었다. 내 몸의 형태가 어떤지, 매트리스 위에 어떻게 내 몸을 뉘는지, 침대 시트와의 가벼운 쏠림 또는 내 몸이 어떻게 긴장과 무게를 이완하고 분산하는지를 의식하게 되면 도무지 진정이 되지 않았다. 옷을 차려입고 드래곤맨과 댄스의 밤을 보낸 후로 밤잠을 설치게 하던 불안감은 사라졌다. 잠의 세상으로 가는 문턱을 넘는 데는 오랜 시간이 걸리지 않았다. 나는 잠들기 전 나의 유령 가족들에게 기도를 올렸고 곧장 곯아떨어졌다.

별거 아니야

나는 나를 둘러싼 시선 속에 자리 잡은 보이지 않는 신의 심판을 두려워했다. 상처 입은 짐승의 항복을 기다리는 독수리처럼 몸에서 몸으로 건너뛰며 내 주위를 맴도는 성스러운 사냥꾼의 영혼이 두려웠다. 어째서 내가 거짓으로 행동을 꾸미기 시작했는지, 왜 여자아이인데도 남자처럼 구는지 나는 알고 있었다. 나는 내 머릿속 놀이방에 새겨져 그대로 굳어버린 어른들의 말과 행동을 기억하고 있었다. 거부당할까 봐 두려웠고 수치스러웠다. 성장하면서 삶은 어쩔 수 없이 두 갈래로 갈라졌다. 서로에게서 점점 멀어지는 두 개의 지각판처럼 도무지 두 가장자리를 다시 이어 판판한 모양으로 만들 수가 없었다. 계집아이, 소녀, 여자로 나를 규정하는 모든 시도는 나를 교화시키려는 어마어마한 징벌을 받게 될 터였다.

제이를 만난 후로의 경험도 이런 두려움을 떨쳐버리는 데 도움이 되지 않았다. 일상적으로 듣는 대화와 농담, 영화, 사춘기 아이들 세계의 잔인한 거부감 등 모든 것에서 징벌은 일상적으로 지속되었다. 언젠가 생일 축하를 위한 가족 모임에서 삼촌이 케이크를 입에 가득 넣은 채 그 자리에 있던 남자들에게 '항문으로 그 짓을 하는 것과 총에 맞아 죽는 것' 중 하나를 고르라는 말도 안 되는 농담을 던졌던 기억이 있다. 마치 아이스크림 맛을 고르라는 것처럼 말이다. 삼촌은 그 말이 그저 오후 반나절을 흥겹게 보낼 적절하고 유쾌한 질문이라고 생각했을 것이다. 그때 한 사람의 예외도 없이 모두가, 다들 내 핏줄인 남자들이 시끌벅적 웃어대며 시답잖은 농담을 가볍게 거든다는 태도로 총에 맞아 죽는 편을 택하겠다고 대답했다. 총알을 선택한 것이다. 여자들은 하나같이 입을 다물고 있었다. 남자들은 간혹 그렇게 우리 여자들 면전에서 우리를 모욕하는 말을 던지곤 한다. 삽입을 당하는 사람은 여성적이고 약한 존재이며, 그런 존재가 되느니 차라리 죽는 게 낫다는 것을 암시하는 오만함이라니. 그에 대해 여자들은 힘을 합쳐 거부감을 드러내거나, 남자들이 어리석은 광대로밖에는 보이지 않는다는 사실을 알려주거나, 그런 질문이 얼마나 멍청한 것인지를 깨닫게 해줄 수 있었다. 남자들에게 무시를 당하는 건 나나 다른 여자들이나 마찬가지였지만 그녀들은 여자들 간의 연대를 통해 그렇게 할 수 있었다. 그러나 나는 그런 야만적인 일들을 함께 견뎌낼 상대 없이 홀로 고립된 여성으로서, 성적으로 왜곡된 남성으로서, 살아있음을 느끼기 위해 이따금 엉덩이를 들어올려야 하는 사람으로서 혼자 굴욕감을 참아야 했다.

남성성을 가장하고 출산 후 엄마가 자랑스러움을 느꼈다는 사나이로 행세하며 사냥의 신을 피해 다님으로써 나는 야만적인 상황에서 살아남을 수 있었다. 잔혹한 벌을 받는 다른 사람들을 보면서 도저히 나는 그런 형벌을 버텨낼 자신이 없다고 생각했기 때문이다. 참으로 비겁한 태도였다. 그렇지만 나는 연습을 통해 점차 완벽에 이르게 되었다. 그건 자기방어의 수단이었으나, 내 유령들을 배반하는 일이었다. 우리 여자들 사이에 자부심이라는 게 존재한다 해도 나는 그걸 느낄 자격이 없었다. 살아남기 위해 나는 내 외양이 남자인 것을 특권으로 활용했다. 그걸 알고 있었기에 육체적으로 고통스러울 정도로 강한 양심의 가책을 느꼈다. 두통은 한시도 내게서 떠나지 않았고 근육 경련 때문에 편히 쉴 수도 없었다. 남성성의 특혜를 사용하는 데는 속죄가 필요했다. 구역질 나지 않는 몸을 얻으려고 드래곤맨들에게 나의 몸을 바치는 요정이 되어 밤을 보내고, 날이 밝으면 새벽 내내 밤을 정화하려 집착했다. 밝은 태양 아래서의 내 삶은 두려움과 폐소공포증이 지배했다. 나는 시체를 하나 조립해서 모두의 눈에 띄는 바닷가에 던져두고 한낮의 물결에 휩쓸리게 내버려두었다. 태양이 매일 아침 내 귓가에 속삭였다. "네 무덤을 계속 파야지. 이 거짓말쟁이, 개 같은 년, 계속 파!"

의기양양한 남성들의 태양은 내게 남성성을 요구했을 뿐만 아니라 난폭해질 것을 강요했다. 나는 아버지에게서 음식 먹는 모습을 베꼈다. 잔뜩 허기진 상태라 격식 따위는 따지지 않고 허겁지겁 음식을 욱여넣는 남자의 방식을. 나는 포식자가 먹잇감을 다루듯 음식을 향해 몸을 약간 기울이고 입을 크게 벌려 음식을 먹는 모습을 완벽하게 따라 했다. 오빠에게서는 극도로 남성적인 몸의 언어를 가져왔다. 오빠는 언제나 여자아이들에게 인기가 많고, 남자들 사이에서는 감탄을 자아내는 매력적인 남자였다. 오빠의 동작을 나는 나만의 좀 더 절제된 버전, 몸짓을 덜 쓰는 버전으로 변환해냈다. 일어나고 앉는 모습은 석공일을 하는 덩치가 크고 머리를 짧게 깎아올린 하신토 삼촌에게서 훔쳐왔다. 삼촌은 무너지듯 의자에 몸을 던졌고, 원숭이가 도발을 당했을 때 반응하는 것처럼 재빨리 몸을 일으켰다. 학교 친구들과는 친분을 쌓는다기보다는 방패로 삼을 요량으로 죽음을 연기하듯 관계를 유지하면서 내 시체의 나머지 부분을 조립했다.

희망이 없었다. 아주 잠깐 희망이 엿보이는가 싶으면, 재빨리 어둠이 무도하게 보복했다. 도저히 해석되지 않는 몸, 옴짝달싹하지 못해 숨이 막히는 몸 안에 살면서 나의 모든 걸음은 통제받았으며, 그 답답함이 일상을 지배하고 나 같은 여자에게는 너무나 비열한 세상에서의 삶을 무의미하게 만들었다.

편의와 습관 때문에 만들어진 친구가 한 명 있었다. 그와의 사이에 유대감이라고 할 만한 것이 생겨났고, 그에게 나의 비밀을 고백하는 기적 같은 일이 일어날 뻔한 적이 있다. 어느 날 밤 함께 술 한잔하며 차분하게 이야기를 하다가 속 깊은 대화를 나누게 되었다. 여자들 사이에서는 수월한 일이지만 남자들 사이에서는 일어나기 힘든 일이었다. 나는 그 친구를 내 영역으로 끌어왔다. 그는 까다로운 문제에 귀를 기울일 준비가 되어 있는 것 같았다. 그때까지만 해도 그 친구가 가장 나아 보였다. 친절하고 명석하고 사춘기 아이들의 잔혹함과는 거리가 먼, 이해심 많은 아이로 보였다. 나는 집으로 돌아가는 길에 좀 길게 산책을 하자고 제안했고 그도 좋다고 했다. 그때 우리는 말라사냐에 있었는데 돌아가는 길에 추에카를 거쳐갈 수도 있었다. 추에카는 몇 년 사이 제도적으로 용인되는 마드리드의 대표적인 게이 촌이 되어 있었다. 나는 그곳을 지나가면서 우리의 우정을 가늠해보고 나의 진실, 그중 가장 받아들이기 쉬운 진실을 알려줄 생각이었다. 그때 내게는 동맹 관계가 절실했다. 아주 약한 것이라고 해도 말이다.

하지만 그런 일은 일어나지 않았다.

"헤노바로 가는 게 어때? 콜론을 가로지르면 알칼라 거리까지 가는 데 시간이 덜 걸릴 거야."

그 친구는 내가 의도를 가지고 제안한 경로를 수정하며 다른 제안을 했다.

"나는 추에카로 해서 시벨레스를 거쳐 알칼라와 오도넬로 가면 좋겠어. 길도 더 쾌적하고. 그러면 레티로 공원 외곽으로 돌게 되잖아. 푸엔테델베로로 해서 마르케스데코르베라로 가는 거야. 이 시간에는 그쪽이 훨씬 조용해." 내가 대답했다.

"난 그쪽은 별로야."

"어느 쪽?"

나는 그 친구가 무슨 말을 하는지 얼른 이해하지 못했다. 혹시 그쪽 동네에서 무슨 일을 당한 적이 있는데 내게 말을 하지 않았던 건가, 그래서 뭔가 두려워하는 게 있는 건가 하는 생각이 들었다.

"게이 촌."

그는 오후 내내 나와 이런저런 얘기를 하던 때와 똑같은 말투로 그렇게 말했다. 딱히 모욕적인 어조는 아니었다. 남자들이 자신에게 위협이 되는 것에 대해 언급하며 분명히 선을 그을 때 사용하는 평범한 어조였다.

"그게 무슨 소리야? 엄연히 추에카란 이름이 있는데."

그때 이미 내 머릿속에서는 한낮의 세상이 '쾅!' 하고 문을 닫는 소리가 울려퍼졌다. 실망을 넘어 수치심에 물어뜯긴 기분, 가슴속 패배감을 피할 수 없었다.

"난 빌어먹을 게이들이 정말 싫어. 그래서 그래. 별거 아니야. 다른 길로 가자."

그래, 별거 아니었다. 별거 아니었을 거다. 너덧 살 나이에 이미 자신이 뭔가 다르다는 것을 감지했을 때, 당신은 부모님이나 이웃들로부터 이유도 모르는 채 상처받는 말, 평생 잊지 못할 말을 듣는다. 그들이 아무렇지 않게 한 그 말들은 철조망이 되어 당신의 걸음을 막고 당신의 세상을 영원히 닫아버린다. 그 친구 아닌 친구의 말 또한 그랬다. 그는 마늘 소스나 투론*을 싫어하듯 게이를 싫어했을 뿐이다. 그가 지극히 평온한 말투로 한 그 말은 내 벽장에 못을 하나 더 박아넣고, 걸어다니는 내 시체를 바늘로 한 번 더 찔렀다. 내 두려움, 내 직감은 아무리 극단적이라고 해도 어긋나지 않았다. 내가 신뢰할 사람은 아무도 없었다.

* 견과류와 꿀, 설탕 등을 섞어 만드는 스페인 전통 과자.

마라노*

    하이힐을 신고 밤 외출을 한 다음 날 오후, 산티아고 베르나베우 경기장 맨 꼭대기 관중석에서 "오, 레알마드리드" 구호에 맞춰 입을 벙긋거리며 스카프를 돌리는 나 자신의 모습을 보기 전까지는 모든 것을 감당할 수 있으리라 생각했다. 손가락 끝과 혀끝, 엉덩이, 그리고 자존심에 통증이 느껴졌고 탈수 증상도 점점 심해졌다. 너무나 어처구니없고 바보 같은 상황이어서 비극이라고 부를 만한 가치도 없었다. 내면에서부터 죽어가고 있는 사람에게는 어울리지 않는 이토록 비이성적인 분위기, 그것도 자발적으로 선택한 상황에서 나는 전에 경험해본 적 없는 깊은 슬픔을 느꼈다.

* 수퇘지 또는 지저분한 사람을 가리키는 스페인어. 기독교로 개종한 유대인을 비하하여 일컫는 용어이기도 하다.

가면을 계속 쓰려다 보니 참석할 수밖에 없었던 모든 어처구니없는 의식 중에서 축구 팬인 척하는 일이 가장 불가해한 것이었다. 물결에 휩쓸려가도록 몸을 맡긴 데는 대가가 따랐다. 때로는 순전한 고통을 느꼈고, 때로는 야하고 상스러운 농담이 오가는 중세 연극처럼 멍청하기 그지없는 의식에 참석해야 했다. 그 의식이 끝날 때까지 물결의 흐름을 따라가다가 결국 혼자 상처를 핥는 것 외에 내가 할 수 있는 일은 아무것도 없었다. 시작은 학교 다닐 때부터 알고 지내던 친구 한 명의 초대에 응하면서부터였고 그후 나는 정기적으로 축구장에 가게 되었다. 이성애자 남자들 사이에서 한 순간도 편치 않았지만 평생에 걸쳐 내가 만들어온 어릿광대의 모습을 끌어내 최선을 다해 연기하려 했다. 그곳의 분위기는 불쾌하고 위압적이었다. 축구가 노동자계급과 밀접한 오락이라는 사실이 말할 수 없이 불쾌했다. 축구 스타들이 자신들의 가난한 고향 마을에 희망을 불어넣어줬다는 달콤한 이야기를 떠들어대는 홍보 기사는 신물이 날 지경이었다. 내게는 그 모든 것이 자신들만의 오락을 확실한 대중적 현상으로 강요하는 또 하나의 남성우월주의적 프레임으로 보였다. 내가 축구장에 다니던 시절에는 여자 관중은 거의 없었고 주로 남자 청소년들, 특히 노동자 가정 자녀들이 많았다. 그 아이들은 응원가를 부르는 것으로 시작해 결국 머리를 박박 밀고 파시스트식 경례를 주고받게 된다.

레알마드리드와 바르셀로나 사이의 엘클라시코, 다들 더비라고 부르는 경기가 있는 날이었다. 나는 흥분의 도가니에 빠진 그곳의 분위기 때문에 거의 병이 날 지경이었다. 그날은 상황이 평소와 약간 달랐다. 관중석에는 동네 친구들과 그 애들의 친구들뿐만 아니라 우리 아빠도 있었다. 아빠는 축구 경기장을 자주 찾는 편은 아니었지만 이렇게 중요한 경기를 놓치고 싶지는 않았고, 인파로 북적이는 것쯤은 너끈히 견딜 수 있었다. 아빠가 그곳에 있으니 내 기분도 한결 나아졌다. 아빠가 즐거워하는 모습을 보는 게 좋았다. 우리는 뭔가를 함께 할 기회가 드물었으며 아빠는 보통 나보다는 오빠와 어떤 일을 같이 할 때가 많았다. 그건 당연한 일이었다. 경기장에서나 텔레비전으로 아빠와 함께 축구 경기를 보는 것은 나의 고립감을 덜어주었다. 행복해하는 아빠 곁에 있다는 게 기뻤고, 골이 들어갈 때마다 어릴 때 그랬던 것처럼 아빠를 힘껏 끌어안으며 친밀감을 느낄 수 있었다. 여자지만 모두에게 남자로 여겨지는 나는 아무리 그러고 싶어도 아빠를 안을 기회가 많지 않았다. 아빠와 같은 공간에 있다는 사실이 비참한 자괴감을 조금이나마 정당화해주었다.

별명이 마라노인 녀석이 있었는데, 전에도 두세 번쯤 본 친구였다. 평소에는 의식 깊숙이 묻혀 있다가 일생에 몇 차

례만 깨어나 중대한 위협을 경고하는 감각이 있다. 내가
마라노를 소개받았던 순간에 바로 그 감각이 경고음을 울
렸고 나는 전율을 느꼈다. 위험이 잠재해 있다는 느낌. 그
는 내 친구의 집 근처에 사는 누군가의 지인이었다. 평소라
면 가까이할 기회가 없었을 사람과 우연히 얽히게 된 경우
였다. 내가 그를 처음 소개받았을 때 그는 거의 말이 없었
고 산블라스에서 쿠스코까지 지하철을 타고 이동하는 도
중에도 대화에 좀처럼 끼어들지 않았다. 일행 옆에서 항공
점퍼 주머니에 두 손을 찔러넣은 채 고개를 반쯤 숙이고는
적대감을 품고 뭔가를 바라보듯 고개를 앞으로 내밀고 있
었을 뿐이다. 곱슬머리로 감춰진 머릿속에서 〈카르미나부
라나Carmina Burana〉*의 서곡이 울려퍼지기라도 하고 있는 듯
한 모습이었다. 자기만의 생각에 잠겨 있는 듯했지만 결코
평온해 보이지는 않았다. 그는 키가 작고 굉장히 뚱뚱했으
며 얼굴은 동그랗고 옆으로 길게 찢어진 눈은 푸른색이었
다. 코를 보면 그가 왜 마라노라는 별명으로 불리는지를 확
실히 알 수 있었다. 거의 없다시피 한 납작한 코가 깎아지
르듯 들려올라가 콧구멍이 드러나 있었으니까. 마라노라
고 소개를 받기는 했어도 나는 절대 그렇게 부르고 싶지 않
았기 때문에 세례명이나 다른 이름을 알려달라고 했다. 하

---

* 카를 오르프가 작곡한 칸타타. 서곡 〈운명의 여신이여〉는 강렬한 팀파
니 연주로 유명하다.

지만 그는 "됐어. 그냥 마라노라고 불러"라고만 대꾸했다.

알았어, 마라노.

그런데 경기장에 발을 들여놓자마자 그 조용하던 청년이 가고일*로 변해 고래고래 소리를 질러댔다. 경기 중 휴식 시간에 샌드위치와 맥주를 먹는 동안에만 잠깐 입을 다물었을 뿐이다. 그는 자기 팀을 응원하고 상대 팀에게 최악의 욕설을 퍼붓는 데 그치지 않고 레알마드리드의 흑인 선수들이 패스를 놓치거나 공을 빼앗기거나 골대를 벗어나는 슛을 할 때에도 욕설을 내뱉었다. 정말 다양한 유인원류의 이름들을 목청 높여 외쳐댔는데 아마 제인 구달도 그 소리를 들었다면 놀랐을 것이다. 그런데 누구도 그의 행동에 대해 부끄러워하는 반응을 보이지 않았다. 가족과 함께 경기장에 온 건강한 관중, 건전한 동네 사람들의 면모는 찾아볼 수 없었다. 축구장에 열 번 이상 가본 사람이라면 그런 행동이 예사롭게 행해진다는 걸 알고 있었다. 나와 함께 온 사람들이 늘 모범적으로 행동하는 사람들은 아니었지만 그런 놈에게 호응하여 같이 낄낄대며 목소리를 더 높이라고 부추길 거라고는 생각지 못했다. 그들 중 그나마 유일하게 내 친구라고 생각했던 녀석은 다른 사람들보다 훨씬 더 즐거워 보였다. "막 나가는데, 마라노." 마라노가 유독 심한

* 중세 유럽 건축물의 지붕이나 처마에 있는 괴물 모양의 석상.

욕설을 퍼붓자 내 친구는 그의 어깨에 손을 얹으며 공모자라도 된 듯 말했다. 둘은 크게 웃었다.

그날 경기에서 레알마드리드가 승리하자 사람들은 미칠 듯이 열광했다. 우리는 시벨레스 광장*으로 가서 승리를 축하하기로 했다. 그곳은 새벽녘 집으로 돌아가는 길, 텅 빈 분수대를 빙 둘러 걸을 때만 내게 특별한 의미가 있는 곳이었다. 오래전 딘디몬 언덕마루에서 시종 코리반트들이 피 흘리며 춤추면서 숭배하던 여신, 나의 여왕, 내가 비밀스러운 외출을 마치고 슬픔에 잠겨 돌아올 때마다 조각상의 자리에서 나를 지켜보던 여신이 춤도 추지 않는 남자들의 자축을 위한 순례의 중심이 된다고 생각하니 소름이 끼쳤다. 시벨레스는 거세한 남자, 양성을 가진 사람, 고자 들의 수호신이며 기괴한 남성성을 포기하고 냉혹한 여성성을 끌어안은 이들의 어머니였다.

마라노는 흥에 겨워하면서도 화가 난 사람처럼 보였다. 남자들이 이 두 감정을 표출할 때 그 감정들이 어찌나 닮은 모습인지 깜짝 놀랄 때가 많다. 마라노는 *제기랄 바르샤, 제기랄 카탈루냐 너석들*이라고 외치는 마드리드 찬가를 부르고 있었다. 이 어리석고 병든 오만함은 가까이서 보고 있자니 혐오스러울 지경이었다. 광적으로 흥분하던 중에 그는

* 땅, 하늘, 풍요의 여신인 시벨레스 조각상과 분수가 있는 마드리드 중심가 광장.

갑자기 등 뒤에서 나를 끌어안아 내 몸을 들어올렸다. 두 손을 내 골반 쪽으로 옮겨 엉덩이를 잡고는 내 가랑이에 자기 얼굴을 들이댔다. 그러더니 내 등 뒤로 자기 몸을 밀착시키고 개들이 흘레붙는 모양을 흉내 내며 내게 삽입하는 몸짓을 했다. 그는 눈 깜짝할 새에 손쉽게 그 짓거리를 했다. 짐승 같은 놈. 그놈은 골반을 과장되게 움직이면서 큰 소리로 신음까지 곁들였다. 나는 엄청난 불쾌감과 모욕감을 느꼈다. 그의 이런 행동은 그저 다른 남자에게 하는 우스꽝스러운 장난이 아니었다. 그는 포식자의 날카로운 본능을 갖고 있었고 자기만의 방식으로 내게 상처를 주고 모욕을 가한 것이었다. 나는 그것을 분명히 보았다. 내가 몸을 비틀며 발길질을 해댔지만 그는 자기가 원하는 때에 나를 놓아주었다. 다시 땅 위로 내려온 나는 내가 두 눈에 담을 수 있는 최대한의 경멸을 담아 그를 노려보았다. 그는 폭소를 터뜨리며 내 시선을 맞받아쳤다. 나는 울음을 터뜨리기 직전이었다. 분노가 목까지 치밀어올라 거의 구토가 올라올 지경이었다. 나는 온 힘을 다해 눈물을 참았다. 그가 보는 앞에서 울고 싶지는 않았다. 그 자리에서 꼼짝하지 않고 서로를 노려보고 있는데, 아빠가 나타났다. 아빠는 내 등을 세 번 두드리더니 단호하게 말했다. "집에 가자."

아빠가 그런 결정을 내려준 것이 얼마나 고마웠는지 모른다. 아빠는 언제나 우리를 보호하려고 태어난 사람처럼 보였다. 엄마도 마찬가지였다. 차이가 있다면, 엄마는 커다란 암고양이처럼 모든 악으로부터 우리를 보호하기 위해 하늘이라도 물어뜯을 기세로 요란하게 구는 반면 아빠는 체구는 작았지만 거대한 후피향나무처럼 침착하다는 것뿐이었다. 아빠는 우리 남매와 우리를 위협하는 모든 것들 사이에 놓인 거대한 담벼락이었다. 자기를 시험에 들게 하는 것은 별로 영리한 생각이 아니라는 걸 누구에게나 알게 할 만큼 단호한 힘을 가진 사람이기도 했다.

그날 아빠가 뭘 보았는지는 알 수 없지만 아빠는 즉각적으로, 다른 어떤 가능성의 여지 없이 행동에 나섰다. 아버지가 성인이 된 아들의 일에 개입할 때 취할 만한 방식은 아니었다. 아마도 내 표정을 보고 내가 불쾌해 하는 걸 알아차리셨을 것이다. 잘 모르겠다. 누구도 우리에게 말을 걸지는 못했다. 아빠가 그럴 틈을 주지 않았으니까. 아빠는 곧장 내 팔을 잡았고 우리는 순식간에 사람들로부터 멀어져 콘차에스피나 거리 가로등 아래를 걸어 집으로 향하고 있었다.

"그 돼지인지 뭔지 하는 녀석하고는 어울리지 마라. 알았지?"

"마라노예요, 아빠."

"그래, 마라노. 그 녀석은 멀리해."

물론 그렇게 했다. 그후 한두 번 더 경기장에서 마주쳤지만 나는 할 수 있는 한 그를 멀리했다. 그는 내가 자신에게 적대감을 품고 있다는 걸 뻔히 알면서도 내게 다가와 자기 몸을 내 몸에 밀착시키고 얼굴 가까이에 입김을 토해내곤 했다. 자기가 원하는 만큼 그렇게 실컷 즐긴 다음에는 나를 무시했다. 그 두세 번의 경기 후로 나는 다시는 축구 경기장에 가지 않았고, 그는 남쪽 끝 맨 위로 관람석을 옮겼다. 나는 위장술로 축구 경기를 보러 가는 자해 행위를 서서히 그만두게 되었다. 조용히, 아빠를 제외한 그 누구도 모르게 천천히 그렇게 했다. 어느 날 오후엔 아빠를 위해 한 번이라도 더 집에서 텔레비전으로 경기를 보려고도 했지만 다행히 아빠는 이웃이나 친구 들과 술집에서 경기를 보기 시작했기 때문에 아빠의 둥지가 비어 있는 시간은 그리 길지 않았다.

칼립소[*]

내 것이 아닌 밤은 밤이 아니었다. 어쩌면 밤은 낮의 사디스트 버전이자, 억압이 더욱 잔혹하게 사회적 위계를 부각하는 시간이었는지도 모른다. 90년대에 행동 규범이 완화되면서 한낮에는 약해졌던 폭력이 밤이면 다시 사나워졌다. 나는 왜 다른 사람의 굴욕감이 어떤 사람에게는 최고의 즐거움이 되는지를 도무지 이해할 수 없었다. 차 안에서 길 가는 여성들을 향해 소리를 지르는 행동은 잔혹한 악마의 충동질을 받아 유흥을 즐기러 나온 사내아이들에게는 일상적인 준비운동 같은 것이었다. 착한 아이들마저, 특히 그런 아이들일수록, 누군가에게 위협을 가하는 이런 의식

* 그리스 신화에 나오는 티탄족 아틀란스의 딸이자 신비의 섬 오기기아의 요정. 그리스의 영웅 오디세우스를 사랑하여 칠 년 동안 그를 잡아 두었다.

을 자신들의 행복보다 우선시한다. 남성성은 모두를 사로
잡는 강압적인 힘이었다. 코카인이 효과를 내는 것과 흡사
하게 자기 힘의 영역을 넘어서는 것을 환희와 혼동할 수는
있지만, 거기서 진정한 즐거움을 얻을 수는 없었다. 그럼에
도 그들은 영역 표시를 하고, 여자를 꾀고, 큰 소리로 웃어
젖히고, 아드레날린의 거품을 만들어내면서 밤의 첫 물결
을 타려고 말을 달렸다.

혼자 외출할 때면 나는 나가고 들어오는 시간에 신경을
썼다. 사람들 말과는 달리 동 틀 무렵이 가장 안전했다. 피
로는 싸움을 걸고픈 욕구를 누그러뜨렸고 폭력을 행사하
는 자들조차도 얼른 집에 가서 침대 속으로 들어가고 싶은
시간이었기 때문이다. 하지만 내가 성별 구별이 애매한 모
습으로 새벽길을 돌아다닐 때, 내 모습이 여성적이라고 생
각하는 사람들의 언어 공격을 피할 수는 없었다. 신체적 위
협도 적지 않았기 때문에 나는 언제나 포식자의 존재를 잘
아는 짐승처럼 달음질치곤 했다. 일종의 예방 조치였다. 하
루하루 쌓인 경험이 내게 이제 조만간 내 차례가 올 거라고
알려주었기 때문이다. 내가 여성성 안에 머무는 건 아주 간
헐적이었을 뿐만 아니라 여자로서 나는 도깨비불 같은 존
재에 불과했는데도 교화라는 이름의 폭력을 불러왔다. 나
와 함께하는 유령들은 이런 예언에 대해 알고 있었다. 여자
들, 레즈비언들, 왜곡된 남성성을 지닌 이들은 사악한 남자

들의 세계에서 사냥감 표식을 달고 있었다.

우리 오빠 다리오는 좋은 남자였다. 나보다 다섯 살 많은 오빠는 코끼리처럼 남을 보호하는 아빠의 기질을 그대로 물려받았다. 훗날 자녀가 생기면 헌신적으로 아이들을 돌보는 사려 깊고 자상한 남편이 될 게 확실했다. 오빠 안의 모든 것은 전형적인 선함과 책임감의 테두리 안에 있었다. 오빠는 내가 원하는 한에서는 최선을 다해 나를 돌봐주었다. 하지만 내가 허용할 수 있는 것이 많지 않았다. 남자들은 말하는 법을 배울 뿐 대화를 나누는 법은 배우지 못한다. 게다가 내 두려움의 장벽도, 내게 질문을 던지기에는 너무나 신중한 오빠의 벽도 부술 방법이 없었다.

그날 우리는 그란비아와 말라사냐가 만나는 거리에 있는 유명한 클럽에 있었다. 내가 잘 아는 곳이었다. 오빠와 함께 외출하는 건 자주 있는 일이 아니었는데 그래서 더 살갑게 느껴졌다. 오빠는 절대 나를 불편하게 하는 법이 없었고, 자신의 즐거움을 위해 다른 이에게 피해를 주지도 않았다. 우리는 함께 떠들고 마시고 춤도 추었다. 오빠보다는 내가 더 많이 춤을 췄다. 그렇게 밤이 흘러가고 있었다. 밤새도록 영업을 하는 이 인기 있는 클럽에서는 온갖 조합을 볼 수 있었다. 바르뎀 형제*가 친구들과 함께 있었고, 상하이 릴리⁎

---

* 두 사람 모두 스페인 영화배우인 카를로스 바르뎀과 하비에르 바르뎀.
⁎ 스페인의 작가, 배우, 감독이자 드래그 퀸.

가 자기보다 머리 하나는 작은 수행원들에게 둘러싸여 내내 히히덕거렸다. 한쪽에서는 한 남자가 셔츠를 풀어헤치고 머리에 선글라스를 꽂은 채 손뼉을 치며 테크노 춤을 추면서 짝을 찾고 있었지만 아무도 호응하지 않았다. 그곳은 그렇게 밤이 죽음을 맞는 곳이었다.

이미 시간이 늦어 밖에서는 하늘 색이 변해갈 무렵이었다. 금발 곱슬머리를 아무렇게나 풀어헤친 여자가 우리에게로 다가왔다. 연한 눈동자의 빛깔이 무대 불빛에 따라 변하는 키가 큰 여자였다. 다음에 일어날 일은 예상하기 어렵지 않았다. 분명 술잔을 들고 있는 오빠의 귓가에 뭐라고 속삭일 것이고 오빠는 대답을 할 거고 그렇게 대여섯 번 대화를 주고받다가 둘이 키스를 하겠지. 오빠는 여자들에게 인기가 정말 많았다.

"안녕하세요. 내 이름은 에스트레야예요."

여자가 내게 말을 걸고 있다는 걸 깨닫기까지는 조금 시간이 걸렸다. 나는 뒤늦게 입 안에 들어 있던 걸 삼키다가 사레가 걸리는 바람에 캑캑거렸다.

"죽으면 안 돼요!" 여자가 미소를 지으며 우리 할머니라도 되는 것처럼 내 등을 두드려주었다.

"안녕하세요, 에스트레야. 미안해요. 술 넘기는 방법을 잠깐 잊어버렸네요."

"이분이 그쪽 애인이에요?" 여자가 내게 물었다.

"아뇨, 형이에요."

다리오는 미소를 지으며 멀찌감치 떨어져 앉았다.

"다행이네요."

이런 적은 처음이었다. 여자들이 내게 관심을 보이는 게 이상한 건 아니지만, 나의 타고난 본성이 내뿜는 어떤 빛이 여자들에게 성적인 것과는 거리가 먼 따뜻한 마음을 불러일으키곤 했던 것 같다. 적어도 따뜻한 마음을 지닌 여자들에게는 말이다. 간단한 대화 몇 마디 후에 그녀가 내게 키스를 했다. 그녀에게서는 술 냄새와 과일 냄새가 났다. 나는 그게 내 인생 첫 키스이기라도 한 것처럼 당황하며 여자의 키스에 응했다. 내 머릿속에서는 수저통이 엎어지고 천둥이 치는 소리가 울렸다. 이건 재앙, 카오스, 모든 걸 다 헝클어뜨리는 예기치 못한 일이었다. 나는 그녀의 부드럽고 다정한 입술 위에서 자세를 유지하면서 내 마음이 경계 태세에 들어갔다는 걸 그녀가 눈치 채지 못하게 하려고 애썼다. 나의 유령들은 어깨를 움츠린 채 아무 말도 하지 못했지만, 떠나지 않고 그 자리에 머물렀다. 나는 내가 배운 것들, 나의 욕구를 되돌아보면서 나 자신에게 지금 이 행동을 하고 싶은지를 물었다. 그래, 하고 싶었다. 하지만 어떻게 해야 할지는 몰랐다. 에스트레야는 원하는 바가 분명했다. 그녀는 내 손을 잡고 출구로 향했다. 홀의 반대편에 가 있는 오빠에게 인사할 시간도 주지 않았다. 오빠는 저편에서 나를 보면서, 빙그레 웃으며 손을 흔들어줬다.

에스트레야의 아파트는 그란비아 근처 모스텐세스 광장에 있었다. 광장이라고 부르기에는 그다지 크지 않은 공간이었고 근처에는 유명한 재래시장이 있었다. 토요일 아침, 상인들이 분주하게 노점을 차리는 가운데 생선 냄새, 담배 냄새, 하수구 냄새가 풍겼다. 그 노점들 바로 앞에 에스트레야가 사는 건물의 입구가 있었다. 사층으로 올라간 우리는 엘리베이터에서 내리면 바로 보이는 문으로 들어갔다. 그녀의 집은 네모 반듯한 원룸이었다. 광장 쪽으로 창문이 나 있고 어질러진 소파 겸 침대 하나, 작은 주방과 다용도 테이블 하나, 욕실이 있었다. 둘이 침대로 뛰어들기 전, 나는 침대 머리맡에 붙어 있는 코폴라*의 드라큘라 포스터를 힐끗 보았다.

"당신, 너무 귀여워."

여자가 내게 천천히, 깊숙이 키스했다. 그녀는 입을 한껏 벌리고 내 입술을 원했다. 키스를 하는 사이사이 그녀는 얼굴을 내 살갗 위로 미끄러트리면서, 잔뜩 달아오른 몽롱한 목소리로 속삭였다. 그녀가 내 몸 위로 올라타서는 제비가 그려진 블라우스 단추를 끌렀다. 내가 미처 예상치 못했던

* 〈대부〉, 〈지옥의 묵시록〉, 〈브램스토커의 드라큘라〉 등을 만든 프랜시스 포드 코폴라 감독.

행동이었다. 나는 여자의 몸 아래에 누운 채, 욕구가 치미는데도 마음 한구석에서 결정을 내리지 못하고 있었다. 그 행위에 전적으로 동의하고 있었지만, 그 매트리스 위에 나는 없었다. 에스트레야는 정말 사랑스러웠다. 그녀의 둥글고 따뜻한 온몸이 나의 손길을 원하고 있었다. 나는 한 걸음 내디뎌 그녀의 엉덩이와 배를 애무해보려고 했다. 하지만 그녀의 가슴이 너무나도 위압적이어서 감히 만질 엄두조차 나지 않았다. 성욕이 서서히 기지개를 켰으나 여전히 너무나 혼란스러웠다. 나는 남자들과의 섹스에서는 어떻게 행동해야 하는지를 알고 있었다. 본능에 따라 몸을 맡겨도 상대를 불편하게 할지 모른다는 두려움은 들지 않았다. 상대를 존중하지 않아서가 아니라 어디까지 도달해야 할지 분명히 알고 있었기 때문이다. 내가 그들의 몸을 위해 만들어졌으며 그들이 나를 위한 몸이라는 걸 나는 분명히 알고 있었다. 한 번이라도 여자를 원한 적이 있다거나 여자와 사랑에 빠지고 싶었던 적이 있다면 이때가 최적의 기회였겠지만 나로서는 이런 행위가 난처하게만 느껴졌다. 나를 원하는 여자의 몸 아래에서 나는 내가 엉뚱한 행동이나 실수를 해서 여자가 불쾌해 하거나 이상하게 생각하거나 두려움을 느낄까 봐 신경이 곤두섰다. 나는 어린 시절부터 순백의 나를 꿈꾸며 내 인생의 여성들을 제단 위에 올려놓고 신화적인 판타지의 주인공으로 만들었더랬다. 그런데 이 순간 내가 처한 상황은 상상했던 모든 것을 뛰어넘었다. 나는 무엇일까? 나는 누구일까? 과거에 어두운 방과 좁은 거리, 차 안과 공원, 연인의 아파트에서 했던 대로 에스트레야에게도 나를 바치는 연기를 할 수 있을까? 에스트레야가 그걸 원할까? 아니면 내가 육체에 굶주린 짐승 같기를 바랄까?

분위기가 점점 무르익었고 에스트레야는 옷을 벗고 내 옷까지 벗겼다. 나는 그녀와 한몸이 되어 여자들이 동이 틀 때까지 말을 달린다는 여자들만의 장소로 나를 데려가도록 내버려두려고 했다. 하지만 불가능했다. 어린 시절 달님이 그랬듯 내가 아무것도 하지 못하는 사이 멀어지기만 했을 뿐이다. 그녀가 내게 더욱 세게 밀착해올수록 나는 더 저항했고 더 멀어졌다. 여자가 도발해낸 발기도 도움이 되지 않았다. 나는 내 몸을, 그것이 그리는 평면과 곡선을 과도하게 인식하게 되었다. 도저히 나 자신을 버릴 수 없었다. 에스트레야의 느리고 아름다운 곡선과 하나가 될 수 없었다. 지금 내가 내 안의 여성을 배반하고 있는 게 아닐까, 온몸으로 거부하던 남성성에 항복하고 있는 건 아닐까, 하는 생각이 들었다. 나는 남자 별, 여자 별만 있는 이분법적 태양계의 중력의 덫에 걸려 그 궤도를 도는 눈먼 천체였다. 바로 그 덫이 내 껍데기 속에 나를 차곡차곡 접어넣어 내가 원하든 원하지 않든 다른 여자에게 삽입할 수 있는 가능성을 막았다. 에스트레야는 칼립소였고 나는 내가 오디세우스가 될까 봐 두려웠다. 에스트레야의 엉덩이는 영원히 남자로 살아야 하는 삶의 입구가 될 것이었다.

내가 에스트레야를 부드럽게 밀어낸 후 더는 못 하겠다고 고백하자, 그녀는 전에 다른 여자들도 내게 내밀어주었던 부드러운 손길로 나를 꼭 안아주면서 괜찮다고 말했다. 나는 옷을 입고 다시 한 번 목멘 소리로 사과의 말을 한 다음 그곳을 나왔다. 문 뒤로 그녀의 발소리와 그녀가 침대에 몸을 던지는 소리가 들려왔다.

나는 오빠에게 전화를 걸어 데리러 와달라고 했다. 오빠는 곧장 왔다. 언제나 그랬듯이.

에우헤니아

　모라이타*라는 별명으로 불리는 에우헤니아는 해 질 무렵 루나 영화관 근처에서 하루를 시작했다. 거기서 저녁거리 살 돈을 벌고, 광장을 지나가는 노인들의 자위를 돕는 슬픈 일로 저녁 먹기 전에 또 돈을 좀 더 벌었다. 건물 출입구 뒤에 대충 몸을 숨기고 손님 너댓 명을 받는 데에는 한두 시간밖에 걸리지 않았다. 가랑이 아래에 뭔가가 달려 있다는 걸 기억하게 해주는 전문가의 손길이 필요한 고객들이었다. 간혹 그들이 키스하려고 다가오면 에우헤니아는 그들의 얼굴을 밀어내며 이렇게 말하곤 했다.

　"비센테, 귀찮게 하지 마. 이런 행동은 네 계집한테나 해. 아니면 널 좋아해주는 년을 찾아보든가."

---

* 북아프리카 태생의 여자를 일컫는 말.

에우헤니아는 그들을 다루는 방법을 알았다. 아니, 모든 사람을 잘 다뤘다. 원할 때는 언제라도 무자비해질 수 있었다. 굴욕감을 주는 악령을 쫓아내고 혀끝의 독설로 저주의 눈길까지도 몰아낼 수 있는 복수심에 불타는 성녀. 그렇지만 또 어느 때는 세상 누구보다 넓은 아량을 보여주었다. 때때로 나는 우리 동네 펠루카, 그러니까 마리아를 닮은 듯한 그녀의 도도한 눈빛에서 고통받는 영혼과 슬픔, 그리고 고독한 예언자의 우울함을 보았다. 우리는 그렇게 만났다.

나는 산일데폰소 광장 방향으로 발베르데 거리를 올라가고 있었고 그녀는 푸에블라 거리 모퉁이에 주차된 차의 보닛 위에 앉아 쉬고 있었다. 그녀는 성기게 짠 흰색 레이스 원피스를 입고 있었는데 레이스 구멍이 너무 커서 피부가 훤히 들여다보이는, 몇 시간을 종종걸음으로 다녀도 땀이 나서 우아함을 해칠 염려는 없을 것 같은 옷이었다. 숱이 많고 새카만 머리카락은 바짝 치켜올려 묶어 누구나 부러워할 만한 헤어라인을 드러냈다. 부츠도 인상적이었다. 나는 나중에 그녀에게는 부츠가 정체성의 표시 같은 것이며 그녀가 1984년부터 늘 그 부츠를 신고 다녔다는 사실을 알게 되었다. 높고 가느다란 굽에 목이 높은 검은색 에나멜 부츠였다. 처음 봤을 때는 검은색 테이프를 붙여놓은 자국이 눈에 잘 띄지 않았지만 가까이서 보면 그 신발이 이제 내다 버려야 할 물건이라는 걸 알 수 있었다. 그래도 재주

껏 수선한 덕에 멀리서는 썩 괜찮아 보였다.

에우헤니아는 모로코나 튀니지 여자들처럼 키가 작고, 피부는 대리석처럼 보드랍고 검었으며, 크고 둥근 두 눈 사이가 약간 벌어져 있어 얼굴이 맑고도 편평하게 보였다. 북아프리카계의 특징을 띤 이런 외모 때문에 모라이타라는 별명이 붙게 된 것이었다. 깡마른 그녀는 가슴 시술을 전혀 하지 않았다. 그저 호르몬이 제 몫을 하도록 내버려두고 그 자체에 만족했다. 하지만 엉덩이만큼은 맘보춤 추기에 완벽한 엉덩이를 갖기 위해 돈을 썼다.

"이봐, 이반*. 이건 병원에서 한 거야. 야매가 아니라고." 에우헤니아는 엉덩이를 두드리며 이렇게 말하곤 했다. 톤이 낮고 아름다운 목소리, 그녀 자신의 표현에 따르면 볼레로 가수를 했어야 할 목소리로.

우리가 만났을 때 에우헤니아는 이미 은퇴할 나이였다. 충분히 돈을 벌어두었으므로 곧 일을 그만둘 거라고 했지만 그날은 영영 오지 않을 것 같았다. 매일 저녁 일곱 시경해 질 녘이면 촛불 의식이 시작되었다. 벌이가 좋은 밤이되게 해달라고, 해를 입히려는 나쁜 영혼들을 물리쳐달라고 성녀를 향해 촛불 몇 개를 밝히는 것이었다. 하지만 그녀를 보호해줄 어떤 힘이 필요해서 이런 의식을 치렀던 건

* LGBTQ가 자신들을 부르는 용어. 이성애자가 일반적이라 보는 사회를 비판하는 의미가 담겨 있다.

아니다. 에우헤니아는 그녀를 직접 본 사람들만 알 수 있는, 키메라의 사나움을 띠고 있었다. 또한 그녀는 메두사였다. 종종 혼자 낮은 소리로 중얼거렸는데 그건 틀림없이 그녀가 주술사라는 표시였을 것이다. 처음에는 그녀가 혼잣말을 하고 있다고 생각했지만, 사실은 보이지 않는 악마나 성자와 작은 협상을 벌이고 있었던 건지도 모른다.

에우헤니아의 고향이 어디인지는 끝내 알 수 없었다. 80년대 초에 라틴아메리카에서 왔다고들 했는데 그건 아프리카에서 왔다고 말하는 것과 마찬가지로 우리가 사는 대륙보다 몇 배나 더 큰 대륙을 바라보는 우스꽝스럽고 매우 유럽적인 시선이었다. 그녀의 말투에는 여러 곳의 억양이 섞여 있었다. 마드리드 억양을 따라 하려고 무진 애를 써서 용케 흉내 낸 결과였다. 정말 유감스러운 일이다. 간혹 그녀의 노래하는 듯한 억양에서 카리브해의 부드러움이 감지될 때도 있었지만 오래가지는 않았다. 그녀는 자신이 트랜스젠더이자 식인종이라서 고향을 등질 수밖에 없었다고 말했다. 처음 그 말을 들었을 때는 굉장히 재미있는 말이라고 생각했지만 에우헤니아는 전혀 즐거워 보이지 않는 진지한 표정을 짓고 있었기 때문에 나도 얼른 웃음을 멈췄다.

밤의 고해성사를 위해 역들을 돌며 라루나 광장부터 시작해 바예스타 거리나 데스엔가뇨 거리까지 가서, 안달이 난 젊은 고객들이 주로 있는 발베르데 거리에 잠시 머문 다음, 몬테라에서 원하는 서비스를 받지 못한 이들이 쏟아져 나오는 레이나 거리와 오르탈레사 거리에서 끝나는 순회를 하는 동안 에우헤니아는 중간중간 시장이나 아는 술집에서 샌드위치를 샀다. 포주들이 준 과자 두어 봉지나 25페세타짜리 군것질거리만 먹고 밤새워 일하는 동유럽에서 온 어린 창녀들에게 나눠주기 위한 것이었다. 그 때문에 포주들과 자주 다툼이 벌어졌지만 그녀는 손쉽게 그들을 제압했다.

"내가 네 구역을 침범했어? 아니면 너더러 샌드위치값 내라던? 아니지? 그렇지? 그럼 꺼져버려. 똥 처먹을 년, 입에서 보지까지 찢어버리기 전에."

그 타고난 힘이 바로 그 순간 내 삶을 가로질러 들어와 그 안에서 지진을 일으키려고 했다.

"이봐, 이반. 얼굴이 왜 그 모양이야?" 그날 밤 발베르데 거리에서 에우헤니아가 내게 처음으로 건넨 말이었다. "이리 와봐. 금요일엔 안 잡아먹어."

지난해 절대 상종해서는 안 될 작자들과 데이트를 하면서 그 가운데 몇몇이 트랜스 창녀들을 '거세한 소'라고 부르는 것을 알고 카사데캄포 공원에서 울었던 적이 있었다. 그 슬픈 경험 후로 나는 내가 지금까지 만난 그 누구보다 그 여자들과 훨씬 가깝다고 느끼게 되었다. 오래 알고 지낸 사이는 아닐지라도 내 삶에 지울 수 없는 흔적을 남긴 여자들 중에는 그 직업을 가진 이가 더러 있었다. 나의 성스러운 밤에 내가 하는 일은 그 직업을 관광하는 거라고 볼 수 있었다. 나는 돈 대신 관심과 인정을 받는 대가로 내 몸을 제공했다. 그 일은 내게 부활의 의식이기도 했다. 뭐랄까, 살아있다고 느낄 필요가 있었는데, 그럴 수 있는 방법이 내 몸을 남자들 손에 맡기는 것밖에는 떠오르지 않았다. 그 여자들과 나를 이렇게 견주는 것은 멍청한 짓이지만 내가 제자리를 찾는 데 도움이 되었다. 그녀들을 관찰하고 상상하는 대신 나는 그녀들과 직접 이야기를 나누기 시작했고, 인간성을 박탈한 이상화의 높은 반석에서 끌어내려 현실의 존재로 받아들이게 되었다.

이름조차 모르는 상태인데도 나는 에우헤니아에게 믿음이 갔다. 그래서 그녀가 시키는 대로 그녀에게 다가갔다.

"좋아, 이반. 무슨 일 있어?" 이 말은 질문이자 확언이었다.

나는 뭐라고 말해야 할지 몰라 대답을 얼버무렸다.

"아무것도 아니에요. 시간도 늦었고 피곤해서……. 피곤해요. 집에 가는 길이에요." 나는 거짓말을 했다.

"피곤한 게 아니라 엄마 장사 지내고 온 얼굴이구먼. 이봐, 이반, 나랑 우리 집 앞까지 같이 가자. 염병할 발이 염병하고 있어. 여기서 가까워. 불투레 바로 옆 펠라요 거리야."

"아, 네. 어딘지 알아요."

"당연히 어딘지 알겠지, 엉터리 이반." 에우헤니아가 웃으며 말했다.

그녀는 내 팔을 붙잡았고 우리는 천천히 걸었다. 새벽이 사그라드는 해 뜨기 직전의 마드리드는 아름다운 도시였다. 지저분하고 구불구불한 길이 많으며, 베를린이나 바르셀로나처럼 넓거나 탁 트여 있는 공간은 많지 않지만 나름의 아름다움을 지니고 있었다. 한결같은 회색빛 보도블록과 도로 표면, 담벼락에 부딪힌 가로등 불빛은 모든 것을 덧없는 황금빛으로 빛나게 했다. 추한 것들이 자기들만의 방식으로 유혹하는 도시였다. 겉보기에 우아한 구석이라고는 없는 좁은 거리에는 어떻게 살아남은 건지 도저히 알 수 없는 단추가게들, 아직 나무상자에 물품을 보관하는 약국들, 이미 잊힌 인물들을 기념하는 도로 표지판들, 생뚱맞게도 신앙심을 불러일으키는 성인 조각상들이 있는 음산한 교회들, 명랑한 과부들이 자주 드나드는 초콜릿 가게 바로 옆에서 포르노를 상영하는 영화관들 등 옛 시대의 작은 보물들이 여전히 존재하고 있었다. 마드리드는 이상한 도시였다. 그래서 그 비밀을 완전히 밝혀내려면 구석구석 자세히 돌아볼 필요가 있었다. 마드리드의 모든 명성과 아름다움은 웅장한 기념비가 아니라 마드리드 시민들, 지난 몇 년간 투표를 엉망으로 하긴 했지만 변함없이 따뜻하고 친절한 사람들에게 있었다. 결코 공손하지는 않지만 날래고 기민하게 응대하는 웨이터들, 길 잃은 관광객들이 목적지에 다다를 수 있게 하려고 잘 모르는 길도 열성적으로 알려주는 마드리드 시민들, 가을날 레티로 공원에서 낙엽을 주우며 신이 나서 모르는 사람에게 보여주는 아이들, 언제나 땅에 발을 딛고 있도록 설계되었기 때문에 아래쪽을 향해 지어져 누구도 절대 올려다볼 일 없는, 신화로 가득 찬 마드리드의 지붕들 덕분이었다. 이른 새벽 가게 셔터 올리는 소리와 서로에게 건네는 인사가 만들어내는 불협화음에 나는 미소를 지었고, 말쑥한 도시들과는 너무나 다른 이 도시의 소박함, 거리를 걷는 이들의 마음을 사로잡고 싶어하는 어린애 같은 소망에 감동했다. 마드리드를 사랑하기 때문에, 또한 이 도시의 진실과 쉽게는 파악되지 않는 매력, 구석구석에 배어 있는 가슴 아픈 사연을 잘 알고 있기 때문에 나는 걸어서 집으로 돌아오곤 했다. 나는 여자로 나고 죽어야 하는 것과 마찬가지로 마드리드 여자로 나고 죽어야 할 운명이었다. 거부하고 싶어도 어쩔 수 없는.

"이 시간의 마드리드는 정말 매력적이지 않아?" 에우헤니아가 내게 물었다.

"저도 바로 그 생각을 하고 있었어요. 감동적이죠."

"감동적? 그 말 정말 예쁘네. 네가 쓰는 말 마음에 든다. 그런 말 좀 더 해봐."

에우헤니아만큼 다른 이의 말을 귀담아 듣는 사람도 없

었다. 그녀는 대화의 불길이 천천히 타오르도록 적당한 순간에 장작을 던져넣으며 중간중간 필요할 때 추임새를 넣었다.

"글쎄요, 무슨 말을 해야 할지 모르겠네요. 전 보통 걸어서 집에 가요. 여기서 아주 먼 곳에 살거든요. 그런데 거리를 걷다 보면 이 도시가 저랑 공범인 것 같아요. 혼자 있을 시간을 주니까요. 혼자 있는 거, 감동할 공간을 주고, 약간 감성적으로 되게 해주고……. 제가 무슨 말을 하는 거죠, 바보 같은 소리를 했네요."

"아니, 아니야, 이반. 지금 네 눈빛, 네가 하는 말, 넌 무척 괴로운 게 틀림없어. 나도 그랬었지. 금방 지나갈 거라고 말하지는 않을게. 하고 싶은 일이나 하고 싶지 않은 일을 대신 해주는 마법은 없으니까. 세상은 정말 엿같아. 진짜로 엿같아. 너를 두들겨 패서 즐겁게 살지 못하게 하려는 작자들로 가득해. 그건 너도 알지. 하지만 네 손으로 할 수 있는 일들이 있어. 이제 지고 있던 짐을 내려놓고 네 안에 가진 것들을 사용하도록 해. 지금 당장은 그렇게 밤에만 걸어다니면서 강아지처럼 우는 게 좋다면 그렇게 하고."

청소부들이 호스로 보도블록에 물을 뿌려 바닥이 반딧불이로 뒤덮인 것만 같았다. 오르탈레사 거리를 건너 펠라요 거리에 다다랐을 즈음에는 차가 거의 다니지 않았다.

"여기가 내가 사는 곳이야. 같이 올라갈래? 술은 안 줄 거야. 먹을 것도 별로 없고. 뜨거운 초콜릿 한 잔은 줄 수 있어. 속이 좀 편안해질 거야. 이 아가씨야, 아니 이 사람아, 뭐, 너 좋을 대로 불러줄게." 이렇게 말하며 그녀는 벌써 현관 문설주 앞에서 부츠를 벗고 있었다. "아이고, 발아."

"다음에요. 빨리 집에 가고 싶어요. 오늘은 저도 더는 못 걷겠네요. 함께 시간을 보내주시는 건 오늘은 이걸로 충분한 것 같아요. 고맙습니다. 너무 친절하시고, 만나서 반가웠어요."

"난 대체로 오늘 우리가 만났던 곳 근처에 있어. 그리고 항상 오르탈레사에서 일을 끝내니까 또 이렇게 밤에 나오는 날이 있으면 그리로 와. 좀 일찍 오면 라루나 광장에 있는 나를 찾아서 몬타디토* 하나 사주든지. 내가 안 보이면 주변에 있는 여자들한테 에우헤니아나 모라이타 어디 있냐고 물어봐. 보통 카르티에라는 애가 있는데 걔는 내가 어디 있는지 알아. 그러니까 걔한테 물어봐."

"누가 카르티에인지는 어떻게 알죠?"

"딱 보면 알 거야. 장담해."

---

* 작은 바게트에 고기, 채소, 해산물 등을 올려 먹는 소형 샌드위치.

모이라이[*]

데스엔가뇨 거리가 끝나는 지점인 산마르틴데투루스 교회 담벼락에 기대선 라켈, 그러니까 카르티에는 마지막 담배 한 모금을 빤 후 오렌지주스 깡통을 비웠다. 물론 나는 그녀를 단박에 알아보았다. 그녀는 보들레르의 시에 나오는 과하게 치장한 몽롱한 여인, 가지고 있는 모든 장신구를 걸고 짙게 화장하고서 파리의 피갈 거리[*] 카페에 앉아 있는 술 취한 늙은 과부 같았다. 하지만 실제로는 세비야[*] 출신이랬다. 언제나 그녀는 그녀의 말대로라면 최고급 플라스틱으로 만든 거라는 왕관을 쓰고, 색색깔의 반짝이는 돌맹이 목걸이를 걸고 있었다. 손가락마다 반지를 꼈고 팔찌는

---

[*] 그리스 신화에서 인간의 운명을 관장하는 세 명의 여신.
[*] 파리 9구와 18구 사이에 위치한 피갈 지구는 옛 홍등가 지역으로 많은 수의 클럽과 카바레가 있었다.
[*] 스페인 남서부 안달루시아 지방의 도시.

또 얼마나 많이 찼는지 팔뚝의 절반은 가려져 있었다. 손을 자주 움직였는데 그럴 때마다 팔찌 쩔렁거리는 소리에 정신이 나갈 지경이었다. 카르티에가 눈에 보이지 않아도 그 소리가 들리면 근처에 있는 어느 건물 출입구 뒤에서 서비스를 제공하고 있다는 뜻이었다. 소리의 리듬이 점점 격렬해지면 여자들은 카르티에가 이제 곧 나타날 거라고, 노래가 후렴에 접어들었다고 말하곤 했다.

"당신이 카르티에인가요?"

"어맛! 그래, 나 맞아. 넌 뭔데?"

카르티에는 흘낏 의심의 눈초리를 보냈다. 잠재고객인지 아닌지를 구별하는 능력이 있었기 때문에 내가 고객이 아니라는 걸 금방 알아챈 것이다.

"실례합니다. 에우헤니아를 찾고 있어요. 이 근처에서 자기를 못 찾겠거든 부인께 여쭤보라고 했거든요."

"염병할 모라이타. 이게 아주 내가 제 시녀인 줄 알아!"

시녀라는 말을 들으니 웃음을 참기 어려웠다. 분명 멋진 별명이 될 수 있을 텐데 그곳이 왕실이 아니라는 게 아쉬울 뿐이었다.

"여기 없으면 분명 저기 오르탈레사 거리에 있는 근육질 가게 옆의 포르투갈 여자네 술집에 있을 거야. 어딘지 알겠어?"

근육질 가게는 보디빌더들을 위한 보충제를 파는 가게
인데 추에카 거리를 지나다니는 사람은 누구나 아는 곳이
었다.

"네, 어딘지 알 것 같아요. 고맙습니다, 카르티에. 좋은
밤 되세요."

"어이고, 순사님처럼 반듯하시네." 그녀는 내게 눈을 찡
긋해 보였다. "고마워, 납작코. 앞으론 날 라켈이라고 불러.
라켈리야라고 해도 되고."

나는 카르티에가 알려준 술집을 금방 찾았다. 에우헤니
아는 그곳에서 커피를 마시며 여러 사람 손을 타서 기름
얼룩이 진 신문을 훑어보고 있었다. 내가 문으로 들어오는
걸 본 그녀는 몹시 기뻐했다. 내 얼굴에도 자연스레 편안
한 미소가 번졌다. 처음 만난 후부터 나는 그녀를 자주 떠
올렸고 친척 중에 특히 친한 누군가를 만나려는 것처럼 그
녀를 다시 만날 준비를 했다. 외가 쪽의 아주 지혜로운 여
성, 자신이 평생 기억하고 있던 중요한 가르침을 내게 전해
줄 대모, 내가 몸을 숨기지 않고도 무엇이든 배울 수 있는
사람처럼 느껴졌다.

"이게 누구야! 너무 반가운걸. 어서 와. 커피 한 잔 마시
고 내 커피값도 네가 내. 어서, 이반."

그후 에우헤니아를 만나러 가는 일이 내게는 한 달에 한
번 이상은 꼭 해야만 하는 의무적인 순례 같은 것이 되어

버렸다. 나는 나만의 수수께끼를 풀기 위해 홀로 외출하는 밤마다 에우헤니아를 만나러 갔다. 먼저 커피를 마시고 그녀와 수다를 떤 다음, 밤이 나와 하고 싶어하는 일, 나도 밤과 하고 싶은 일을 했다. 나의 낮 생활은 점점 엉망이 되어갔다. 착한 남자 역할은 내 안에서 종양이 되었고, 그로 인한 불쾌감 때문에 외과적 조치나 의학적 도움을 받지 않고 사지를 절단하는 환상, 살이 녹스는 환상에 시달리게까지 되었다. 내 몸은 낮 동안의 생활이 요구하는 대로 발달해갔다. 결국 언젠가 푸줏간 주인이 고기 썰듯 나 스스로 내 몸을 도륙하거나 끝장내버릴지도 모른다는 생각이 머리를 떠나지 않았다. 차분하게 대화를 나눌 수도, 감정을 조절할 수도 없었다. 문장 하나하나가 나를 공격하는 것 같았고 아니면 내가 공격할 것 같았다. 충동적으로 거짓말을 하고도 내가 누구에게 무슨 말을 했는지조차 기억하지 못했다. 기억력이 없다거나 정신이 혼미한 상태였기 때문이 아니라 순전히 그 무엇에도 관심이 없기 때문이었다. 나는 낮 동안의 삶에서 누가 나에게서 멀어지든 나를 위선자로 생각하든 아무렇지 않았다. 무대 세트 같은 관계가 얼마간 있었지만 오히려 그런 관계가 있다는 게 더 저주스러웠다. 내 인간성, 나의 미덕, 나의 두 개의 삶에서 정말로 내 것이라고 할 만한 유일한 어떤 것이 점점 희미해지고 있었지만 그걸 막으려는 노력은 전혀 하지 않았다.

그런데 에우헤니아는 내가 좋은 아이였다는 걸 기억하게 해주었다. 내가 부드러운 말투로 말할 수 있게, 본래 나의 천성대로라면 썼을 말투로 말할 수 있게 이끌어주었다. 내가 여자이자 인간이 되도록 동기도 부여해주었다. 나는 외출 시간을 앞당겨 그녀를 찾아가서 함께 저녁을 먹거나 음료를 마시면서 치장을 하는 습관이 생겼다. 우리는 같은 술집에 자주 갔다. 에우헤니아를 잘 아는 술집이었고 나도 단골이 되었다. 그곳에서는 나를 성소수자 생활을 하기 위해 그녀의 집에 얹혀 살고 있는 그녀의 먼 친척 또는 성소수자 견습생쯤으로 생각했다.

우선 나는 배낭을 메고 술집 화장실로 가서 옷을 갈아입고 신발도 바꿔 신었다. 그러고 나서는 에우헤니아와 함께 앉아 먹을 것을 시켰다. 돈은 주로 내가 냈다. 앞으로 뭘 하며 살아야 할지 정하지 못한 채 이런저런 시간제 아르바이트를 해서 번 돈이었다. 그녀가 내게 시간을 내주는 것인데다가 테이블에 앉아 음식을 먹는 틈틈이 내 얼굴에 화장까지 해주었으므로 내가 음식값을 치러야 하는 건 당연했다. 우리는 모든 것에 관해 이야기를 나누었다. 에우헤니아는 꼭 필요한 말이 아니면 자기 이야기는 별로 하지 않았다. 들려주는 일화들도 주의 깊게 고른 것들이었다. 물론모두 중요한 내용이었지만 결코 과거의 베일을 온전히 벗겨버린 적은 없었다. 하지만 결국 나는 다 알게 되었다. 기억의 주름을 펼치다 보면 반드시 배반을 겪게 된다. 너무나 생생한 기억들이 펼쳐지면 다시는 발을 들여놓지 않으리라 결심했던 바로 그곳에 다시 붙들리는 위험에 처하게 되는 것이다. 에우헤니아는 주로 마드리드에 처음 온 후 몇 년간의 생활, 자기 자리를 찾기까지 힘들었던 시간, 그녀와 함께 길을 걸을 때 남의 눈에 띄지 않으려 애쓰던 스페인 고객들의 편집증적인 태도에 대해 이야기했다. 에우헤니아가 보기에 그 남자들은 겁이 많고 성을 잘 내는 어린아이 같았으며, 인간 본연의 진실을 마주할 용기가 없었다. 그녀는 독재 시절의 영향 때문에 스페인 남자들이 그런 성향을 띠게 된 것이라고 말했다. 엄하고 폭력적인 아버지의 피해자들인 그들은 유치하고 무력하며, 그들을 그런 상황에서 벗어나게 하려면 많은 사랑이 필요하다는 것이었다. 그러나 미성숙함은 분노를 동반하기 마련인 탓에 그들은 매우 위험한 존재들이기도 하다고 했다. 에우헤니아는 내가 그녀의 삶에 대해 더 깊숙이 파고들려고 하면, 애교 넘치는 태도로 능숙하게 내 말을 피해갔다. 내 질문을 못 들은 척하는 그녀의 눈빛을 보면 나는 가슴이 찢어질 것 같았다. 그것은 한적한 술집 한가운데서 혼자 슬픈 바차타*를 추는 여자의 눈빛이었다. 우리는 함께 많이 웃었다. 에우헤

* 죽은 연인을 끌어안는 듯한 애절한 몸짓으로 추는 춤.

니아가 내 화장을 고쳐줄 때면 나는 춤추고 섹스하러 나가는 거지 그녀처럼 일을 하러 가는 게 아니니 여왕의 수벌을 끌어들이는 독 품은 꽃처럼 화려하게 화장할 필요는 없다는 걸 일깨우곤 했다.

그러면 에우헤니아는 이렇게 말했다. "너도 언젠간 쭈그렁바가지가 될 거야, 이년아. 그때 되면 내 생각이 나겠지."

나는 그녀에게 모든 걸 다 이야기했다. 우리가 두 번째로 만났던 포르투갈 여자의 술집에서 이미 나는 에우헤니아가 내 평생 잘 간직해야 할 단 하나의 경이로운 존재임을 알아차렸다. 제이가 내게 매혹적인 사랑을 하는 방법을 가르쳐주고 아주 잠깐이지만 나 자신을 사랑하는 순간의 황홀감, 밝은 태양 아래 진줏빛으로 빛나는 삶의 순간으로 나를 이끌었다면, 에우헤니아는 내 말에 귀 기울이는 주술사이자 내가 여장남자의 성모송 기도를 올릴 사람, 처음으로 내 고해성사를 듣고 내게 위로와 가르침, 공감의 말을 들려줄 여자였다. 그녀도 모르게 나는 그녀를 나의 트랜스젠더 엄마, 여장남자 롤모델, 내 친구로 삼았다. 우리는 카르티에라는 이름을 지닌 라켈, 그리고 파울라라는 재미있는 여자까지 함께하여 넷이 어울리기도 했다. 파울라는 인조모피 코트를 좋아해서 별명이 친칠라*였다. 파울라는 70년대

---

* 주로 남아메리카 안데스 산맥에 서식하는 설치류.

말 얼굴에 약간 손을 대려다가 지독한 경험을 했다. 카바바하 지역의 한 아파트에서 상태가 좋지 않은 엔진오일인지 실리콘인지를 잘못 주입하는 바람에 얼굴에 흉이 지게 된 것이다. 아직도 광대뼈 쪽에 그 흔적이 뚜렷이 남아 있었고 아랫입술이 윗입술보다 훨씬 두툼했다. 게다가 사회위험 및 재활에 관한 법이 적용되던 시절 경찰서를 드나드느라 얼굴 관리를 제대로 하지 못했다. 그녀는 셋 중 가장 덜 심술궂었으며, 지혜롭고 다정하고 좋은 여자였다. 나이로 보나 건강 상태로 보나 일을 계속할 수 있는 상황이 아니었지만 죽을 자리조차 없는 처지였다. 그래서 다른 두 여자의 도움에 의지해 그녀들의 집을 번갈아 옮겨다니며 잠을 잤다. 새 모이만큼 조금 먹었고 술집 같은 데서 남는 음식이 있으면 꼭 챙겼다. 그렇지만 매일 밤 고개를 꼿꼿이 세우고 노래를 부르는 기분으로 일하러 나왔다. 그녀를 볼 때마다 나는 마르가리타, 나의 마르가리타를 떠올릴 수밖에 없었다. 두 사람 모두 다정함과 흉터, 위엄 있는 태도를 지니고 있었다. 이제 나는 어릴 때 마르가리타를 보고 그녀가 추하다고 생각하며 혐오감을 느꼈던 게 부끄러워졌다. 추에카와 말라사냐 사이 경계선에 있는 술집들에서 인생이란 내가 산블라스에서 본 것보다 훨씬 더 드넓은 무엇이라는 걸 배운 후로 마르가리타와 친칠라, 그 두 여자는 내게 아름다움의 표상이 되었다. 나는 백 번을 다시 태어나도 그녀들을 따라잡지 못할 것 같았다.

　혼자 있을 때의 에우헤니아가 메두사라면 셋이 함께 있을 때 그녀들은 진정한 모이라이, 세 운명의 여신들이었다. 셋이 함께 운명의 실타래를 그토록 단단하고 우아하고 지혜롭게 짜는 모습을 볼 수 있다는 건 크나큰 기쁨이었다. 그녀들이 말싸움할 때 보면 서로를 얼마나 끔찍이 생각하는지를 알 수 있었다. 주고받는 말이 난폭하면 난폭할수록 서로를 위해 목숨도 바칠 수 있다는 게 더 뚜렷이 드러났다. 에우헤니아는 항상 핸드백에 기침약을 넣어 가지고 다녔다. 어릴 때부터 영양실조에 시달리며 자라 오랜 세월 추운 겨울을 거리에서 보낸 데다 심한 골초인 카르티에의 폐가 좋지 않았기 때문이다. "어이, 늙은 두꺼비, 이 기침약 먹어. 그렇게 기침을 해대다가는 금방 골로 갈 거야." 이렇게 말하며 약과 함께 포장되어 있는 플라스틱 수저에 직접 기침약을 따라주곤 했다.

　습관처럼 매일 만나던 어느 날, 에우헤니아가 내게 머리를 묶어달라고 부탁했다. 내가 성녀 마카레나*의 시녀가 되는 영광을 누리게 된 것이다. 모라이타의 머리를 손질할 수 있다는 건 대단한 일이었다. 부츠는 그녀가 지닌 힘의 표

* 성녀 에스페란사 마카레나는 투우사의 수호성녀이자, 스페인의 집시들이 가장 좋아하는 성녀다.

상이오, 높이 올려 묶은 머리는 왕관이었으니. 그녀가 자신의 머리를 내게 맡긴 순간, 나는 내가 그녀에게 영원히 신뢰받는 존재가 되었음을 알았다. 그후 거듭해서 술집에서 그녀의 머리를 빗겨주면서 나는 그 일에 점점 더 능숙해졌다. 머리 손질을 하는 동안 우리는 거울 속 우리 모습을 보면서 그날 있었던 일들에 대해 이야기를 나누었다. 트랜스젠더 여왕의 머리를 빗기는 것은 숭배와 사랑의 의식이었다. 그녀의 머리칼 한 올 한 올을 내 손 안에 느끼면서 나는 옛날에 엄마가 내 머리를 땋아주시거나 묶어주셨다면 어땠을까를 상상했다. 내가 생각하기에, 엄마들이 딸의 머리를 빗기는 동안 그 어떤 식으로도 전달할 수 없고 말로는 다 표현할 수 없는 무형의 사랑과 아름다움이 전달된다. 마디 굵은 할머니의 손가락으로 짠 스웨터처럼 그 안에는 세월의 향기와 사랑의 보살핌이 담겨 있다.

나는 에우헤니아에게 내 마음을 털어놓았다. 누구에게도 해본 적 없는 일이었다. 내 고백을 들어주느라 긴 시간을 내주어야 했음에도 그녀는 한 번도 내 말을 끊지 않았다. 지적, 충고, 내 논리의 허점을 짚어내거나 내가 잘못했다고 말하는 것, 심지어 그저 고개를 끄덕이는 것까지도 내 이야기를 끝까지 다 들은 다음이었다. 그렇다고 그녀가 무조건 내 말에 맞장구만 쳐준 것은 아니다. 그녀는 운명은 결코 여자들의 친구가 아니므로, 모든 걸 운명에 걸지 말고

나 스스로 내 인생을 책임져야 한다고 일깨워주었다. 그녀는 나의 두려움과 방어기제, 나의 고통을 완벽하게 이해하고 있었으며 내 말을 주의 깊게 듣고 존중해주었다. 하지만 내가 그 자리에 머무르게 두지 않고 언제나 "그래서 그걸 어떡해야 할까?"라는 말을 덧붙임으로써 내가 한 걸음 더 나아가게, 아무리 고통스럽더라도 출구를 찾게 했다. 별다른 의식 없이도 술집 테이블 위에 희망의 조각들을 올려놓아주었다. 전에는 결코 알지 못했던 것들이었다.

트랜스젠더로서의 내 삶에 관한 이야기를 하고 있는 거라고는 한 번도 직접적으로 말한 적 없지만, 처음부터 뻔히 알 수 있는 일이었다. 에우헤니아는 내가 완곡하게 돌려 말할 수 있도록 시간을 충분히 주려고 애썼다. 나를 부를 때 여성대명사를 사용하면서도 마치 내가 성소수자 놀이를 하고 있는 것처럼 대해주어 내 정체가 발각되었다고 느끼지 않도록 배려했다. 나는 에우헤니아와 끝없이 이야기를 나누고 싶었고 그녀의 온전한 축복을 받을 수 있도록 그녀의 제단 위에 나를 바치고 싶었다. 몇 달, 아니 거의 일 년이 지났을 무렵 에우헤니아는 나의 방어벽이 충분히 낮아져 이제 더 돌려 말하지 않아도 그녀의 말을 받아들일 수 있는 시기가 왔다는 것을 마녀의 눈썰미로 직감했다. 그때도 역시 우리는 그 술집에 있었다. 이제 막 내가 그녀의 머리를 묶어 올려주고 나서, 테이블에 놓인 작은 거울을 들여다보며 화장을 하고 있을 때였다. 우리는 에우헤니아가 좋아하는 감자튀김과 라임 올린 맥주 두 잔이 나오길 기다리고 있었다.

"이반, 더는 이렇겐 안 돼."

"그게 무슨 말이에요? 에우헤니아?"

"이러면 안 돼, 아가야. 무슨 말인지 알잖아." 나는 거울에서 눈을 들어 그녀를 바라보았다. "이제 그렇게 화장도 잘하니 곱게 차리고 나서서 온 동네를 후릴 수도 있을 거야. 나도 네 나이엔 하루도 엉덩이 박수를 받지 못하는 날이 없었으니까. 하지만 아가야, 지금 너 그러는 건, 그건 아니야, 정말 아니야. 네 그 눈빛, 빌어먹을, 난 네 눈빛이 무서워. 내가 널 처음 만났던 날 네가 버스 아래로 몸을 던졌다면, 그랬다면 아가야, 또 한 명의 성소수자가 더 못 버티고 가버렸구나, 영혼이라도 좋은 곳으로 가면 좋겠다 하고 널 위해 초 하나 밝히고 잊어버렸을 거야." 그때 웨이터가 마실 것과 음식을 가져오는 바람에 그녀는 잠시 말을 멈췄다. "이런 말 하는 거, 용서해라, 이반. 그렇지만 난 네가 발베르데 거리에서 내 엉덩이에 올라타는 녀석들이랑 같은 차림새를 하고 여기 오는 걸 보는 게 가슴 아파. 그러고는 화장실에 들어갔다 나올 때는 엉덩이를 흔들면서 목소리가 변해서 나오지. 여기 들어온 지 십 분 만에. 애야, 고작 십 분 만에! 그러니 그 반대도 이제는 놀랍지 않아. 화장을 지우고 하이힐을 벗으면 너는 또다시 저 반대쪽에 가 있어.

그건 널 죽이는 거야, 죽이는 거라고."

그해 우리는 많은 이야기를 나누었고 이런저런 기분을 다 겪었지만 이번만큼 가슴이 울린 적은 없었다. 에우헤니아는 단호한 태도와 전혀 떨리지 않는 목소리로 질책과 염려, 애정이 뒤섞인 한 마디 한 마디를 똑똑히 발음했다. 그러나 흘러내리지는 않지만 두 눈에 가득 고인 눈물을 참느라 평소보다 더 애를 쓰고 있었다.

"네가 나한테 한 말 다 알아. 다 잘 들었고 다 이해해. 어떻게 이해를 못 하겠니. 하지만 계속 이렇게 살 수는 없어. 한 달 한 달 지날 때마다 네가 얼마나 망가져가는지 내가 눈치 못 챌 것 같았니? 체중이 늘었다 줄었다 하는 게 보여. 중국년처럼 쭉 찢어진 눈이 축 처져서는, 성녀랑 악마가 한꺼번에 널 버린 것 같아. 내가 널 위해 빌어도 그분들이 내 기도를 듣질 않아. 성냥을 세 개나 쓴 후에도 불이 계속 꺼지면 난 더는 초를 밝히지 않아. 강제로 켜두는 것보단 그게 더 나으니까."

나는 성녀나 악마에 대해서는 아는 바가 없었지만 에우헤니아가 그들과 맺고 있는 관계를 가벼이 여겨서는 안 된다는 것은 잘 알고 있었다.

"에우헤니아, 난 못 해요. 절대 못 할 거예요. 너무 무서워요."

"무섭지, 무서울 거야. 어떻게 무섭지 않겠어? 저 밖에 있는 놈들 봤지? 그렇지만 달리 방법이 없잖아. 아니면 뭘 어떡할 건데? 말해봐, 우리가 달리 뭘 할 수 있는지."

다른 누구와도 결코 나눌 수 없는 대화였다. 정곡을 찌르는 질문을 들으니 완전히 벌거벗겨진 기분이었다. 벌거벗는 것보다 더 두려운 건 이 세상에 없었다. 내 몸과 내 영혼이 함께 진실을 마주하고 있었다. 에우헤니아는 내게 말을 하는 동안 내가 내려앉을 공간을 마련하고 있었다. 따뜻하고 어둑어둑한 공간, 태양의 열상도 없고 달의 몽상도 없는 공간. 그러므로 전라로 노출되어서도 쉴 수 있는 곳. 나는 울었다. 너무 많이 울어서 한쪽 눈 화장이 다 지워져버렸지만 그녀와 이야기를 나누는 내내 울음을 멈출 수가 없었다.

"나는 밤을 지새워요." 딸꾹질을 멈추려 애쓰면서 나는 머뭇머뭇 이야기를 시작했다. "남자를 찾죠. 하나, 둘, 아니면 세 명. 나를 다 비울 때까지 필요한 만큼. 그 사람들을 이용만 하는 건 아니에요. 내가 받은 걸 듬뿍 돌려주니까. 그 사람들과 함께 있는 동안에는 그들이 날 사랑한다고, 나를 위해 죽을 수도 있는 사람들이라고, 나는 여신이고 여왕이고 여사제고 연인이라고 상상해요. 그들이 나를 산 채로 삼켜서 나를 지배하는 동안에는 나도 그들을 위해 죽을 수 있어요. 알아요, 에우헤니아? 나는 그들에게 굴복함으로써 빛을 발견해요. 여자로서의 나의 욕망을 남자들의 손에 맡기는 건 여자로 시작하기 위한 최악의 방법이라는 걸 알고 있고 또 내가 그런다는 걸 인정하기도 끔찍하지만, 나 혼자서는 내 욕망에 접근할 수가 없어요. 내 방에서는 내 몸을 만질 수가 없어요. 내 손을 가슴이나 사타구니에 대는 순간 난 환상을 꿈꿀 수가 없게 되어버려요. 머릿속이 하얘지고 몸이 덜덜 떨리죠. 몸이 사라져버리기라도 한 것처럼, 어디로도 보내질 수 없는 것들만 모여 있는 우주 쓰레기장으로 가는 것처럼 말이에요. 하지만 축복받은 남자들 중 한 명이 내 목덜미에 손을 얹고 자기 물건을 내 입에 넣거나 내 몸 안에 들어와 있을 때면 내겐 완전히 다른 풍경이 펼쳐져요. 내 맘에 드는 몸, 아니면 내 맘에 든다고 상상할 수 있는 몸이 그려져요. 다른 건 해본 적이 없어요. 나는 사랑의 말로 나를 정의하는 건 배우지 못했어요. 나를 원하는 손이 그걸 해주는 게 필요하죠. 이런 말 하는 게 너무 부끄럽지만, 에우헤니아, 부끄러워 죽겠지만요."

"아가, 부끄러워할 필요 없어. 자존감이 땅에 떨어졌을 땐 배불뚝이 검둥이가 나타나서 너한테 제 물건을 꽂아 넣고 이 세상이 살아갈 가치가 있다는 걸 일깨워주니까. 그리고 나 사는 동네엔 아직 백인 여자들의 여성해방이 도래하지 않았으니 나한텐 변명하지 않아도 돼. 문제는 그후에 무슨 일이 일어나느냐는 거야. 왜 자꾸 네가 널 납치하는 거지?"

"너무 무서워서요."

"그건 이미 알고 있어, 이반. 하지만 네가 하는 행동은 너에게 가하는 고문일 뿐 아무 소용도 없어. 언제까지 이렇게 살 거야? 다른 계획이라도 있어? 지금 이대로는 안 돼. 널 봐, 빌어먹을, 넌 울지 않고는 이런 얘기를 하지도 못하잖아. 언제까지고 여자 놀이를 하고 있을 순 없어. 아가야, 우린 여자라고! 피할 수 없는 일이야! 너 자신이 바로 증거잖아. 한 달에 몇 번 주말에 절반쯤 여장남자 화장을 하고 엉덩이를 흔들어대면서 하이힐을 신고 나타나는 거, 그건 진짜 여자가 아니야. 도망치며 사는 것일 뿐이지. 상처에 붕대 하나 감은 거나 마찬가지야. 아주 잠깐 경박하게 자유를 맛보는 거라고. 그래, 할 수 있는 만큼 하는 거겠지. 너도 사는 게 힘들 테고, 알아, 존중할게. 나도 그랬으니까. 하지만 지금 네가 하는 건 그냥 잠깐 휴일을 즐기는 것뿐이야. 네 안에 있는 그 여자, 진짜 여자는 좁은 벽 속에 갇혀서 이제 곧 숨이 막혀 죽게 될 거야. 그 여자가 질식해 죽으면, 이반, 너도 죽는 거야. 너도 죽는다고. 그때는 아무도 널 구해줄 수 없어. 무엇도 소용이 없을 거고. 와이셔츠 입고 굵은 목소리를 내고 다니는 그 속에는 영혼이 없어. 죽은 자가 걸어다니는 거야."

에우헤니아는 정말 마법을 부린 것처럼 아무도 보지 못했던 것을 보았다. 나의 좁디좁은 세계로 들어가 대낮이면 걸어다니는 시체를 아주 정확한 은유로 구별해냈다. 에우헤니아는 내게 새로운 삶을 주려고 나를 먼지만큼 작게 만들었다. 내 은색 실꾸러미*로 장난을 치면서 그 실을 마음대로 꼬아서는 그 주름 속, 그 실타래 안에서 아무도 나에 대해 알지 못하는 아주 작고 사소한 것들까지 읽어냈다. 모든 걸 파헤쳐냈다. 에우헤니아는 잠시 말을 멈추고 조금 먹고 마신 다음 냅킨으로 입을 닦고는 말을 이어갔다.

"남자로 남으려고 할 수 있는 건 다 해봤잖아. 네가 나에게 말했지. 그리고 나도 봤어. 너만큼 애쓴 사람도 별로 없어. 그 점에 대해서는 칭찬해. 네가 지금 서 있는 그 자리까지 가는 거, 보통 결심으로는 안 되는 일이지. 하지만 내 눈에는 네가 다달이 어떻게 망가져가는지가 보여. 눈빛은 텅비어가고. 내가 말했지, 이반, 난 무섭다. 알잖아, 나 별로 무서운 거 없는 사람이라는 거. 지금 당장 뭘 어떡하라는 말은 아니야. 아무것도 하지 말라는 말도 아니고. 그렇지만 머릿속에 생각은 하고 있어야지. 감옥에 있다 잠깐 마당에 나가는 그 짧은 시간에 인형놀이나 하고 있지는 말아야지."

"그럼 어떡하나요, 에우헤니아, 어디에서 시작해야 하나요?"

"예를 들면 방금 그 질문에서 시작해보는 거야. 내일 당장 의사에게 달려갈 필요는 없어. 그게 정말 너의 길인지

* 심리학에서 은색 실은 내면의 나와 이어주는 다리를 상징한다.

생각할 시간을 좀 가져봐. 그러면 당장은 마음이 좀 평온해질 거야. 하지만 치료가 되는 건 아니야. 집에 돌아가서 가족을 모두 모아놓고 전부 다 털어놓으라는 얘기도 아니야. 네가 지금까지 그러지 못한 데는 다 이유가 있을 거야. 좋든 나쁘든 같이 사는 사람들이 어떤 사람들인지는 네가 잘 알 거고, 다른 사람이 판단할 수 있는 게 아니니까. 무엇이 옳은 것이냐 때문에 다리 밑에 시체가 쌓이는 법이야. 그러니까 너 혼자 맞서야 해. 우리를 원하지만 우리와 함께 공원을 걷기보다는 차라리 죽여버리려는 비겁한 사내 녀석들처럼 모퉁이로만 숨어다니지 말고. 네가 스스로 너 자신의 포주가 되어서는 안 돼. 어떤 빌어먹을 자식이 너를 그렇게 지배하게 하면 안 된다고. 너 자신을 그렇게 대하지 마. 굴복은 우리를 죽이는 거야. 밖으로부터건 안으로부터건 그건 비겁한 남자들이나 하는 짓이야. 검둥이 배불뚝이가 불룩 나온 배로 네 젖꼭지를 흔드는 거랑은 다르다고. 네가 계속 컴컴한 방 안에서 폼바히라*로 살고 싶다고 하면 내가 여기서 매일 밤 너랑 저녁을 먹고 네 발밑에 꽃을 뿌려줄게. 하지만 난 네가 그러지 않았으면 좋겠어. 만일 그런다면 정말 그게 좋아서, 정말로 원하니까 그래서 하는 거였으면 좋겠어. 그래야 모든 게 더 즐거운 법이니까. 내가 장담해."

* 여성의 성적 아름다움과 욕망을 의인화한 아프리카계 브라질 유령.

"에우헤니아, 당신도 그런 남자가 있었어요? 당신 안에서든 밖에서든 당신을 착취하는 포주가?"

"응, 이반. 우리 아버지가 내 포주였어."

"맙소사, 미안해요, 에우헤니아. 그래서 어떻게 했어요?"

"내가 그를 잡아먹었어. 자, 얼른 이거 다 먹어. 기분이 나아질 거야."

친칠라의 날개

내가 딱 한 번 에우헤니아의 음식을 먹어봤을 때는 친칠라 파울라의 영안실을 지키던 밤이었다. 우리는 파울라의 시신을 카라반첼에 있는 장례식장으로 모셨다. 라켈은 파울라가 시에서 운영하는 장례 서비스를 받을 수 있도록 수속을 도맡았다. 오후에는 동료 몇 사람, 이십 년 넘게 관계를 유지했던 고객 두세 명, 파울라가 처음 마드리드에 왔을 때부터 우유 한 방울 떨어뜨린 커피를 가져다주곤 했던 웨이터 페포가 다녀갔다. 남자들은 다들 오래 머물지 않았다. 부끄러움이 그들의 몸을 끌어당기기라도 하는 건지 잠깐 인사만 하고 곧장 자리를 떴다. 에우헤니아는 홀에 있는 테이블에 맛있는 붉은쌀, 바나나와 마가린을 넣어 네 조각으로 자른 샌드위치 등의 요리들과 포도를 올려놓았다. 파울라를 발견한 사람은 에우헤니아였다. 파울라는 코레데라

바하의 어느 건물 입구 앞 계단에 몸을 꼿꼿이 세운 채 비를 맞으며 조용히 앉아 있었는데 그 모습이 너무나 평온했을 뿐, 전혀 죽은 사람처럼 보이지 않았다. 그러나 에우헤니아는 파울라의 이름을 채 다 부르기도 전에 그녀가 여장 남자들의 천국으로 가버렸다는 걸 깨달았다. 그곳 말고 그 착한 여자의 영혼이 어디로 갔겠는가. 에우헤니아는 전화로 구급차를 부른 다음 그녀 옆에 앉았다. 파울라를 자기 쪽으로 기울여 죽은 여자의 머리를 자기 무릎 위에 뉘고 쏟아지는 빗속에서 얼마 남지 않은 그녀의 머리칼을 쓰다듬으며 둘이 함께 의사와 경찰, 그런 일에 필요한 사람들이 오기를 기다렸다.

에우헤니아는 음식과 액자에 넣은 파울라의 사진, 하얀 카네이션 몇 송이로 제단을 차렸다. 제단 바로 앞 테이블에는 나무 동전 몇 개, 티라이트로 따뜻하게 데운 에센셜 오일이 담긴 작은 병, 비둘기 깃털 하나, 참새 날개 뼈도 올려두었다.

"제단에 내 팔찌 하나 놔도 될까? 그러고 싶은데." 우리 셋만 남았을 때 카르티에가 에우헤니아에게 물었다.

"난 별로야, 라켈. 모든 일에는 다 제각각 따라야 하는 방식이란 게 있어."

"그렇지만, 그래도, 팔찌 하나 올려둔다고 뭐 잘못될 거 있어? 점잖은 거 하나 놓을게."

"그럼 어디 하나 줘봐. 그거 왼쪽 팔목에 그 빨간 거."

"아이, 이건 좋은 거야. 진짜 크리스털이란 말이야."

"이봐, 그렇게 깍쟁이처럼 굴 거야, 빌어먹을. 파울라의 몸이 아직 다 식지도 않았어! 얼른 팔찌 내놔!"

결국 그 팔찌는 사진 액자 가장자리에 걸리게 되었다. 촛불이 흔들릴 때마다 파울라의 얼굴 위에서 크기와 빛깔이 바뀌며 반짝이는 빨간 구슬들의 작은 광채가 몹시 아름다웠다.

파울라는 아침 첫 시간에 화장되었다. 그날도 비가 내렸고 바람이 많이 불었다. 에우헤니아는 이러면 영혼이 이 땅을 떠나 더 빨리 하늘로 올라간다면서 좋은 일이라고 했다. 나는 하얀 털코트를 입고 엄청나게 큰 날개를 단 친칠라 파울라가 우리 위를 날아 올라가는 모습을 상상했다.

화장을 마친 후 우리는 지하철을 타고 추에카로 돌아왔다. 동네 이름이 된 광장은 아직 말쑥했다. 어디로 가는지 알 수 없는, 우산 아래 숨은 몇몇 행인 말고는 아무도 없었다. 우리는 아침을 먹으러 아우구스토피게로아 거리 모퉁이 술집에 들어갔다. 나는 한 번도 가본 적 없고 그녀들도 자주 가지 않는 집이었다. 여느 술집과 다를 바 없이 손님 몇이 천천히 커피를 마시거나 추로스나 토스트를 커피에 적셔 먹고 있었다. 그들은 평소에도 늘 그랬을 것이다. 전날에도 같은 시간에 같은 자리에 앉아 조용하고 평온하게 같은 아침 메뉴를 먹었을 게 분명했다. 라디오 소리가 들렸다. 소리는 크지 않았지만 손님들 목소리를 압도했다. 손님들은 거의 말이 없거나 말을 하더라도 조용조용한 목소리였다. 나는 우리 모두를 위해 잼과 버터를 바른 토스트와 커피를 주문했다. 돌아오는 길에 에우헤니아와 라켈은 한마디도 하지 않았다. 두 여자는 몹시 슬프고 지친 상태였다. 그리고 나는 그녀들 때문에 슬펐다. 물론 파울라에게도 애정이 있었고 그녀의 죽음이 가슴 아팠지만 그 순간 나는 살아있는 두 여자가 더 염려스러웠다. 이제 운명의 세 여신 모이라이는 자신들의 다정함의 원천, 조심스럽게 줄을 당겼다 놓았다 하면서 성질이 불같은 두 여자 사이를 중재하던 이를 잃었다. 에우헤니아와 라켈은 맏언니이자 인내의 돌*이며 천둥 소리에 귀 기울여주고 친절로 되돌려주던 이를 잃었다. 세 여자는 또 다른 여자들과 가족을 이룬 적도 있었지만 비열한 세월은 휴전이라는 걸 모르는 까닭에 이파리가 하나둘 떨어져나갔다. 하지만 세 여자는 다른 여자들이 떠나가는 것을 보면서도 팔을 꼭 붙들고 서로를 부축하며 견뎌왔다. 그렇게 서로를 사랑하는 것만이 다시는 상실을 경험하지 않는 방법이라 믿으며 말이다. 파울라는 병들고 지치고 늙었으니 언젠가 죽는 건 당연했다. 하지만 부

---

* 페르시아 전설에서 비밀을 털어놓으면 이야기한 사람을 고통으로부터 해방해준다는 마법의 돌.

당한 일이었다. 여장남자 가족이 서로를 얼마나 사랑했는지 아무도 모를 것이다.

"제일 엿같은 게 뭔지 알아?" 우리를 짓누르던 침묵을 깨고 에우헤니아가 말했다. "파울라는 한 번도 행복해본 적이 없다는 거야. 파울라보다 더 불행했던 여자는 본 적이 없어. 우리도 다 똥을 처먹고 사는 신세지만 그래도 난 파울라 같은 여자는 본 적이 없어. 그렇게 살아도 되는 사람은 아무도 없는 건데. 그래야 할 사람이 아닌데. 끔찍한 집구석에서 태어나서 어릴 때부터 죽도록 맞고 살다가 마드리드로 온 지 한 달도 채 안 돼서 사회위험인자로 찍혀 감옥엘 갔어. 그것도 연달아서. 감옥 밖에서는 갈보, 안에서는 노예였지. 공무원들이 겁탈하고 도둑놈, 살인자, 테러리스트, 포주, 정치범, 온갖 후레자식 들이 짓밟고. 얼굴이 그렇게 엉망이 된 건 자기가 손 좀 보려다 상한 데 말고도 하도 맞아서 그런 거야. 파울라가 거리에서 잠든 세월이 얼마고 굶고 지낸 날들이 얼마야. 밥 먹을 만큼도 못 벌어서 배를 곯고. 그런데도 파울라가 우는 거 본 적 있어? 기분 나빠하거나 슬퍼하는 건? 난 한 번도 못 봤어. 그렇지, 라켈?"

"평생 못 봤어. 우리가 만난 지 십오 년 됐는데 매일 낮은 목소리로 노래를 불렀지. '아이, 이 여자야, 좋게 생각해'라는 말을 입에 달고 살았어."

"두 분과 계실 땐 행복해 보였어요." 내가 말했다.

대수롭잖은 그 말밖엔 내가 무슨 말을 하겠는가. 나는 그녀들의 세상에 겨우 고개 한번 들이밀어본 게 다인데.

내가 진심으로 에우헤니아를 좋아해도 나는 손님일 뿐 가족은 아니었다. 여자들의 유산을 정통으로 이어받지도 못했고 가끔 들은 이야기 외엔 여자들 삶의 소중하고도 씁쓸한 면을 알지 못했다. 나는 그녀들의 딸이었지만 그녀들은 내 어머니가 아니었다. 에우헤니아는 내 삶을 구원하여 바로잡아주었으며 내가 나 자신에게 상처를 입히지 않게 해주었다. 그녀에게, 아니 그녀들에게 많이 배웠다. 그녀들은 내가 처음으로 거리감 없이, 숨지 않고 함께할 수 있었던 여자들만의 마녀 집회였다. 나 역시 그녀들의 삶에서 중요한 존재가 되고 싶었다. 공정하게 주고받을 수 있기를 바랐다. 하지만 그녀들의 곁에서 나는 우리 딸들이 항상 빚을 지고 있음을, 받은 것을 온전히 돌려주지 못하는 것이 온당함을 깨달았다. 우리의 사명은 우리가 받은 것을 누가 되었든 다른 여성에게 전수하는 것이다. 계보란 사랑을 물려받는 것이므로 아래로만 흐르는 폭포라는 것을 나는 배웠다.

다시 만나다

성탄 무렵이라 할 일이 많았다. 지난 몇 년간 나는 학업과 병행할 수 있는 일자리를 구하려 했으나 마땅한 직업을 찾지 못한 상태였다. 나의 정신건강 상태로서는 정말 최선을 다한 끝에 고등학교를 졸업했고, 남보다 한참 늦은 나이이긴 했지만 대입 시험에도 합격했다. 나는 공무원 시험을 볼까 생각하고 있었는데, 뭔가 움켜쥐고 갈 버팀목이 없다면 내 인생은 재앙이 될지도 모른다고 생각하는 부모님 때문이었다. 정확히 내게 무슨 일이 일어나고 있는지는 몰라도 내 인생이 잘못되고 있다는 건 아셨을 것이다. 하지만 공무원이 된다는 생각을 하니 반발심이 먼저 들었다. 내가 직업을 갖기 위한 준비를 한다거나, 여전히 어두워만 보이는 미래를 꿈꿀 수 있을 것 같지 않았다. 나는 아무 일이나 닥치는 대로 해서 돈을 모았다가 다 써버리고 다시 또 일자리를 찾는 걸 반복했다. 그러다 공무원 준비를 하는 대신 역사학 전공으로 대학교에 등록했다. 인문학은 내가 어릴 적부터 좋아했던 신화나 전설과 논리적으로 이어진 분야였기 때문에 내 필요와도 잘 맞았다. 인생에서 나는 오로지 과거의 지평만을 알고 있었으므로 그런 면에서 역사 공부를 하는 건 일관성이 있었다. 가능하다면 중세 역사를 전문적으로 공부하고 싶었다. 하지만 그게 여의치 않다면 내 인생의 또 다른 한 페이지를 찢어내고 다음 장으로 넘어가면 될 터였다. 한 장도 남지 않을 때까지 말이다.

나는 이삿짐센터에서 일하면서 다른 때보다 많은 돈을 모았다. 일은 힘들지만 벌이가 좋고 동료와 어울릴 시간이 많지 않은 것이 좋았다. 보수는 딱 정해져 있었고 이 집에서 저 집으로 빠르게 움직여야 하는 일이었다. 싣고 내리고 또다시 시작하고. 하루 일이 끝나면 봉투를 하나씩 주었고 다음 날 같은 시간에 또 보거나, 안 보거나 했다. 계약서도 없고 협의도 없었다.

잘 지냈다고는 할 수 없다. 잘 지내는 거와는 거리가 멀었다. 하지만 에우헤니아와 대화를 나눈 후 내가 풀어야 할 문제와 내가 가야 할 길이 확실해졌다. 나는 나 자신에게 상처를 주는 행동을 그만두고 내 벽장의 요구도 낮추기로 했다. 몸 쓰는 일을 하면서 힘든 일을 할 수 있는 능력과 기능에 감사하게 되었고, 그렇게 내 몸과 화해하려고 했다.

하지만 용서는 여전히 내게서 멀리 있었다. 내 몸과 나 사이에는 계속 장막이 필요했다. 장막 뒤에 무엇이 있나 살펴보았다가는 분명 파국으로 치닫게 될 터였다. 내 피부와 교감할 유일한 방법은 태양으로부터, 그리고 그의 명령으로부터 영원히 벗어나는 것뿐이었다.

일상의 인간관계는 여전히 엉망이었지만 지인들을 정리하고 평화로운 고독에 다다를 수 있었다. 주변에 사람이 적다는 것은 연기할 무대가 작다는 뜻이었다. 이제 내게는 언젠가 내 마음을 털어놓을 수 있는 여성 친구 두어 명만 남게 되었다. 적어도 그들 앞에서는 언데드* 연기를 할 필요가 없었다.

그해 연말 나는 좋은 선물을 하고 싶었다. 가족들 것은 이미 사서 잘 보관해두었고, 그 밖에 꼭 하고 싶은 선물이 있었다. 나는 에우헤니아의 부츠를 바꿔주고 싶었다. 지금 신는 것은 버리고 거기서 남는 조각은 영묘에 모신 다음 여왕이 새로운 권력을 누릴 수 있게 할 계획이었다. 나는 비슷한 부츠를 찾으러 초콜라테로 갔다. 드래그*, 스트리퍼**, 창녀, 트랜스섹슈얼, 퀴어, 그리고 거기서 판매하는 하이힐을 신을 수 있는 모든 이를 위한 신발을 파는 곳이었다. 그

* 신화나 전설에서 죽었지만 살아있는 것처럼 행동하는 존재.
* 성별이나 성정체성과 무관하게 옷과 화장, 행위 등으로 자신의 정체성을 표현하는 사람.
* 스트립 극장이나 성인 스트립 쇼에서 춤추는 사람.

런 신발가게를 선택한 것은 큰 치수를 찾기 위해서가 아니라 스타일 때문이었다. 에우헤니아는 몸집도 작고 발도 작았다. 나는 한 치의 거짓도 없이, 제대로 차려입고 부츠를 사러 갔다. 내가 사려는 건 아주 중요한 물건이었고, 한 점이라도 위선의 얼룩이 지는 걸 원치 않았다. 에우헤니아를 위한 것이었으니까.

겁도 나고 무척 조심스러웠지만, 그럼에도 나는 내적 치유의 영역을 넘어선 에우헤니아의 조언을 받아들이려고 애썼다. 그건 그냥 말로 되는 일이 아니었다. 개선을 위해서는 행동이 필요했다. 나는 나 자신에게 이미 엄청난 빚을 졌고 그 빚은 늘어만 갔다. 이제 하루빨리 그 빚을 줄여나가야 했다. 그래서 나는 낮을 정복하러 나섰다. 나는 내가 좋아하는 옷을 사다 개미처럼 쟁여두고 있었다. 하루는 에누리하는 치마 하나, 또 다른 날은 점포정리 하는 집에서 긴 원피스 하나, 90년대 후반 패션에서 그 누구도 따라올 수 없는 장르를 개척한 공간이었던 고딕 샵에서 구두 한 켤레. 밤에는 루틴대로 행동했다. 무거운 배낭을 매고 집을 나서서 시내로 간 다음 늘 가는 술집에서 익숙하게 옷을 갈아입고 커피 두어 잔을 마시며 화장을 하고 해 질 녘 거리를 걸어다녔다.

처음으로 모호하지 않은 옷을 입고 화장도 하고 거리에

나선 그 순간, 여성적인 남성의 모습이라고 변명할 수 있는 여지를 남기지 않고 대중과 함께하는 공간에 온전히 여성의 모습으로 나 자신을 드러낸 그 순간에는 그 어떤 관성이나 두려움도 나를 제어할 수 없었다. 전에는 한 번도 그런 기분을 느껴본 적이 없었다. 제이에게 고백했던 밤에 알았던 환희가 백 배가 되어 돌아왔다. 성숙한 환희, 어떤 시선에도 굴하지 않는 행복. 평생 처음으로 나는 증오와 부끄러움, 편견을 넘어섰다고 느꼈다. 다른 어느 곳도 아닌 바로 이곳에 있고 싶었다. 요정으로 변하는 환상을 꿈꾸지 않고 나 자신이 되고 싶었다. 바닥에 부딪치는 하이힐 소리 한 음 한 음이 승리의 노래였다. 하늘의 별이 줄지어 내게 한 조각의 신성을 부여하고 있는 것만 같았다. 난 살아있었고, 내 심장이 나를 쓸어버리고 멈추기를 무심히 기다리는 대신 그 심장이 계속 뛰도록 추동하고 있었다. 다른 여자들에게는 강요였던 것이 나에게는 정복이었다. 우리 여자들은 모두 같은 꿀을 빠는 벌이 아니었다. 스스로를 해방하고 세상을 향해 마음을 열고 우리에게 주어진 공간을 되찾는 것은 서로 다른 위치에서 이루어질 수 있으며, 전부 다 좋은 일이었다. 내가 지금 서 있는 곳은 여성의 자리였고 나는 그게 자랑스러웠다.

쇼윈도나 버스정류장 유리벽에 비친 내 모습을 처음 보았을 때 여전히 두렵기는 했지만 아드레날린이 솟구쳤다.

옷 입고 화장하고 세상에 나를 드러내는 의식은 새로운 몸으로 다시 태어나는 것과 같았다. 유령의 삶에서 몸이라는 실체를 얻는 거라고나 할까.

거울 앞에서 나 자신을 내가 이해하고 있는 바대로 구현해내는 데는 큰 용기가 필요했다. 그리고 그 내밀한 모습을 대중의 공간으로 옮기는 것 역시 내가 가진 모든 힘이 필요한 일이었다. 나 자신에게 그런 엄청난 일을 요구한 대가로 아주 작은 것으로도 큰 상처를 입을 수 있었다. 나는 한 번도 나 자신이 이렇게 강하다고, 또 동시에 연약하다고 느껴본 적이 없었다. 어떻게 이토록 아름답고, 세상과 함께 나누기에는 이토록 개인적이고 특별한 일이, 순수한 기쁨으로 나를 떨게 만드는 일이 밖에서는 그토록 사악한 일로 여겨지는 것일까.

밤에 이런 시도를 하는 건 자주는 아니지만 여러 번 해보았다. 이런 외출을 하려면 여러 가지의 아주 구체적인 안전 수칙들을 지켜야 했다. 그럼에도 외출은 계속되었고 내 안에서는 조만간 나를 차지하고 있는 시체를 치워버릴 수도 있으리란 희망이 솟아났다. 어둠은 여전히 그 자리에 있었다. 자기혐오 역시 그랬다. 하지만 일단 신선한 공기를 맛본 것이다. 저 깊은 곳으로부터 짐승처럼 발길질하고 몸부림쳐 얻어냈던 그 공기를 아주 적은 양이라도, 아주 가끔씩이라도 들이마시는 걸 절대 포기하고 싶지 않았다.

결과적으로 나의 밤은 한결 나아졌다. 나는 에우헤니아의 말대로 밤을 결핍의 관점이 아니라 욕구와 견딜 수 없는 욕망의 관점에서 바라보기 시작했다. 어느 정도 조바심이 사라지고 즐거운 파티, 그리고 남자들과 나 사이의 신성한 계약만 남았다.

부츠는 완벽했다. 무릎 위까지 오는 길이, 고르곤*의 송곳니 같은 높은 굽에 기름칠한 듯 반짝거리는 데다가 매일 밤 나의 모라이타가 신고 걷는 골동품보다 훨씬 편했다. 선물 상자는 어마어마하게 컸고, 포장지가 내 평생 본 것 중 가장 평범하긴 했지만 모서리에 자홍색 레이스 리본을 묶어 완벽한 모습을 갖췄다. 나는 점원에게 입이라도 맞춰주고 싶었다.

쇼핑백을 들고 신발가게가 있는 오르탈레사 거리에서 그란비아 쪽으로 걸었다. 긴 산책을 하고 싶었다. 어느새 밤이 되어 쌀쌀했지만 걷기에는 딱 좋았다. 나는 굽이 넓은 부츠와 인어 모양의 딱 붙는 검은 원피스, 중간 길이의 검은 코트로 치장하고 있었다. 맘대로 자라도록 내버려둔 머리칼은 하나로 묶을 수 있는 정도의 길이였지만 아직 묶일 만큼 길게 자라지 않은 앞머리는 비져나와 있었다. 나는 그

---

* 그리스 신화에 나오는 흉측한 모습의 세 자매. 멧돼지의 이빨을 지녔으며 머리카락은 뱀이다.

게 마음에 들었다. 또 나는 검은색으로 진하게 스모키 눈화장을 하고 입술에는 검붉은 장미를 연상시키는 어두운 적자색 립스틱을 발랐다.

거리는 쇼핑이나 산책을 하러 나온 사람들로 붐볐다. 겨울은 마드리드 사람들에게 잘 어울리는 계절이었다. 사람들은 여기저기 쏘다니는 즐거움을 만끽하며 시내를 돌아다녔다. 사실 쇼핑은 동네에서도 할 수 있었지만, 시내에 나가는 게 돈 드는 일도 아니었다. 산책하면서 마요르 광장을 둘러보고 솔 광장을 지나 코르티란디아*를 구경하며 개선의 여지가 보이지 않는 끔찍한 장면을 조롱한 다음 몬테라와 그란비아를 지나 카야오에 이르러 좀 춥다고 느껴지면 화장실을 쓴다는 핑계로 근처 카페에 들어가 몸을 녹일 수 있었다. 과도하게 우아한 조명을 받아 빛나는 쇼윈도는 마드리드 거리에 썩 잘 어울렸다. 언제나 회색빛이고, 더 아름다운 다른 도시들에 비하면 다양한 질감이 부족했지만, 마드리드에서는 그 공간에 더해진 다른 모든 것에 집중해야 한다. 나무들과 조명, 오랫동안 마드리드에서 살아온 시민들은 도시를 더 아름답게 하지는 않아도 편안한 곳이 되게 한다. 마드리드는 다 낡아빠져 이제 바꿔야 하지만 익숙하고 식구들의 추억이 많이 담겨 있어 내다 버릴 수 없는,

* 마드리드 중심가 대형 백화점 앞에서 크리스마스 시즌에 공연되는 애니메이션 피규어 음악 쇼.

그래서 낡은 곳에 천을 덧대고 또 덧대어 사용할 수밖에 없는 소파와 같았다. 눈에 스모키 화장을 하고, 하이힐에 검은 원피스를 입고, 시체를 짊어지고 다니던 그동안의 부담감에서 잠시 해방되어 걷는 거리는 환희의 정원에서 돌아오던 밤, 죽음의 무대 또는 무시무시한 가장무도회처럼 모든 것을 비추던 달빛의 무게에서 벗어나 홀로 걷던 거리와는 다르게 새롭고 진짜처럼 보였다. 나는 살과 피를 가진 사람들과 스치며 그들의 눈을 들여다볼 수 있었고 그 안에서 생명을 볼 수 있었다.

그때까지 나의 존재는 나를 숨기고 싶은 고통스러운 소망과 조화를 이루게 하기 위해 세상 모두에게 가면을 씌우려고 했었다. 즉흥연희극*에서처럼 아무것도 만질 수 없고 모든 것이 위장이었다. 그 순간, 거짓을 벗고 나를 입은 그 순간, 나는 몇몇 사람에게 두려움을 느꼈고 그 사람들에게서 경멸의 눈빛을 읽기도 했지만 그럼에도 해석할 필요 없이, 엿듣지 않고, 의식의 구석으로 숨을 필요도 없이 그 일을 해냈다. 크리스마스 네온사인 불빛을 받아 반짝이는 마드리드 중심가 수천의 사람들 앞에서 당당하게 나 자신을 드러내며 가장 진정성 있는 친밀한 경험을 하는 삶을 정면에서, 그리고 위에서 내려다보았다. 나는 이제 혼자 건

* 16세기 이탈리아 민중극으로 우리의 오광대놀이와 흡사하다.

는 게 아니었다.

거리가 점점 작게 느껴졌다. 스페인 광장에 도착했을 때
나는 계속 걷기로 했다. 배낭도 에우헤니아의 부츠가 든 쇼
핑백도 내 걸음을 멈출 만큼 무겁지 않았다. 계속 가슴에
신선한 공기를 채우고 싶었다.

스페인 광장은 그란비아와 프린세사 거리를 나누는 실
질적인 경계 지점인데, 큐브 조각상이 있는 광장을 건너자
두 거리의 차이가 더욱 확연히 느껴졌다. 도시의 리듬은 느
려지고 소리는 부드러워졌다. 거리를 걷는 사람의 수도 줄
어들었다. 그건 계급의 경계였다. 젠트리피케이션이 일어
나기 전까지 그란비아는 마드리드에서 가장 가난한 사람
들만 사는 지역이었다. 드나드는 사람은 많지만 때가 되면
모두들 자기 집과 동네로 돌아갔다가, 한참 후에야 다시 발
을 들이는 곳이었다.

서쪽은 딴판이었다. 보수적이고 부유한 지역인 그곳은
이해관계가 있을 때를 제외하고는 도시의 나머지 사람들
과 어울리고 싶어하지 않았다. 인프라가 남아돌았고, 그곳
주민들이 최악이라고 생각하는 동네에서와는 달리 계산
대 앞의 긴 줄을 참을 필요가 없는 자신들만의 상업적 공
급망을 갖고 있었다. 몽클로아로 이어지는 프린세사 거리
는 산책하기 좋은 곳이었다. 사실 상류층 지역은 전부 그
랬다. 거리는 더 넓었고, 주민들은 자기네 동네 밖에서 마

음껏 변덕스럽게 행동할 자유를 누리고 있으므로 자신들이 사는 동네 안에서는 극도로 예의 바르게 행동했다. 물론 당신이 그들과 같은 종족이 아니라는 걸 알아차리지 못했을 때의 이야기지만.

여자가 되어 거리를 산책하기 시작하자마자 내가 배운 것은 음악을 듣지 않아도 이어폰을 끼고 다녀야 한다는 것이었다. 그래야 사람들이 나를 가만히 내버려두어 내가 주변에 주의를 기울일 수 있었다. 예의상 당연히 필요한 사람 간의 거리가 여자들에게는 적용되지 않았다. 상대가 여자라면 멋대로 길을 막아서거나 괴롭혀도 별 문제가 없었다. 남자에게 그런 식으로 행동했다간 큰 문제가 일어나겠지만 말이다.

그날 밤 나는 몹시 행복했다! 내가 아주 멋지게 느껴졌으며, 좋아하는 사람을 위해 완벽한 선물까지 마련했으니까. 나는 일상적으로 지키던 예방 조치들을 무시하고 산책을 마무리하는 길에 노래를 몇 곡 듣기로 했다. 페르난데스델로스리오스 거리에 도착할 때까지만 그럴 생각이었다. 엄마가 그 거리에 사는 어느 군인 가족을 위해 청소부 겸 요리사, 아기 돌보미로 일한 적이 있었기 때문에 나는 그 거리를 잘 알고 있었다. 그 거리 끝까지 걸어간 다음 이글레시아 역에서 지하철을 타고 집으로 돌아갈 생각이었다.

그 거리에 들어섰을 때 내 귓가에는 〈디스차밍맨This

Charming Man〉이 울려퍼지고 있었다. 나는 미소를 머금었다. 행복감이 차올라 약간 어지러울 정도였다. 원피스가 등과 가슴을 가볍게 스치는 것을 느꼈다. 몹시 추운 날 아침에 침대 속으로 들어가 이불로 온몸을 덥히려 할 때 곧 나를 감싸안을 포근함을 기대하며 절로 미소 짓게 될 때처럼, 순수한 행복이 느껴져 터져나오려는 웃음을 참기가 힘들었다.

첫 번째 충격을 받았을 때는 혼란스러웠다. 생각할 겨를도 방향을 파악할 틈도 없었다. 보이지 않는 말 한 마리가 나를 들이받은 것처럼 내 몸은 왼쪽에서 오른쪽으로 날아갔다. 슬로비디오에서처럼 느린 동작으로 계단 몇 개를 데굴데굴 굴렀다. 시간이 무의미하게 늘어나고 줄어드는 것 같았다. 아드레날린이 제멋대로 시간을 조종했다. 나는 아주 이상한 꿈에 빠진 것 같았다. 계단 구르기가 끝나자 갈비뼈에 찌르는 듯한 통증이 느껴졌다. 겨우 고개를 드니, 팬티로 얼굴 절반을 가린 누군가가 군홧발로 내 옆구리를 걷어차는 모습이 또렷이 보였다. 타격이 사방에서 가해지기 시작하면서 통증을 느낄 겨를도 없었다. 헤드폰이 벗겨졌는데 코트에 고정해놓았던지라 마치 두꺼운 커튼 뒤에서 울리는 것처럼 멀리 음악 소리가 들려왔다. 얼굴을 가리고 몸을 웅크리려고 했지만 타격은 계속되었다. 이제 내 몸은 내 몸이 아니었다.

"오, 이런 우쭐대는 벨보이 자식, 자기 분수를 모르고……."*

두세 번 일어나려고도 해보았지만 관절이 없는 것처럼 다리가 풀려버렸다. 달려서 도망치는 건 꿈도 꿀 수 없었다. 나는 에우헤니아의 부츠를 떠올렸다. 계단 어디에 그대로 있어야 할 텐데……. 삼킬 수도 없을 정도로 입 안 가득 피가 고였다. 무릎을 접고 팔꿈치를 세워 몸통을 지탱하려고 애쓰며 피를 토해냈다.

"이 호모 새끼가 간까지 토하겠어! 거기를 갈겨!"

모든 게 너무 느리게 흘러가 이런저런 생각을 할 시간까지 있었다. 내 간을 갈기라는 목소리는 어딘지 익숙했지만 이내 일곱에서 열 명 정도 되는 녀석들의 목소리에 섞여들었다. 역광으로 보이는 실루엣들의 수를 정확히 셀 수는 없었다. 옷이 거의 가슴까지 올라와 추위가 느껴졌다. 이제 구타가 끝난 모양이었다. 그들 중 한 명이 야구 방망이 끝을 내 엉덩이에 대고는 다른 녀석들에게 "이걸 집어넣어볼까"라고 말했다.

"젠장, 구역질 나. 그럼 저 호모 새끼 똥이 잔뜩 묻은 방망이를 집에 들고 가야 할 거 아냐." 다른 녀석이 대답했다. 그들은 꽤 오랜 시간 내 주위에 있었다. 나는 몇 번이고

* 〈디스차밍맨〉의 가사.

일어나 앉거나 무릎을 접어보려고 했지만 그럴 때마다 그 가운데 한 명이 신발 바닥으로 내 얼굴을 차서 넘어뜨렸다.

"어딜 가려고, 이 똥갈보야! 널 죽일지 말지 아직 고민 중이야."

내 안에서 문이 쾅 닫히는 소리, 나무 문이 쾅 부딪치는 소리가 들렸다. 극장 조명이 하나씩 꺼지는 것처럼 희망이 사라져갔다. 태양의 악마가 피의 저편에서 비웃으며 나를 기다리고 있었다.

"오늘밤 외출하려는데 걸칠 옷이 하나도 없어……."*

촛불을 밝혀 환한 거울 앞에 선 에우헤니아의 얼굴을 보았다. 갑자기 얼굴이 하얗게 질리더니 피를 토하는 에우헤니아. 내 모습도 보았다. 남자 옷을 입고 휘파람으로 동요를 부르며 길 아래로 사라지는 모습이었다. 달님을 보았다. 달님의 얼굴을 보았다. 낫처럼 생긴 달님이 나를 위해 울고 있었다. 죽은 자들의 합창단이 혀 없는 입으로 내게 말을 걸어왔다. 마지막인 것처럼 춤을 추는 드래곤맨들이 키스하는 모습도, 그들이 옷을 벗는 모습도 보았고, 꽃 침대위에서 서로에게 몸을 바치는 것도 보았다. 내 삶이 송두리째 내게서 멀어져가는 것도 보았다. 세상 모든 여자가 내게

* 〈디스차밍맨〉의 가사.

작별 인사를 건넸다. 태양 아래 마지막 선한 사람, 우리 오빠가 안갯속에서 나를 찾고 있었다. 엄마가 울면서 내 위로 엎어져 온몸으로 나를 덮고 있었다. 헝클어진 머리에 눈이 퉁퉁 부은 엄마가 침을 흘리며 내 이름을 부르려고 했지만 내겐 이름이 없어 부르지 못하는 걸 보았다.

모든 게 어둠 속으로 완전히 사라져버리기 전 내가 마지막으로 본 것은 내 눈앞으로 들이밀어진 가늘게 찢어진 파랗고 작은 두 눈이었다.

"지크 하일* 똥갈보!" 뺨에 쏟아지던 뜨거운 입김, 턱을 때리는 소리. 그리고, 어둠.

"막 나가는데, 마라노."

"*그는 이런 일들을 너무 잘 알아…….*"**

그게 다였다.

---

* 히틀러가 연설할 때 그의 지지자들이 외치던 구호이자 나치식 인사다. 독일어로 '승리 만세'라는 뜻이다.
** 〈디스차밍맨〉의 가사.

★

무無를 어떻게 설명할 수 있으며 막다른 길은 어떻게 기억할 수 있을까, 어떻게. 그들이 내게서 모든 것을 앗아가 버려 다시 살릴 불씨조차 남지 않았다. 마녀들의 집회는 끝났다. 하이힐의 자존심도 끝장났고 벽장은 내 위에서 관뚜껑처럼 닫혀버렸다. 그 모든 것에 안녕을 고했다. 내 삶에 안녕을 고했다. 전에 머물렀던 그 어느 곳보다 더 깊은 곳에서 천체의 움직임이 들려왔지만 볼 수 없었고, 파도의 춤사위가 들렸지만 함께할 수 없었다. 그 아래, 빛이 닿지 않는 곳, 거짓 무지갯빛만이 남은 그곳에서 나는 그 빛을 내 하늘로, 내 별로 삼기로 타협했다. 모두의 목소리는 무음 상태로 심연을 맴돌았고 질문은 얼굴도 목적도 없었으며 나는 모든 질문에 '예'라고 대답했다. 그 야만의 어둠 속에서는 내가 이해할 수 없는 힘이 움직였다. 수면 위로 던져진 시체들이 가라앉았다. 끔찍한 심해 물고기처럼 굶주린 나는 그 시체들로 배를 채웠다. 내 육신은 차가워졌고 내 마음은 관성과 모호함으로 가득 찼다. 나는 공허의 물살을 물리칠 수 없어 끝없는 흐느낌에 갇혀 있었다. 침묵은 나의 연인이었지만 나는 그가 역겨웠다. 그곳에는 달빛도 와닿지 않았다. 태양의 횡포도 없었다. 무를 이야기할 수도 없었다. 그럴 수 없었다.

그 당시엔 아무도 내 눈을 똑바로 보지 못했다. 이름이 잊힌 곳으로 내려올 만큼 내게 신경을 쓰는 사람은 없었다. 눈길이라도 한번 주고받을 수 있었다면 허공에 손을 뻗어 누군가가 그 손을 잡아주기를 기다릴 충분한 이유가 되었을 것이다. 하지만 그렇지 않았다. 도리어 악몽이 찾아왔다. 깜박이는 불빛, 백색 지층, 내 피부에 맺힌 수정 방울들. 더 많은 질문에 '예'라고 대답해야 했다. 어딘지 알 수 없는 큰 바다의 표면에서 필사적으로 나를 찾는 오빠의 얼굴. 언제나, 모든 것에 '예'라고 답해야 하는 다른 얼굴들. 누군가가 내 자리를 차지하고 내 서랍과 내 방과 내 육신과 내 사랑을 헝클어트리고 있다는 직감.

심연의 본질은 모든 것을 삼키는 어둠, 시간 속에서 악몽마저도 희석시키는 인광, 선함을 삼켜버리는 어둠 그 자체인 것을. 그 심연에게 어둠 외의 다른 것이 되라고 요구할 수는 없다.

무의 표면을 횡단할 수 있다면, 나는 곰팡이가 움직이듯, 어둠을 먹이로 삼는 사생아 산호가 움직이듯 그렇게 시작했다. 어딘지도 모를 방향으로 한 걸음, 발을 질질 끌며 차가운 모래밭에 고랑을 남기고 나의 아픈 은색 이빨로 먹어버린 시체들을 교묘히 피하며 두 걸음, 세 걸음 내디뎠다. 기억도 의식도 없이 더 걸음을 옮겼다. 울퉁불퉁하고 낯선 담벼락을 오르느라 살갗이 벗겨져도 더듬거리며 그나마 맑은 물까지 올라갔고 마침내 내 위로 희미한 빛을 느낄 수 있었다.

나는 발버둥쳤다. 본능적으로, 분노 때문에, 배가 고파, 복수심에서, 사랑 때문에, 그렇게 죽을 수는 없기에, 내 의식 속에서보다 세상의 기억 속에서 먼저 사라져버릴 수는 없기에 발버둥을 쳤다. 위로 올라갔다. 더 위로, 더 위로, 더 푸른 물로, 더 많은 불빛이 있는 곳으로. 따뜻한 온기를 담은 물이 내 피부를 어루만지며 나를 반기는 것을 느꼈다. 약속된 천국이라도 되는 듯 수면을 쓸어볼 수도 있었다. 유령들의 얼굴이 나를 기다리는 것이 보였다. 흔들거리는 몸의 실루엣 하나가 역광으로 보였다. 나는 그 시체에 다가갔다. 그 시신을 꿰뚫어 나는 그 안에 나를 집어넣고 폐가 터져라 크게 숨을 들이마셨다. 그리고 눈을 떴다.

그렇게 십삼 년이 흘렀다.

차가운 피부

　기껏해야 한 달에 한 번 정도 부모님을 뵈러 가는 걸 빼면 그곳에 발걸음을 하지 않았는데도 나는 산블라스에 이는 거센 변화의 바람을 목격했다. 이제 퇴락한 그 동네의 거리에는 예전 삶의 흔적이 남아 있지 않았다. 보수 정권의 입맛에 맞게 주로 거주만 하는 공간으로 변모하면서 도시 팽창의 영향을 받아 명목상의 부르주아화가 이루어지는 바람에 외곽에는 공공 수영장까지 들어서게 되었다. 이런 종류의 건축물들이 동네 중심부까지 이르지는 못했지만 그것이 의미하는 삶의 방식과 열망은 그대로 모방되었다. 낡은 아파트들은 대부분 수년 전에 철거되었다. 우리 부모님을 포함한 이웃들은 넓은 출입구와 계단이 있는 더 높은 주황색 벽돌 건물로 이사했다. 방 두세 개, 석고보드 벽, 작은 식탁이 들어갈 수 있는 주방이 있는, 전보다 훨씬 넓은 집이었다.

예전의 그 잔혹하기도 하고 다정하기도 한 동네가 아니었다. 헤로인은 독성을 품은 해조류처럼 제 역할을 다한 후 사라졌다. 내 기억 속 이웃들은 대부분 죽었거나 자기가 살던 동네도 알아보지 못할 정도로 늙었다. 자그마한 관심으로 연결되어 있던 네트워크는 장례식을 치를 때마다 올이 하나씩 풀렸고, 새로 이사 오는 가족들은 층계참이나 건물 현관, 몇 개 안 남은 가게에서조차 거의 마주칠 일이 없었다. 우리 세대와 그 전 몇 세대, 동네의 정신을 이어가고 보존했던 이들은 모두 사라져버렸다. 이제 그런 사실을 슬퍼하기에는 너무나 지쳐버린 부모 세대가 약간의 추억을 간직하고 있을 뿐이었다. 생활의 패러다임이 바뀌어 가족 생활은 각자의 집 문 안쪽에서만 이루어졌다. 공동주거지라는 관점에서 보면 좋기만 하다고도 나쁘기만 하다고도 할 수 없는 일이었다. 하지만 그저 씁쓸하기만 했던 일들도 돌아보면 어느새 달콤한 추억이 된다. 계급의식은 확실히 약해졌다. 이웃이 단결하여 업주들의 계략이나 도시 전체를 집어삼킨 우익 정권의 폐해에 맞서 자신들을 스스로 보호하는 모습은 기대할 수 없게 되었다. 향수를 불러일으키고 싶다면 노동자들의 연대를 들먹이는 게 가장 확실한 방법이었으나 그걸로 끝이었다.

잔혹성도 줄어든 게 분명했다. 모두가 공존하는 낙원이

된 건 아니지만, 전에는 선택의 여지가 전혀 없었던 퀴어의 삶도 그냥 놔둘 만큼은 관용이 생겼다. 퀴어의 수가 많지도 않고 눈에 띄지도 않았지만 그들도 그 공간에 존재하면서, 평소에는 문을 닫고 산다 해도 필요할 때는 작게나마 공공 공간을 이용할 수 있었다. 다만 씁쓸한 것은 두 가지를 모두 가질 수는 없으며, 남들과 다르면서도 고개를 들고 살려면 어느 정도 고립될 수밖에 없다는 것, 동맹이나 연대는 다른 곳에서 추구해야 한다는 사실이었다. 다섯 살 무렵 나는 여자들은 왜 '동지'로 받아들여지지 않는지가 의아했다. 하지만 지금은 트랜스 여성이자 성소수자로서 그런 현실을 당연한 것으로 여기게 되었다. 나는 나와 같은 계급의 남자들, 여자들, 내 동료들조차도 내가 설 자리를 마련하려고 벌이는 투쟁에서 공통의 투쟁 근거를 찾지 못한다면 내가 몇 번을 넘어져도 그대로 방관하리라는 것을 잘 알면서도 노동계급 의식을 키워왔다.

대학교를 졸업한 나는 이 직업 저 직업을 전전하는 것을 그만두었으며 독립도 했다. 서너 사람이 아파트를 공유하며 사는 것도 독립이라고 부를 수 있다면 말이다. 나는 십년째 서점 직원으로 일하면서, 가난한 사람들에게는 여전히 적대적인 마드리드에서 근근이 살고 있었다. 내 직업은 월급은 쥐꼬리만 하고 근무 시간은 굉장히 길었다. 책을 파는 일이 나를 세상에서 가장 행복한 사람으로 만들어주지는 못했지만, 글과 더불어 살면서 실제건 전설이건 간에 다른 사람들의 삶과 가까이 지낼 수 있었다. 나 자신의 삶을 온전히 꾸릴 수 없는 나로서는 꼭 필요한 것이었다. 나는 특별히 일을 잘하지는 못했지만 그렇다고 아주 못하는 건 아니었고 최선을 다해 내 역할을 했다. 내가 감동한 이야기에 대해서만큼은 애정을 전달할 수 있었다고 생각한다. 그것 말고 다른 강점은 없었다. 독자가 서점 문을 열고 들어서자마자 그가 무엇을 필요로 하는지 알아차리고, 모든 이야기를 담은 다른 언어를 구사하는 듯한, 교과서에서 본 서점 직원처럼은 되지 못했다. 나도 누구 못지않게 책을 사랑했으므로 그 유혹의 언어를 배우려고 애썼지만, 그걸 통달하는 데 필요한 지성과 예리한 통찰력은 갖추지 못했기에 매사에 귀를 기울이며 일을 해나갈 수밖에 없었다. 내가 할 수 있는 일은 다 했다. 내 것이 아닌 세상을 들여다보고, 만질 수 있는 것은 만져보고, 만질 수 없는 것은 안전한 거리에서 지켜보았다. 내 삶은 삶이 아니었지만, 서점에는 나의 무한한 갈망을 살찌울 수 있는 끝없는 환상의 이야기들이 가득했다. 일은 나를 바쁘게 만들고 평온하게 해주었으며 무엇보다도 산블라스로부터 멀리 있게 해주었다. 산블라스에서의 삶은 그 자체로 나를 아프게 했으며, 그곳 어디에도 어린 시절과 사춘기에 겪었던 견디기 힘든 기억이 남아 있지 않은 곳이 없었다.

에우헤니아의 부츠는 영영 되찾지 못했다. 그러니 줄 수 없었다. 그리고 다시는 나 자신을 볼 수 없었던 것과 마찬가지로 에우헤니아도 영영 보지 못했다. 에우헤니아의 세상은 여자들의 세상이었다. 내가 영원히 축출당한 세상. 아르게예스에 있었던 지하로 내려가는 계단, 내 삶을 버린 그 지점에서 다시 삶을 시작할 생각을 하면 숨이 가빠졌다. 또 한 번 벌을 받게 될 것 같았다. 벌은 이미 충분히 받았다. 그날 밤 그들은 내 창자를 뽑아 아스팔트에 뿌리고 가여운 쥐들에게 트랜스 여자의 살을 먹이로 던져주었다. 나는 두려움을 넘어 공허하고 침울했다. 내가 여자라는 사실을 종양 도려내듯 제거할 수는 없었지만 충분한 압력을 가하면 억제할 수 있었다. 그래서 내가 직접 그렇게 했다. 압박을 가하고 나 스스로의 감옥에 가둔 다음 문을 걸어 잠갔다.

문제는 우리 여자들이 참 끈질기다는 것이다. 나는 종종 벽을 발로 차고, 소리를 지르며, 산기슭에서 쫓겨나 더러운 지하 감옥에 던져진 바칸테*처럼 머리카락을 쥐어뜯곤 했다. 그러다 근처의 정신과 응급실로 실려가 얼토당토않은 다양한 병명들로 정신질환 진단서를 수집하는 결과를 낳았다. 의사들은 내게 질문도 하지 않고 약만 먹인 다음 몇

---

* 바쿠스를 모시는 여사제를 일컫는 단어로, 바쿠스 제전이 열릴 때마다 바칸테는 평소 남편과 아이들에게 헌신하고 사느라 억눌렸던 감정을 모두 표출하며 광적인 모습을 보인다.

시간 쉬게 하고는 다음 날 오빠에게 인계해 집으로 돌려보냈다. 오빠는 언제나 그 자리에서 내가 필요로 할 때 나의 잔해들을 거둬주었다. 조용히, 다정하게, 멀찌감치 떨어진 채 어떻게 해야 다가갈 수 있는지 알 수 없는 나 때문에 절망하면서. 오빠가 나를 위해 할 수 있는 일은 나를 일상으로 돌려보낸 후, 나쁜 운명을 점지받은 수호천사처럼 또 다음번 난장판을 기다리는 것뿐이었다. 나는 언제나 오빠를 아주 좋아했다. 오빠와 가까이 있을 때도 오빠가 그리웠다.

우주에서 관성보다 더 강력한 힘은 존재하지 않으므로, 나의 힘, 달님의 힘은 밤마다 내 생명의 샘이었던 곳으로 나를 데려가 몇 번이나 그 샘물을 마시게 하려 했다. 하지만 드래곤맨들은 내 제물을 똑같은 방식으로 받아들이지 않았다. 나도 내 모습을 제대로 보여주지 않았다. 나는 이제 예전의 모습이 아니었다. 나는 과거 내게서 찾을 수 있었던 아름다움이 내 연인들의 선물이 아니라 그날 밤 내가 만들어낸 것이며, 전적으로 나 자신에게, 내가 어떻게 움직이고 어떻게 나 자신을 여신으로 만드는지에 달려 있었다는 사실, 나 스스로 부여한 아름다움에 달려 있었다는 사실을 알게 되었다. 전에는 더러운 섬세함을 받아들이던 손, 내가 서둘러 뒤집어쓴 여성성에 호응해주던 엉덩이가 이제는 전과 같은 방식으로 나와 춤을 추지 않았다. 우리가 나눈 은밀한 관계에서 나도 다른 이들처럼 그저 남자였을 뿐이고 진짜 나의 흔적은 남지 않았으며 그들이 나를 원했던 것은 온당치 못한 이유 때문이었음을 깨달은 순간, 나는 그 자리에서 사라지고 싶었다. 물이 되어 어디로든, 어느 하수 구멍으로든 흘러들어가 없어지고 싶었다. 샘은 말랐고 나는 찢어진 가슴과 차가운 피부로 드래곤맨들에게 안녕을 고해야만 했다.

2000년 2월 2일 나는 여자 옷을 모두 쓰레기통에 버렸다. 스커트, 드레스, 스타킹, 신발만 버린 것이 아니라 그 이상의 것을 모두 버린 것이 분명하다. 나는 추워서 다리가 저릴 때까지 쓰레기통 앞에 서 있었다. 진눈깨비가 방금 박박 밀어버린 머리 위로 미끄러져 얼굴 위에서 녹아내리던 것을 기억한다. 더는 떨고 있을 수 없었을 때 나는 그곳을 떠났고 다시는 뒤돌아보지 않았다.

자살을 선택할 결단력이 없는 나 자신, 이 모든 아픔으로부터 나를 해방해줄 최후의 용기에 도달할 수 없는 나 자신이 치욕스러웠다. 모든 게 다 끝나버릴 때까지 앞으로 계속 고통의 세월과 아무것도 없는 순수한 무無의 세월이 나를 기다릴 것이 너무나 확실했고 그래서 더 치욕스러웠다.

돌아오다

2012년 3월, 서른네 살의 나는 전일제 정규직 직장인이
면서도 혼자 힘으로는 다리 뻗고 누울 자리 하나 유지하지
못해 산블라스로 돌아왔다.* 참담했다. 성인으로서의 자존
심이 무너졌기 때문도, 그런 상황에 처하게 되어 패배감을
느꼈기 때문도 아니었다. 내게는 세대의 아픔보다 나 개인
의 문제가 더 무겁게 느껴졌다. 잔혹한 자본주의의 탐욕으
로 와해되는 세상을 바라보는 건 괴로운 일이었지만, 나는
그로 인해 자아가 부서질 만큼 충분히 살아있지 못했다. 아
니, 내게 자아란 존재하지도 않았다. 산블라스로 돌아온 것
은 나를 땅에 묻는 일의 마무리였다. 내 고통을 즐기는 태양
에게 고문을 받는 것 말고 다른 출구는 전혀 없는 쳇바퀴를

---

* 2012년 유럽 재정위기로 스페인에서는 강도 높은 긴축재정과 노동개
  혁이 이루어졌으며, 이로 인해 노동조건이 악화했다.

완성하는 것이었다. 내가 신선한 공기를 맛볼 때마다 나에게는 과도한 징벌이 내려졌고, 나는 늘 순종해온 탓에 이제는 등이 굽어버린 교정된 존재였다.

부모님은 사랑으로 나를 맞이해주셨다. 내가 같이 살게 된 것을 기뻐하시는 것 같았다. 아니, 정말 기뻐하셨다. 나는 그게 고마웠다. 부모님은 다정하지만 슬픈 눈으로 나를 바라보셨다. 두 분은 진작 이 문제에 대해 상의하셨고, 내가 집으로 돌아올 걸 예상하셨던 모양이었다. 나는 연약한 자식, 절름발이 비둘기였다.

낮 시간은 밖에서 보냈다. 오전 열 시까지 출근해 중간에 점심 시간이 한두 시간 됐고, 여덟 시 반에 퇴근해 집에 돌아오면 빨라도 아홉 시 십오 분이었다. 아침과 저녁을 먹을 때만 부모님을 보았다. 일이 없는 주말 하루 반나절, 그리고 간혹 토요일 하루를 다 쉬는 때에도 나는 방 안에 틀어박혀 책을 읽거나 영화를 보거나 불안감을 잠재우려고 충동적으로 나가 달리곤 했다. 하루 두 번씩 달릴 때도 있었다. 아니면 알무데나 공동묘지까지 긴 산책을 하기도 했다. 나는 한결같은 사랑으로 나를 따뜻하게 보살펴주는 부모님께 보답하려 애썼다. 그나마 내게 남아 있는 걸 돌려드리려고 했다. 힘이 닿는 한 나의 고립 상태를 깨려고 노력했다. 화장실을 청소하고 집 안 구석구석을 닦았다. 그게 집에 대한 진정한 사랑과 존경을 보이는 길이라고 생각했다. 부모님과 함께 식사를 하는 걸 거르지 않았고 짧게라도 부모님과 시간을 보내려고 했다. 나는 그 누구에게보다 부모님에게 나의 삶 전부를 숨겨왔고, 내가 뒤틀린 존재, 무언가의 뒤에 숨어야만 하는 존재라는 생각을 처음 심어준 사람도 부모님이었다. 하지만 두 분은 동물들이 제 새끼를 사랑하듯 나를 격렬하게 사랑했고 항상 진심 어린 마음을 내게 전해주었다. 상반되는 두 가지가 공존할 수 있음을 깨닫는 데는 시간이 걸린다. 하지만 일단 깨닫게 되면 많은 매듭이 풀린다. 엄마는 가뭄 속 늙은 암사자처럼 늘 나를 주시하면서, 두 앞발로 나를 끌어당겨 내 얼굴을 쓸어내리며 한탄하듯 한숨을 내쉬고 걱정스레 나를 핥는다. 아버지도 언제나 마찬가지였다. 말없이, 그러나 기대에 찬 얼굴로, 삶과 나 사이의 방어벽 역할을 하려고 애썼다. 코끼리 왕이 하듯 말이다. 아직 그다지 나이가 많은 건 아니었지만 쉬지 않고 일한 탓인지 퇴직을 앞둔 아버지는 완전히 백발이 된 데다가 움직임도 느려졌다. 관상동맥 질환은 무사히 이겨냈지만, 인간의 신체가 아무리 많은 일을 할 수 있다 해도 열 살 때부터 노동을 시작한 아버지의 몸에 한계가 있을 수밖에 없다는 걸 기억해야 했다. 엄마는 퇴행성 신경질환과 골질환이 진행된 상태여서 그해 의료심사공단에서 연금 수령 판정을 받고 일을 그만두었다. 하지만 평생 쓸고 닦는 일을 해온 엄마로서는 몇 푼 되지도 않은 연금을 받고 일을 쉬어야 한다는 게 당혹스러울 수밖에 없었다. 엄마는 언제나처럼 활기찬 모습으로 환자라는 조건에 맞서 싸웠다. 통증이 좀 덜할 때면 집 안을 샅샅이 청소하고, 산책도 하고, 복지제도가 준 휴식을 최대한 이용하기 위해 뭐라도 했다.

내가 그 평화로웠던 시기와 보금자리를 잘 활용할 줄 알았더라면 얼마나 좋았을까! 진지하게 어른 대 어른으로 이야기를 나누기에 더할 나위 없이 좋은 상황이었는데! 일요일 이른 아침 첫 커피를 마시는 시간, 아직 잠이 덜 깬 채 창문 너머로 사람들이 오가는 것을 바라보며 천천히 깊은 생각에 잠길 때, 아니면 저녁식사를 하고 모든 정리를 마친 후 시간이 지나 해가 지기를 기다리는 것 외에는 별 할 일이 없을 때 부모님을 여위게 하는 의심과 죄책감을 덜어드릴 수 있었을 것이다. 대화를 나누기에 그보다 더 좋은 기회는 없었다. 부모님은 자신들이 무언가 치명적인 잘못을 저질러서 내가 불행해졌다고 확신하고 있었다. 부모님의 표정, 몸짓, 내 침묵에 대한 반응 하나하나에서 그걸 느낄 수 있었다. 내 가슴, 갈비뼈, 목구멍 안에서는 한 여자가 내 삶의 고삐를 쥐게 해달라고 애원하며 몸부림치고 있었는데, 그녀는 분명 할 말이 있었을 것이다. 자칫하면 모두가 곤란해질 수 있지만 모두를 자유롭게 해줄 수도 있는 대화를 섬세하고 인내심 있게 풀어나갈 방법을 알고 있었을 것이다.

나는 압박감을 떨쳐낼 방법이 없었다. 다 큰 성인으로서 부모님을 볼 면목이 없었고 딸로서 두 분을 대하는 건 더 더욱 할 수 없었다. 부모님의 사랑, 부모님의 보호 안에서 나는 내 삶의 걸음을 되돌려 과거 작은 계집아이가 그랬듯 다시 말을 더듬고, 거부당할 것을 두려워했다. 트랜스로 살면서 나는 자의식과 관련한 것에 아주 빨리 성숙할 수밖에 없었다. 하지만 삶의 가장 친밀한 관계에서 나는 미성숙하고 불안정한 상태로 남아 있었다.

자신이 발을 딛고 있는 바닥이 단단하지 않다는 것을 깨닫는 순간 사랑이 분노와 부정으로 변해버리는 가족들이 있다. 가족 구성원 중 한 명이 상처를 입었을 때, 그 상처를 닦아주고 피가 멈출 때까지 눌러준 다음 부드럽게 상처를 감싸주는 대신 곧장 지혈제를 써버리는 그릇된 사랑. 우리가 바로 그랬다. 우리 가족은 서로 몹시 사랑했지만 지나치게 급박한 마음으로 사랑했다.

엄마는 토요일 오후 석양이 지기 전이면 떨어진 단추를 달거나 해진 옷을 덧대어 꿰매곤 했다. 아버지는 엄마 곁에 앉아 라디오를 듣거나 보지도 않을 텔레비전을 켰다. 주방에서는 항상 다음 날 먹을 스튜가 약한 불 위에서 끓고 있었다. 스튜는 하루이틀 뭉근히 끓여야 더 맛있으니까. 온 집 안에 양파와 마늘, 토마토, 후추 냄새가 진동했다. 언제든 다음 날 먹게 될 음식을 쉽게 알아맞힐 수 있었다. 제대로 요리된 음식 냄새는 늘 희망을 불러일으킨다. 적어도 하루 더 식탁을 가득 채울 음식이 있다는 것, 그 주위에 모두 함께 둘러앉을 거라는 사실, 따뜻한 수프와 말랑한 콩 요리가 준비된 또 한 번의 내일이 기다리고 있다는 확신이 사람으로 하여금 희망을 품게 하는 것이다.

유화 물감처럼 느리게 시간이 흐르던 어느 오후, 나는 용기를 내 부모님에게 나의 상태를 알리려 했다. 나는 내가 다시 집에 들어올 수 있게 해줘서 고맙다고 말하고, 부모님은 요즘 어떤지, 초췌한 모습으로 돌아온 나를 보고 놀라셨을 텐데 지금은 안심이 좀 되는지를 물었다. 우리 남매가 이젠 자기 자식을 키워도 될 만큼 장성했음에도 여전히 자기 새끼들 문제에는 경계를 늦추지 않는 암사자 우리 엄마는 더 끔찍한 일이 일어날까 봐 죽은 새끼의 뼈를 서둘러 묻어버리는 다른 엄마들을 보아왔기 때문에 급히 내 말을 끊었다.

"고맙달 게 뭐가 있어." 엄마가 화가 난 듯한 목소리로 말했다. "여기는 네 집이야. 우리가 살아있는 한 너 사는 덴 문제가 없을 거야. 네가 할 일은 그저 낫는 것뿐이야. 넌 괜찮아져야 해, 괜찮아져야 해, 괜찮아져야 해."

제대로 서지도 못하는데 괜찮아져야 한다는 그 말이 온 사방으로 계속 메아리쳤다. 바로 그때 아버지가 소파에서 일어나 주방으로 갔다. 스튜 냄비를 한번 열어보고는 냉장

고를 열어 거기 있는 걸 전부 꺼낸 다음 작은 샌드위치를 만들었다. 아버지는 샌드위치를 한 입 먹고 곧장 내게 내밀었다. 그건 나에게 할 말을 찾지 못한 아버지의 의사표현이었다. 나를 전혀 이해할 수는 없지만, 언제든 나를 먹이기 위해서라면 자기 입에 들어 있는 음식을 꺼낼 수 있다는 뜻이었다. 당신이 굶어 죽는다 해도 나를 사랑할 거라는 의미였다.

우리 가족의 사랑은 늘 뒤늦게 왔다. 우리가 처했던 환경 때문에 우리는 서로 소통하는 방법을 배우지 못했다. 가정을 부양하느라 평생 녹초가 되도록 일한 사람은 누구나 상처 입지 않고 살아갈 수 없다.

그놈의 빌어먹을 노동이 우리가 서로를 배울 시간을 빼앗았다. 우리의 사랑은 가공되지 않은 것, 너무나 강력해서 양을 조절할 수 없는 것이었다. 바로 그 사랑이 우리가 이기주의자가 되게 하고, 서로에게 지나치게 많은 것을 강요하게 했다. 부모님으로 하여금 당신들의 작은 트랜스 소녀에게 그녀는 결코 할 수 없는 일, 용감한 터프가이, 머리부터 발끝까지 남성성이 넘치는 투우사 엘코르도베스가 되기를 바라게 한 것이다.

버섯 요리 한 접시

마르가리타를 다시 만났을 때, 차가운 공기가 등골을 휘감는 느낌을 받았다. 마르가리타는 내 것이 되리라 꿈꾸었으나 내 것이 아니었던 세상, 견딜 수 없는 형벌을 받지 않고는 들어갈 수 없는 세상의 상징이었다. 동네에서 나를 기다리고 있는 줄은 알았지만 나타나지 말기를 바랐던 유령 중 하나였다. 사람은 자신을 산 채로 묻게 되면 다른 사람도 모두 묻힌 것으로 생각한다. 자신의 것이라고 믿었으나 사실 자신이 그중 한 조각에 불과했던 세상 전부를 무덤으로 가져간다.

토요일 오후 세 시 반쯤, 퇴근해서 돌아오는 길이었다. 건물 입구 앞에 마르가리타가 서 있었다. 몹시 여윈 데다가 긴 백발이 헝클어진 마르가리타는 예전보다 훨씬 덜 반짝거리는 분홍색 가운을 입고 담배 피울 때만 떼어내는 콧

줄에 연결된 산소통을 옆에 세워두고 있었다. 마르가리타는 산소통으로부터 몇 걸음 떨어져 담배에 불을 붙이고 천천히 피우기 시작했다. 노쇠한 그녀를 보면서 나는 내 생에 필연적이었던 다른 여자들을 떠올리지 않을 수 없었다. 시간이 마르가리타를 저렇게 만들었다면 에우헤니아는 어떻게 되었을까. 그 푸라상그레*는 세월에 어떻게 맞섰을까. 쇠약해진 마르가리타의 모습에서 나는 쇠약해진 나 자신의 내면을 보았다. 점점 좁혀오는 벽들 사이에 있는 비쩍 마르고 머리카락과 손톱이 빠진 내 모습이 떠올랐다.

마르가리타는 또 한 번 퓌티아‡가 되어 내가 알고 싶지 않았던 비참한 예언을 보여주었다. 나는 마녀들의 야간 집회와 나의 또 다른 엄마, 나의 친구를 버렸다는 양심의 가책을 견딜 수가 없었다. 어떤 빌어먹을 딸년이 그런 짓을 하겠는가. 내 벽장은 나를 이기적인 인간으로 만들었다. 방어벽을 세우느라 내 삶뿐만 아니라 내 주위에 있는 다른 사람의 삶까지도 모두 산산조각 내버렸다. 그 과정에서 나는 내게 더 이상 필요하지 않은 사람들과 내가 원한에 차서 쌓아올린 것을 무너뜨리겠다고 위협하는 사람들을 다 버렸다. 내가 고향으로 돌아온 건 형편이 어려워서고, 원하는

* 아랍 종마와 영국 암말을 교배해 만든 말의 품종.
‡ 아폴론 신의 여사제이자 예언자.

것은 오직 피부와 뼈, 힘줄, 죽은 나무로 뒤덮인 내 방어벽 뒤에 나를 그냥 내버려둬주는 것이었다.

"방금 마르가리타를 봤어요. 아직 살아있다는 말씀 안 하셨잖아요." 나는 집에 들어오자마자 말했다.

엄마는 요리의 마무리 단계로 마늘 몇 조각을 살짝 튀기고 계셨다.

"가엾게도 끔찍한 몰골이지. 암에 걸린 지 오래됐어. 아마 살 날이 얼마 남지 않았을 거야."

엄마는 아침 인사 전에 종부성사를 앞당겨서 하는 그 동네의 오랜 전통을 아직까지 지키고 있었다. 산블라스의 까마귀들은 병자의 주위를 맴돌며 죽음을 미리 이야기했다.

"마르가리타는 교구에서 주는 음식을 얻어먹으며 겨우 살고 있어. 우유랑 마카로니, 토마토, 식빵, 이집트콩을 눈곱만큼 주는 걸로. 돼지 같은 신부가 엄청나게 좋은 일이라도 하는 것처럼 생색내면서 보잘것없는 바구니를 나눠주는 걸 보면 부아가 치밀어. 가난한 사람은 빵만 먹어야 한다고 생각하는 건지, 정말 구역질이 나."

"우리가 가끔 토마토랑 오이 가져다준다. 샐러드 해 먹으라고." 아버지가 거들었다. "너희 엄마가 스튜를 큰 솥으로 끓이면 한 대접 가져다주기도 하고. 정말 꼴이 말이 아니야. 레메 부인과 코스코 부인은 죽었고 절름발이 아순시온은 친구랑 살 거라며 베니도름으로 이사 갔어. 둘이 같이라스그레카스*의 노래를 부르는 그룹 활동을 한다더라고."

나는 아순시온은 잘됐다고 생각했다.

"그 건물엔 이제 아무도 안 남았어. 마르가리타 혼자야."

"당연히 연금도 안 나오겠죠? 조금이라도 못 받으려나."

"무슨 연금이 있겠어. 창녀나 청소부로 일한 건 일한 시간대로 쳐주지도 않는데. 많아봤자 이삼백 유로나 받을까."

"얘, 거기 그냥 있어. 신발 벗지 말고. 이 마늘 버섯 요리 좀 갖다 주고 와. 같이 먹으려고 프라이팬 한가득 했고 네 형 건 남겨뒀어. 어서 가. 따뜻할 때 먹으라고 해."

엄마는 이런 사람이었다. 의심이 많기는 하지만 남의 불행을 보면 그냥 넘기지 못하는 사람. 엄마는 당신이 내게 시킨 일이 어떤 의미인지 전혀 몰랐고 나도 설명할 용기는 없었다. 나는 한 손에는 알루미늄 포일을 덮은 뜨거운 마늘 버섯 요리 접시를 들고 다른 한 손은 진땀을 흘리며 벌벌 떨면서 마르가리타의 집 초인종을 눌렀다.

문이 열리기까지는 시간이 걸렸다. 산소통 수레가 바닥을 구르는 소리가 또렷이 들리고 잠금쇠가 열리고 다시 이중잠금줄이 풀리더니 마침내 빠끔히 연 문틈으로 마르가리타가 모습을 드러냈다.

"아니, 아가야, 이게 어쩐 일이니?" 그녀가 말을 내뱉을

* 1970년대에 크게 인기를 얻었던 스페인의 플라멩코 록 듀오.

때마다 가슴에서 색색거리는 소리가 났다. 그녀는 몹시 창백했고, 이마에는 땀방울이 맺혔다.

"저 알아보시겠어요, 마르가리타 여사님?" 이 말 말고는 무슨 말을 해야 할지 알 수 없었다.

"지금도 이렇게 얼굴이 동전처럼 동그란데 어떻게 못 알아보겠어!"

우리는 함께 웃었다. 내 나이 서른넷에 듣게 되리라고는 기대하지 못했던 말, 내 얼굴이 동전처럼 동그랗다는 말이 너무나 다정했다. 이런 말을 듣고 있다는 게 도무지 믿기지 않았다.

"맙소사, 동전이라니요, 여사님. 피부는 아직 이렇게 고우신데 시력은 엉망이군요."

"거기 서서 그러지 말고 들어와. 그렇게 깍듯이 여사님이라고 부르지도 말고. 난 네가 태어날 때부터 봤어."

"아뇨, 다음에요. 엄마가 마늘 버섯 요리 가져다 드리라고 해서 왔어요. 지금 막 만든 거예요. 전해드리고 얼른 집에 가봐야 해요. 아직 식사 전이라서요."

"그럼 그러려무나. 엄마한테 감사하다고 말씀드려줘. 입맛에 딱 맞다고. 그런데 너는 어떻게 지내니?" 내 대답을 미리 알고 있기라도 한 듯 마르가리타는 얼굴을 찡그리며 입술을 오므렸다.

"잘 지내고 있어요. 저 갈게요. 여사님 시간 뺏고 싶지 않아요."

마르가리타도 나를 더 붙잡지는 않았다.

"아무때나 접시 가지러 와서 커피 한잔해. 어떻게 지냈
는지 이야기 나누고 싶구나."

"물론이죠. 몸조심하세요."

마르가리타가 문을 닫은 후 한동안 나는 그 앞에 서 있
었다. 평범한 일과는 운명을 움직이는 가장 효율적인 도구
다. 내가 처음으로 마르가리타와 단둘이 대화를 나눈 건 망
할 놈의 마늘 버섯 요리가 만들어낸 일이었다. 나는 그 집
계단 앞에 앉았다. 오래전 버렸던 혼자 우는 나쁜 버릇을
되찾을 순간이었다.

맙소사, 내가 무슨 짓을 했던 건가. 그 긴 세월을 지나는
동안 대체 뭐가 된 건가. 어떤 침묵의 공식을 발명했기에
이렇게 내 속이 썩어들어간 건가. 마르가리타의 얼굴이 숨
을 몰아쉬며 내 뺨에 입 맞췄을 때, 나는 엉터리 동화 속 주
인공처럼 잠에서 깨어났다. 영원할 것 같았던 빙하가 삐걱
거리며 단숨에 녹는 소리가 내 안에서 들려왔다. 나는 전혀
준비되어 있지 않았지만, 내가 세상에 태어났을 때부터 나
를 지켜봐온 모든 여신이 이 순간을 기다리고 있었다. 벌떡
일어나 문을 두드린 후 고해성사를 하겠다고 청할 용기가
있었더라면! 그러나 나는 수도원장 수녀를 찾아가는 초보
여장남자의 상태로 돌아가고 싶지 않았다. 그 세상은 나의

것이 될 수 없었다. 그럴 수 없었다. 나는 그 세상에 머물러야 했으나, 우리 엄마의 신, 외면하는 신에게 어서 나를 그곳에서 벗어나게 해달라고 기도했다.

산블라스에 새로 이사 온 사람들이 주로 자기 집 안에만 머물며 내향적으로 행동하는 점은 내게 유리하게 작용했다. 나는 지난 십 년 넘게 억눌렀던 울음을 참지 못하고 큰 소리로 흐느꼈다. 방해하는 사람은 아무도 없었고, 내 울음소리가 계단에 메아리처럼 울려퍼졌다. 모든 게 다 그 빌어먹을 버섯 요리와 도움이 필요한 이웃을 돌봐야 한다는 동네의 오랜 인심 때문이었다. 나는 충분히 진정될 때까지 기다린 다음 얼굴이 벌게진 이유, 간단한 심부름 하나 하는 데 시간이 꽤 걸린 이유로 댈 핑곗거리를 생각하며 집으로 돌아갔다.

그때 내가 한 또 다른 생각은 마르가리타를 다시 만나는 것이었다. 한 여자에게는 새 부츠를 선물하지 못했지만 다른 한 여자는 또다시 꿈속에서 내 뺨을 때리는 일이 일어난다 하더라도 절대 혼자 두지 않겠다고 다짐했다. 내 방어벽은 무너졌다.

빗속의 고양이

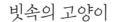

프렌치프레스 하나와 굵게 분쇄한 커피원두 너덧 팩을 샀다. 우유도 빼놓지 않았다. 부모님 집에 들어온 다음부터는 월급 절반을 저축하고도 매달 사백 유로 이상이 남았다. 부모님은 내가 내놓는 돈을 절대 받지 않으려고 하셨고 묻지 않고는 뭘 사 오지도 못하게 하셨다. 몇 차례의 실랑이 끝에 나는 항복을 선언했다. 이 문제에 대해서만큼은 부모님과 협상을 할 수 없음을 인정해야 했다. 우리 나이가 몇 살이든 부모님 집에서는 부모님이 생계를 책임지려는 것을 하느님도 막을 수 없었다.

나는 남은 돈을 마르가리타가 교회에서 나눠주는 바구니에 덜 손을 내밀고, 기본적인 것에 부족함을 느끼지 않으며, 매일 삶은 만두만 먹지 않아도 되게 하는 데 쓰기로 결정했다. 또 가끔 그녀의 집에 난방을 하고 청구되는 난방요금은 내가 내기로 내 마음대로 결정했다. 담벼락에 켜켜이 쌓인 추위가 암보다 더 빨리 마르가리타의 수명을 줄이고 있었다. 누구도 그렇게 살아서는 안 된다.

나는 날마다 이른 아침에 마르가리타의 집으로 가서 함께 아침을 먹었고, 일요일에는 종일 같이 있었다. 밤이 되면 산소마스크를 잘 씌워주고 그녀가 잠들 때까지 그 집에 머물렀다. 우리 관계는 굉장히 자연스럽게 발전해갔으므로 만일 내가 사춘기 때 용기를 내서 그녀와 이야기를 나누었더라면 어떻게 되었을까를 끊임없이 스스로에게 묻게 되었다. 나는 만약의 경우를 떠올려보는 데 신물이 난 상태였고, 평생 내가 한 거짓 행동들은 우스꽝스러운 데다 모두 피할 수 있는 일이었다고 생각했다. 실제로 린치를 당했고 내가 그렇게 행동하게 된 이유도 타당했지만 결국 전세를 역전시켜 모든 걸 거꾸로 가게 만들어버린 건 두려움이었다.

마르가리타의 집은 꽉 차 있었다. 내가 언제나 상상해왔던, 여장남자의 판타지가 구현되어 있는 곳이었다. 과장되게 장식된 액자 속 사진들, 꽃무늬 천을 씌우고 팔걸이에는 레이스를 덮은, 별로 사용하지 않은 오래된 소파. 바닥 전체에는 빙고 게임장이나 극장 계단에서 볼 수 있을 법한 매끄러운 붉은색 카펫이 깔려 있었고, 그 카펫이 끝나

는 지점에 있는 줄무늬 직물 벽지로 도배한 거실 벽 한가
운데에는 공작의 꼬리를 닮은 거대한 부채가 웅장하게 자
리 잡고 있었다. 높은 기둥이 달린 거대한 나무 침대에는
분홍색 인조 새틴 이불이 깔려 있었다. 처음으로 그 집을
전부 다 돌아보았을 때 나는 내가 평생 간직해온 여장남
자로서의 꿈 중 하나를 확인받은 것만 같아서 마르가리타
를 안아주고 싶었다. 마르가리타는 영화 〈다른 목소리, 다
른 공간〉에 나오는 랜돌프 아저씨의 내 버전이었다. 영화
속 랜돌프 아저씨는 집이 늪으로 끝없이 가라앉는데도 버
번 한 잔을 들고 속눈썹 붙일 힘은 남아 있있던 트랜스섹
슈얼로, 내 인생에 불을 지른 인물이었다. 트루먼 커포티*
가 마르가리타를 알았다면 그도 마르가리타를 위해 기도
하고 싶었을 것이다.

　마르가리타는 자신의 공간을 청결하게 유지하려고 애썼
다. 몇 걸음만 걸어도 금세 피곤해 했지만 한 번에 조금씩,
오늘은 가구 하나 내일은 테이블을 닦는 식으로라도 걸레
질을 했다. 혈액에 산소가 충분해서 콧줄과 싸우지 않아도
될 때는 빗자루로 바닥을 조금 쓸기도 했다. 잘 사용하지
않아 깨끗한 나머지 부분에 미세하게 쌓이는 먼지는 흐르

* 트루먼 커포티가 〈다른 목소리, 다른 공간〉의 원작을 썼다.

는 세월의 숨결을 보여주었다.

"와, 마르가리타, 이건 사진이네요." 나는 무시무시하게 생긴 도자기 광대 인형 뒤 책꽂이에 절반쯤 숨겨져 있던 금박 테두리를 두른 검은 앨범을 만지작거리며 말했다.

"어떤 거?" 마르가리타는 내가 그 앨범에서 찾아낼 것이 무엇인지 정확히 알고 있었기 때문에 못 알아들은 척, 엷게 미소를 지었다.

"아니 어쩜 이렇게! 마르가리타, 어맨다 레포어* 젊었을 때랑 똑같잖아요!"

사진 속 굽이 높은 하이힐을 신은 마르가리타는 시중 받으려고 기다리는 귀족 여인처럼 팔로 머리를 받치고 고개를 쳐든 채 검은 소파에 반쯤 누운 상태로 자세를 취하고 있었다. 환하게 빛나는 모습이었다.

"이 사진은 내 고객이었던 아구스틴이 찍어준 거야. 그 사람이랑 아주 잘 지냈어. 레이디페파라는 라이브카페에 함께 갔을 때였는데 관능적인 짧은 연극도 하는 재밌는 곳이었지. 마드리드에서 돈 좀 있다는 동성애자 태반은 술 마시러 드나들던 데야. 멘디사발이라고 극작가였던 사람이 운영하는 곳이었어. 유쾌하고 말쑥한 게이였지. 찬물 수도꼭지보다 훨씬 더 오른편에 있는 사람이었지만. 내가 거기

* 미국의 트랜스섹슈얼 가수이자 모델, 패션 아이콘.

서 본 사람들 얘기를 한다면……. 난 말하는 걸 별로 좋아하지는 않아. 어쨌든 내가 입을 열면 날 죽일 거야. 마릴린 먼로처럼 말이지."

마르가리타는 내게 가까이 오라는 손짓을 했다. 그리고 정보국 도청을 피할 수 있을 만큼 거리가 가까워지자 나에게 속삭였다. "거기서 프라가*를 만났어. 그 사람을 한 번 만나면 좋은 구두 두세 켤레는 쉽게 살 수 있었지."

"뭐라고요? 프라가? 마누엘 프라가? 장난치지 말아요. 내가 놀라서 산소줄 밟으면 당신 죽을 수도 있어요."

"프라가 맞습니다, 아가씨. 마누엘 프라가 장관, 그 더러운 가래, 설사만도 못한 놈."

속눈썹을 붙이고 트랜스섹슈얼 힐을 핥는 프라가의 모습을 상상하니 그자가 아주 조금은 인간적으로 느껴졌다. 나는 서둘러 그자가 이 존엄한 방에 발을 들이지 못하도록 그가 피에 굶주린 개자식이었다는 사실을 떠올렸다.

마르가리타와 시간을 보낼수록 나는 자물쇠가 점점 헐거워지는 것을 느꼈다. 마르가리타는 내 인생에 관해 아무것도 묻지 않았고 산블라스가 가르쳐준 거리를 잘 유지했지만, 자기와 같은 사람으로 나를 감싸안으려 했다. 아주 자연스럽게 "우리 여자들은"이라고 말하면서 그곳이 언제든

*스페인의 파시즘 정권 출신 정치인이었던 마누엘 프라가.

마음놓고 쉴 수 있는 안전한 장소라는 걸 내가 깨닫게 하려고 했다. 오래전 포기했던 공간을 되찾고 있다는 사실에 나는 양심의 가책을 느꼈다. 에우헤니아가 나를 미워하게 되지 않았어야 할 텐데. 어느 성녀가 에우헤니아의 꿈에 나타나 내가 겪은 일을 이야기해주었다면 좋으련만!

마르가리타는 건강이 급속도로 나빠졌지만 내가 곁에 있음에 행복해 했다. 그녀는 운동 반경이 점점 줄고 다른 사람의 도움을 더 많이 받아야 했다. 매일 밤 나는 퇴근 후 마르가리타의 집에 가서 그녀의 상태와 저녁을 먹었는지를 확인한 다음 그녀가 잠자리에 드는 걸 도와주었다. 부모님은 내게 이유를 묻지 않았다. 아마도 부모님 나름의 방식으로 이해하셨을 것이다. 어쩌면 우리 모두의 얼음벽이 깨지는 중이었는지도 모른다. 어느 날 아침, 마르가리타가 산소마스크도 쓰지 않고 화장실에 가다 쓰러져 거의 의식을 잃은 채 눈도 뜨지 못하고 있는 걸 발견했다. 그녀는 의식이 아주 약간 돌아오자 나를 향해 미소를 지으며 여러 번 말했다. "네가 와주니 얼마나 좋니. 얼마나 좋아."

나는 그녀의 몸도 씻겨주었는데, 서로 부끄러운 마음이 들지 않도록 후다닥 닦아주곤 했다. 하지만 몇 번 해보니 꽤 능숙하게 목욕을 시킬 수 있게 되었고, 그 일은 필요한 일과로서 우리 둘 모두에게 익숙해졌다. 슬프지만 아름다운 일이었다. 두 여자 사이에 존재할 수 있는 모든 감정의

장벽이 허물어지는 이런 이중적 의미의 의존보다 더 원초
적인 내밀함은 없는 것 같다. 마르가리타는 자신의 몸을 돌
보기 위해, 질병 때문에 빼앗긴 존엄성을 지키기 위해 나를
필요로 했다. 그리고 나도 그녀가 필요했다. 우리가 함께하
는 시간이 내게 삶을 되돌려주었기 때문이다.

왕진 오는 의사의 동의를 받아 우리는 그녀가 앉아서 잠
을 자는 게 좋겠다고 결정했다. 그렇게 하면 일어나 화장실
가기도 쉽고 숨 쉬기도 편했다. 하루가 저물 무렵 나는 그
녀의 집에 들러 저녁 먹은 접시를 치우고 얼굴을 씻어준 다
음 로션을 발라주었다. 또 머리를 풀어주고 가운을 여민 후
솜이불로 몸을 잘 감싸주었다. 산소통 거품이 보글거리는
소리와 수척해진 가슴에서 새어나오는 가느다란 숨소리를
들으며 그녀를 어둠 속에 두고 문을 닫았다.

마르가리타와 마지막으로 함께 보냈던 일요일에는 내가
늘 보아왔던 모습 그대로의 금발로 머리를 염색해주었다.
염료 냄새가 건강에 좋을 리는 없었지만 병세가 병세이니
만큼 그런 건 별 문제가 되지 않았다. 머리를 헹구는 게 엄
청난 난관이긴 했지만 대야와 물병, 대걸레, 어마어마한 인
내심을 총동원해 그럭저럭 해낼 수 있었다. 예전의 번쩍이
는 금발을 되찾은 걸 거울로 확인한 마르가리타는 만족스
러워했다.

그 한 주 동안 마르가리타의 건강은 급격히 나빠졌다. 나

는 밤에는 더 늦게까지 머물렀고 아침 방문 시각은 앞당겼다. 마르가리타는 종일 의식이 흐려진 채로 시간을 보냈으며, 거의 먹지도 못했다. 내가 간신히 아침을 먹이고, 기저귀를 채워주고, 팔만 뻗으면 손이 닿도록 물통을 안락의자 옆 작은 테이블에 놓아두었다. 밤에 가서 보면 물은 건드리지도 않은 채였다. 나는 억지로 물을 먹이고 병을 씻은 다음 뭐라도 먹게 하려고 애썼지만 강요하지는 않았다. 선택권은 그녀에게 있으니까.

그 어두운 집에 마르가리타 혼자 있는 걸 생각하면 잠이 오지 않았다. 마르가리타는 불을 켜두는 걸 싫어했다. 불이 환하면 저승사자가 더 빨리 찾아올 거라고 했다.

주말에는 조금 활기를 찾아 정신이 드는 것처럼 보였다. 내가 머리 손질을 해주겠다고 했을 때도 그에 응할 수 있을 만큼은 힘이 있었다. 말하기는 힘들어했다. 단어 하나하나를 발음하려면 숨을 몰아쉬어야 했기 때문에 몹시 힘겨워했고 그래서 나만 말을 했다. 마르가리타는 미소를 머금고 내 말을 들었다. 오후는 머리 손질을 하며 보냈고 금세 밤이 되었다. 저녁은 잘게 자른 과일 몇 조각과 좋아하는 치즈 두 조각으로 그래도 좀 먹은 편이었다. 마르가리타를 누에고치처럼 이불로 돌돌 말아주었을 때 나는 그녀가 뭔가 하고 싶어하는 말이 있다는 걸 알 수 있었다. 나는 그녀에게 최대한 가까이 다가갔다. 그녀에게서는 월하향 향수와 에노데프라비아* 향이 풍겼다.

"음악 좀 틀어줄래?" 그녀의 목소리는 이제 목소리라고 할 수도 없었다. 그 말을 알아들으려면 가냘픈 바람 소리만 듣고 그 뜻을 해석해내야 했다.

나는 전축을 서빙카트에 실은 후, 그녀가 원할 때 전축 전원을 끌 수 있도록 그녀 가까이로 카트를 밀어놓았다.

"뭘 틀어드릴까요, 여왕님?"

"빗…… 소에…… 고양이."

나는 얼른 레코드장에서 로시오 두르칼*의 앨범을 찾았다.

"B면 틀어놓을게요. 첫 곡은 〈빗속의 고양이〉예요. 다시 듣고 싶으면 이 바늘을 들어서 앞부분에 놓기만 하면 돼요. 손 닿아요?"

두어 번 연습을 해보았다. 마르가리타는 꽤 잘 해냈다. 노래가 흘러나오기 시작하자 그녀의 눈가가 촉촉해졌다. 나는 다시 다가가 괜찮냐고 물었다.

"내…… 가…… 바로…… 그…… 고양이…… 였어…….그건…… 변…… 하지 않아."

"분명 그랬을 거예요. 오렌세 거리의 암호랑이, 아주 엄

---

* 스페인의 바디워시 브랜드 이름.
* 마드리드 태생의 가수. 〈빗속의 고양이〉는 1981년에 발표한 발라드로, 떠나간 사랑을 그리워하는 여인을 비 맞는 고양이로 비유했다.

청났을 거예요."

나는 그녀의 머리를 쓸어주고 이마에 입을 맞췄다. 우리는 함께 미소 지었다. 전축을 조작할 수 있도록 작은 전등을 하나 켜두기로 했다. 나는 그날 밤 그녀가 내 기억 속에서 언제나 그랬듯이 반짝이는 하이힐에 새하얀 옷을 입고 인생에 취한 채 그녀의 발아래 무릎 꿇었던 모든 남자와 빗속에서 춤추는 꿈을 꾸기를 바라며 그 자리를 떠났다.

모든 여자

날이 밝기 한참 전에 일어났다. 잠시 쉬러 갔던 그 짧은 밤 동안 나는 아득한 의식 속에서 엷은 어둠을 더듬으며 시간의 흐름을 느꼈다. 여행 전날 밤, 또는 아주 중요한 일을 앞둔 날 밤처럼 거의 잠을 이루지 못했다.

부모님 집은 추웠다. 침대 밖으로 발을 내딛는 순간 한기가 몰려와 가슴이 철렁하고, 어떻게 해도 따뜻해지지 않을 만큼 추웠다. 옷을 걸쳐도, 따뜻한 음료를 마셔도, 몸의 어느 한 부분은 가려지지 않는 짧은 담요를 덮은 기분이었다. 나는 몸 구석구석 샤워 스펀지를 문지르며 오랫동안 샤워를 했다. 평소처럼 서두르거나 수녀가 영원한 참회를 위해 살갗에서 악마를 벗겨내듯 문지르지 않고 내 살을 소중히 여기는 사람처럼 조심스럽게 몸을 닦았다. 옷차림에도 신경을 썼다. 의식의 표면에서는 내가 왜 그렇게 모든 일에 마치 의식을 치르듯 엄숙한 마음으로 임하는지 명확히 알지 못했지만 더 깊은 곳에서 오는, 말로는 들을 수 없어도 어둠 속에서 깨닫게 되는 그 생각을, 그래, 나는 알고 있었다.

나는 해가 지평선의 장막을 뚫고 나오기 전에 집을 나섰다. 하늘은 이미 색이 변하고 있었고 거리는 멍든 입술처럼 자외선 빛으로 환하게 빛났다.

마르가리타의 집으로 가서 문을 열자 빛을 등지고 앉아 있는 그녀의 형체가 보였다. 산소통의 웅얼거림, 이제 다 돌아가서 더는 들려줄 것이 없는 디스크 표면을 고집스럽게 긁어대는 전축 바늘의 윙윙거리는 소리가 들려왔다. 나는 지난밤 전축을 조작할 수 있게 켜두었던 작은 전등이 비추는 마르가리타의 얼굴을 가까이서 보려고 다가갔다.

"좋은 아침이에요, 여왕님." 이미 영원의 품에 안긴 그녀의 육신을 향해 내가 말했다. "그러고 있을 줄 알았어요. 전축 바늘은 이렇게 두고 벽에 머리 기대고." 목소리는 갈라지고, 부드럽게 떨리는 흐느낌이 가슴을 흔들었다. 너무 추웠다. "턴테이블 망가진 거 아닌지 봐야겠어요. 이게 얼마나 예민한 건데."

나는 음반을 집어 케이스에 넣은 후 그것을 보니엠*의 히

---

* 1970~80년대에 크게 인기를 끌었던 서독의 디스코 그룹.

트곡들과 카마론*의 〈시간의 전설〉 음반 사이에 끼워 넣었다. 그러고는 마르가리타의 얼굴에서 머리칼을 떼어 귀 뒤로 넘겨주었다. 그녀의 몸은 차갑지 않고 미지근했다. 열이나 저체온증에 대항할 힘이 없을 때, 이미 항복한 사람의 체온이었다. 무방비 상태가 되는 것, 곧 죽음은 그토록 단순하고 아무것도 아닌 일이다. 영혼이 열정, 고뇌, 사랑 또는 갈망이 끓어오르는 용광로의 불을 끄고 육신을 떠나면 물질은 그저 범속한 상태로 변해버린다.

나는 구급차를 불렀다. 마르가리타가 내 말을 듣고 놀라기라도 할까 봐 다른 방으로 가서 낮은 목소리로 전화 통화를 했다. 서로 다른 접수원들에게 두 번이나 상황을 자세히 설명한 후에야 구급차가 배치되었으니 이제 곧 도착할거라는 답변을 들을 수 있었다. 나는 직장 동료에게 전화해오늘은 출근할 수 없다고 알렸다.

거실로 돌아온 나는 의자를 안락의자 쪽으로 당겨 그녀 가까이에 앉았다. 그리고 바로 얼마 전까지 몇 번이고 〈빗속의 고양이〉를 틀었을 손을 부드럽게 잡았다.

"오늘 아침식사는 건너뛰는 걸로 해요, 여왕님. 오늘 정말 예쁘신걸요. 저승사자가 해준 마무리 터치가 잘 어울려요. 정말로 전등 불빛을 보고 찾아온 건지도 모르겠네요.

* 카마론 데 라 이슬라. 스페인 최고의 플라멩코 가수.

하지만 내 생각엔 진작 날짜가 잡혀 있었을 것 같아요. 빛이 없어도 잘 찾아오거든요." 한 마디, 한 마디를 뱉을 때마다 멈춰서 숨을 쉬어야만 했다. 목에서부터 슬픔이 차올라 문장 사이사이 숨을 내뱉으며 슬픔을 눌러야 했으니까.

"마르가리타, 우리 참 잘 지냈지요. 그런데 너무 늦었네요. 당신에게 하고 싶은 말이 정말 많은데. 하지만 이미 다 알고 있죠? 내가 알기도 전부터 다 알고 있었죠? 어릴 땐 당신이 무섭기만 했어요. 내 어릴 적 놀이, 내 이야기들, 여자들이 모두 내가 당신과 똑같다고 했거든요. 그런데 난 당신처럼 되고 싶지 않았어요. 비겁한 좀팽이 남자들이 당신을 대하는 것처럼 사람들이 나를 대할까 봐요. 그래서 내가 그런 남자 중 하나가 되려고 온 힘을 다했죠. 나는 그저 비겁하고 보잘것없는 남자에 불과했어요. 아주 간혹 달님과 사랑에 빠지고, 멋지게 보이고 싶어 여장을 하는 엔디미온*이었죠. 기꺼이 드래곤들에게 내 몸을 내주고 잡아먹히려고 했어요. 내 몸을 벗어던지고 어머니의 오른편으로 승천하려고 한 거죠. 내가 나 자신의 포주였고, 나 자신의 엄격한 아버지였고, 내 감옥의 간수였어요, 마르가리타. 하지만 더는 견딜 수가 없어요. 나는 이제 절대 당신 손을 놓

---

* 그리스 신화에 나오는 고대 도시 엘리스의 왕. 달의 여신 셀레네가 그의 아름다운 외모에 반해 그가 늙지 않도록 영원한 잠에 빠뜨린 후, 밤마다 잠자리를 가져 쉰 명의 딸을 낳았다고 한다.

지 않을 거고, 내 어머니 에우헤니아의 손도 놓지 않을 거예요. 당신들을 잃지 않을 거예요. 당신들이 나의 성녀, 나의 달님, 진실을 말해주는 나의 거울이 되게 하겠어요. 우리도 행복해질 수 있는 거, 맞죠, 마르가리타? 허락하신다면 검은색 금박 앨범은 내가 가질게요. 나한테 필요한 물건이거든요. 그 앨범을 넘겨 보면서 우리도 자부심을 품고 살 권리가 있다는 거, 불행은 저들이 우리에게 덮어씌운 것일 뿐, 우리가 마녀의 표식이 새겨진 채 태어난 게 아니라는 사실을 기억해야 하니까요. 고마웠어요, 나의 여왕님. 볼레로도, 내게 해준 이야기도, 미소와 눈물도 모두 고마워요. 내게 입을 맞춰줘서, 그래서 나를 다시 살 수 있게 해줘서 고마워요."

구급차가 도착해 의무적으로 행해야 할 절차를 밟았다. 나는 의사가 보고서를 쓸 수 있도록 그녀의 병세가 어떻게 진행됐는지를 설명해주었다. 구급팀은 그녀의 죽음이 병으로 인한 것임을 확인했고, 담당 의사의 서명을 받은 뒤 그곳을 떠났다. 나는 시립 장례식장에 전화해 예약을 하고 장례가 경건하게 치러질 수 있도록 모든 준비를 했다. 하지만 나는 그곳에 가지 않을 터였다.

구급요원들은 내 요청에 따라 마르가리타를 침대로 옮겨놓았다. 나는 그녀가 지금 멀리 있다 해도 편안하기를 바랐다. 나는 그녀의 옆에 누워 장밋빛 가운 깃을 손가락으로 쓰다듬었다. 옷깃에 어젯밤에 먹은 음식 자국이 얼룩져 있었다. 있을 수 없는 일이었다. 나는 스펀지에 비누를 묻혀 와 얼룩을 닦으려고 자리에서 일어났다. 그리고 다시 방으로 돌아왔을 때 나는 마르가리타의 온전한 형상을 볼 수 있었다. 그녀는 성모 마리아의 현현 같았고, 아름다운 여왕이 재림한 것 같았으며, 천사들이 목동의 귀에 속삭여준 비밀 이야기 같았다. 마르가리타는 늘 그랬던 것처럼 불타오르는 금발로, 오렌세 거리의 여황제로 이곳을 떠날 터였다. 나는 서둘러 마르가리타의 옷을 벗기고 욕실에서 물 한 대야와 젤 몇 방울을 준비한 다음, 작은 수건을 비눗물에 적셔 막달라 마리아가 예수를 씻기듯 숭배하는 마음으로, 전능한 어머니의 영원으로 향하는 길을 준비하는 마음으로 정성껏 마르가리타의 몸을 닦았다. 깨끗한 몸 구석구석 수분크림을 바르고 기초화장도 꼼꼼하게 했다. 옷장 두 개에 꽉 들어찬 수많은 옷 중에서 고심한 끝에 등에 크리스털 버클이 달린 홀터넥 흰색 드레스를 선택했다. 늘 분홍색을 입었지만 마르가리타에게 가장 잘 어울리는 건 흰색이었다.

나는 조심스럽게 마르가리타의 얼굴에 화장을 해주었다. 화장 기술은 많이 녹슬었지만 그래도 성숙한 스타일을 살려낼 수 있었다. 마르가리타는 "자연스럽게, 하지만 화장한 티가 나도록"이라고 말하곤 했었다. 얼굴의 자국들, 어린 시절 나를 괴롭혔던 혹은 이제 성스러운 땅으로 보였다. 나는 그곳에 천천히 입을 맞추었다. 앞으로 평생 나는 그 아름다운 언덕을 기릴 것이다. 그리고 그런 자국을 가진 모든 여자에게서 발아래 꽃을 바치고 싶어지는 여신의 모습을 보게 될 것이다. 세상 누구도 얼굴이 울퉁불퉁한 여장남자보다 더 완벽하지 못할 것이다. 그 누구도 바보들의 눈으로는 절대 불가해한 아름다움에 도달하기 위해 모든 걸 희생한 그녀들만큼 아름답지 않을 것이다. 어떤 여자도, 요정도, 여신도 장의차의 하얀 시트에 덮인 채 사라지는 마르가리타의 마지막 모습보다 더 아름답지는 못하리라. 장의차가 집을 떠나기 전 나는 들것에 역시 새하얀, 굽이 높은 하이힐 한 켤레를 올려놓았다.

"영안실에 가면 이걸 꼭 신겨주시면 감사하겠어요."

"네, 그러죠, 세뇨르." 들것을 밀던 사람이 말했다.

"세뇨르가 아니라 세뇨라라고 불러주세요." 내가 대답했다.

그는 영문을 몰라 나를 아래위로 훑어보더니 자신의 말을 정정했다.

"네, 세뇨라. 구두를 신겨드리라고 전하겠습니다. 염려 마십시오."

나는 마르가리타가 잠들었던 안락의자에 앉아 조용히 울었다. 애끓는 울음도 딸꾹질도 없었다. 아름답게, 천천히, 내 안에 눈물 한 방울 남지 않을 때까지 오래 울었다.

욕실에서 세수를 한 다음 거울 속 내 모습을 뚫어지게 바라보았다. 십 년 넘게 하지 않았던 일이었다. 거울을 보지 않으려 나는 면도도 샤워부스 안에서 했더랬다. 뜨거운 물줄기 아래 두 눈을 감고 손가락 끝으로 털이 깎여나간 부분과 한계선을 더듬으면서 그 위로 면도칼을 밀곤 했다.

그래도 세월이 나를 험하게 다루지는 않은 모양이었다. 나는 엄마로부터 아름다운 입술 말고도 콜라겐의 축복을 물려받은 것 같았다. 피부에 주름도 없고 다른 결점도 없었다. 마르가리타의 위대한 여행을 위해 그녀를 치장해주기 바로 직전 그녀의 방에 들어설 때 보았던 아름다운 여왕의 재림을 준비해야 할 순간이었다. 나는 레코드장에서 벨벳언더그라운드*의 45주년 기념 앨범을 꺼내 〈팜파탈Femme Fatale〉을 최대 볼륨으로 틀었다.

나는 다시 마르가리타의 방으로 돌아와 여인이 화형장으로 들어가기 전에 하듯 정면을 바라보면서, 오직 나만 볼 수 있는 불꽃에 맞서 천천히 옷을 벗었다. 수백 명 유령의 손이 내 다리와 등을 받쳐들어 내 팔다리가 머뭇거리지 못하도록 막았다. 세상 모든 여자가 나를 지켜보고 있었다. 머리카락이 희끗희끗하고 이제 막 노년에 접어든 것처럼

* 미국의 록 밴드. 활동 당시에는 상업적으로 실패했으나 지금은 언더그라운드 음악의 대부로 평가받고 있다.

보이는 에우헤니아는 꽃으로 가득 찬 화장대 앞에 앉아 미소를 띤 채 들리지 않는 목소리로 동의를 표하는 것처럼 나를 올려다보았다. 제이는 달빛 아래에서 그네를 타며 제 손에 키스하더니 그 키스를 내게 날려 보냈다. 펠루카 마리아는 손에 들고 있는 나뭇가지를 흔들며 자신의 영혼이 옮겨 간 나뭇등걸에서 내 운명을 향해 인사를 보냈다. 나는 내게 꼭 어울리는 어깨가 드러나는 테라코타 빛깔 원피스를 입고, 마르가리타를 배웅하기 위해 했던 것과 똑같은 화장을 내게도 했다. 관자놀이와 턱 사이쯤 어중간한 길이로 자란 머리칼을 헝클어트리고 더 이상 붉을 수 없는 하이힐을 신은 다음 고개를 높이 쳐들고 내가 자란 골목으로 나갔다. 카페 피게로아의 사진들을 위해, 파울라 친칠라를 위해, 다니엘과 그의 손가락 아홉 개를 위해, 알리시아와 축구에 대한 그녀의 재능을 위해, 벤저민을 하늘로 비상하게 해주지 못했던 그랑주떼*를 위해, 라파엘라 카라와 이레네 카라의 노래에 맞춰 춤을 추던 안대를 두른 계집아이를 위해, 나를 희생제물로 바친 제단을 위해.

　이름은 없었지만 나는 항상 존재했었다. 나는 나만의 전설 속에 살았다. 내 이름은 없었지만 승리의 헤카베*, 카산

* 한쪽에서 다른 쪽 다리로 발을 바꾸면서 점프하여 다리를 공중에서 뻗는 발레 동작.
‡ 그리스 신화에 나오는 트로이의 왕 프리아모스의 왕비. 트로이 전쟁에서 남편과 자식들을 잃은 후 분노와 슬픔으로 늑대가 되었다.

드라*, 카르밀라**, 셰드**, 백설공주의 계모, 라 비키나**, 라 요로나**, 호수의 귀부인**, 아프로디테, 크리스티나 오르 티스†, 로베르타 마레로††, 후아나 이네스 데 라 크루즈††, 5 월의 여왕‡‡으로 살았다. 나는 모든 여자였다.

---

* 헤카베의 딸이자 트로이 영웅 헥토르의 누이. 아폴론에게 예언의 능력을 받았지만 그의 사랑을 거절한 대가로 설득력을 잃은 불행한 예언자.

** 셰리던 르 파뉴가 쓴 동명의 소설의 주인공인 여성 흡혈귀.

** 톰 스펜바우어의 『달과 사랑에 빠진 남자』의 주인공인 양성애자.

** 멕시코 민요 〈라 비키나〉에 나오는 여자.

** '우는 여자'라는 뜻으로, 멕시코 괴담에서 남편에게 버림받고 아이들과 목숨을 끊은 후 원귀가 되었다는 여인.

** 아서왕 신화에 등장하는 여인.

† 스페인의 가수이자 배우로 스페인에서 가장 사랑받는 LGBTQ의 아이콘 중 한 명.

†† 스페인의 가수이자 배우, 일러스트레이터.

†† 17세기 멕시코의 저명한 문인이자 수녀였으며, 여성과 금지된 사랑을 해서 박해받았다.

‡‡ 성모 마리아를 가리킨다.

오로지 다르다는 이유만으로

한 아이가 있다. 여자아이의 마음을 가졌지만 남자아이의 몸으로 태어난 아이. 그렇다. 트랜스 여자아이다. 남성 우월주의가 아직 견고했던 1980년대 스페인. 이제 막 독재에서 벗어나 민주주의로 전환하면서 인권의식이 싹트기는 했어도 여전히 성별 문제에 관해서는 획일적 잣대를 들이대던 시절. 그 기준을 조금이라도 벗어나면 어마어마한 물리적·정신적 폭력이 기다리고 있었다. 헤로인이 넘쳐나는 빈민가에서 노동자계급의 자녀로 태어난 주인공은 아주 어려서부터 자신이 남들과 다르다는 사실을 어렴풋이 깨닫는다. 여자로서의 삶을 간절히 바라지만 사회는 신체적 특성에 복종하고 살아가라고 강요한다. 아이는 결국 벽장 속으로 숨어 자신의 욕망을 절제하고 참모습을 숨긴다. 그리고 사회의 강요에 따라 사회가 부여한 성별을 그대로 지키고 살려고 무진 애를 쓴다. 하지만 남자로 성장해가는 자신의 몸에 당황하며 내면 세계로 도망치던 주인공은 어느 날 용기 내어 본성이 시키는 대로 여자 옷을 차려입고 대낮 거리를 활보한다. 그날, "어떻게 이토록 아름답고, 세상과 함께 나누기에는 이토록 개인적이고 특별한 일이, 순수한 기쁨으로 나를 떨게 만드는 일이 밖에서는 그토록 사악한 일로 여겨지는 것일까"라는 주인공의 서글픈 탄식에는 외면하기 힘든 깊은 울림이 있다. 세상의 기준에 맞춰 적응하며 살려고 발버둥쳤지만 그래도 여자로 살고 싶은 간절한 마음에 간신히 용기를 내 아름답게 차려입고 나선 길, 그 짧은 자유는 무자비한 폭행에 맞닥뜨리는 것으로 끝을 맺는다. 그저 남들과 타고난 취향이 다를 뿐, 그 어떤 잘못도 저지른 일이 없는데 거부당하고 폭력에 노출되어야 하는 모든 레즈비언, 게이, 양성애자, 트렌스젠더, 성소수자 전반 또는 성정체성에 관해 갈등하는 사람의 아픔이 고스란히 느껴지는 장면이다.

지금 이 옮긴이의 후기를 읽는 독자들은 이미 작품을 일독한 후일 것이고 아마도 저마다 다른 느낌으로 작품의 결말에 도달했을 것이다. 번역자로서 나는 이 소설을 총 세 번 읽은 셈인데 번역을 시작하기에 앞서 처음 훑어보았을 때 어떤 느낌이었는지는 잘 기억나지 않는다. 아마도 전체 내

용을 파악하느라 여념이 없었을 것이다. 하지만 이후 실제로 번역 작업에 들어가 원문을 한 문장 한 문장 분석해나가면서는 감정의 중심을 잡기가 어려웠다. 여자로 살고 싶은 욕망과 부모, 가족, 동료들이 씌워놓은 '남자다움'의 굴레 사이에서 출구를 찾지 못하고 아파하는 주인공의 고통이 너무도 생생하게 기술되어 있었기 때문이다. 그리고 인간이면 마땅히 누려야 할 권리를 박탈당한 채 살아가는 누군가를 향해 단지 그들이 나와 다르다는 이유만으로 막연히 거부감을 가진 일은 없었는지, 드러내놓고 경멸하거나 폭력에까지 이르지는 않았더라도 그들의 소외에, 또 그로 인한 고통에 너무 무심했던 것은 아닌지 돌이켜보며 자괴감에 빠졌다.

그런데 그게 전부가 아니었다. 일차 번역을 마치고 퇴고를 위해 다시 읽기 시작했을 때 작품은 또 다른 모습으로 내게 다가왔다. 여장남자들을 포함, 세상 모든 여자가 서로의 어깨를 빌려주며 다독이는 따뜻한 연대, 매춘을 비롯한 모든 여성 노동자를 향하는 다정한 시선이 눈에 들어온 것이다. 작가는 세상을 그나마 살 만한 곳으로 만드는 힘이 여성들 간의 연대에서 나온다고 힘주어 말하는 듯했다. 그제야 어느 인터뷰에선가 이 작품이 단순히 '트랜스'에 관한 소설로 제한되기를 원치 않는다고 했던 작가의 말을 완전히 이해할 수 있었다.

한사코 자전적인 이야기가 아니라고 강조하는 저자 알라나 S. 포르테로는 바로 이 소설의 무대가 되는 스페인 마드리드 변두리 산블라스 출신으로 소설의 주인공 알렉스와 마찬가지로 중세 역사를 전공했다(마드리드국립자치대학교, UAM). 시인이자 연극연출가, 작가, LGBTQ 활동가 그리고 영향력 있는 트랜스젠더인 작가는 이미 몇 권의 시집을 펴낸 바 있는데 작가의 첫 소설인 이 작품 『나쁜 버릇』은 미출간 상태로 프랑크푸르트 도서전에서 소개되자마자 선풍을 일으키며 그 자리에서 아홉 개국에 판권이 판매되었다. 또 스페인에서 출간 즉시 베스트셀러 목록에 올랐고 여러 상을 수상했을 뿐 아니라 세계 17개국 언어로 번역 출간이 확정되었다.

어떻게 보면 우리나라에도 LGBTQ의 아픔을 정면으로 다룬 이 작품이 번역 출간될 수 있다는 점이 고무적이기도 하다. 우리 사회도 이제 이 정도의 다양성은 포용해낼 수 있을 만큼 품이 넓어졌다고 생각해도 되는 것일까. 알 수 없는 일이다. 하지만 물꼬가 트이고 있다는 것만은 분명한 것 같다. 물론 이 책 한 권으로 다양성이 인정되는 세상, 다름을 포용할 수 있는 세상이 성큼 다가왔다고는 생각하지 않는다. 다만 오로지 다수와 다르다는 이유만으로 사회의 약한 고리의 자리에 서게 된 사람들을 바라보는 기존의 시선에 작은 균열을 가져온다면, 다수 편에 (우연히) 서게 된 사람들이 오로지 생김새가, 생각이, 성향이, 아니 그 어떤 작은 것이라도 나와 다르다는 이유만으로 얼마나 많은 것들을 거부하고 상처 입히며 살아왔는지 한번 돌아보게 된다면 그것만으로 충분할 듯싶다. 우리는 모두 다르니까. 같은 사람은 단 하나도 없으니까.

성초림

나쁜 버릇

1판 1쇄 발행   2024년 12월 20일

지은이   알라나 S. 포르테로
옮긴이   성초림
펴낸이   김찬

펴낸곳   도서출판 아고라
출판등록   제2012-000002호(2006년 1월 17일)
주소   경기도 고양시 일산동구 정발산로 15 415호
전화   031-948-0510
팩스   031-8007-0771
전자우편   bookeditor@daum.net

ⓒ아고라, 2024

ISBN 978-89-92055-81-9 03870